2022 江苏高校哲学社会科学研究重大项目（2022SJZD131）

文典古籍丛书

治道与公平

荀子政治伦理研究

陈光连◇著

安徽师范大学出版社
ANHUI NORMAL UNIVERSITY PRESS
·芜湖·

图书在版编目(CIP)数据

治道与公平:荀子政治伦理研究 / 陈光连著. —芜湖 :安徽师范大学出版社,2023.5

ISBN 978-7-5676-5590-4

Ⅰ. ①治… Ⅱ. ①陈… Ⅲ. ①荀况(前313-前238)—政治哲学—哲学思想—研究 Ⅳ. ①B222.65

中国国家版本馆CIP数据核字(2023)第067291号

治道与公平:荀子政治伦理研究 陈光连◎著

责任编辑:李晴晴 责任校对:赵传慧

装帧设计:张德宝 冯君君 责任印制:桑国磊

出版发行:安徽师范大学出版社

芜湖市北京中路2号安徽师范大学赭山校区 邮政编码:241000

网 址:http://www.ahnupress.com/

发 行 部:0553-3883578 5910327 5910310(传真)

印 刷:江苏凤凰数码印务有限公司

版 次:2023年5月第1版

印 次:2023年5月第1次印刷

规 格:880 mm × 1230 mm 1/32

印 张:10.125

字 数:204千字

书 号:ISBN 978-7-5676-5590-4

定 价:48.00元

自　序

本书的理论课题是，荀子哲学思想中伦理与政治如何耦合？如何在“治治”与“治乱”的矛盾中展开学理追问？如何化解尧、舜不能教化这一难题？笔者以为，想要回答这些问题，需要对荀子思想的特质有一清醒的认识，荀子思想之特质在于重“知”、明“分”、强“化”，围绕“知”“分”“化”展现荀子思想在道德哲学、政治哲学和精神哲学等领域不同的理论面向。

关于荀子思想的核心概念——“礼义”，学术界有学者提出荀子构建了以“礼义”为核心的哲学体系，而且，荀子的“礼治”思想的价值旨归还是要构建“正理平治”的世界，关于这一世界的构建亦离不开“知”“分”“化”的学理关联。就“知”来讲，荀子强调学礼本身即转智成德的知性认知的过程。就“分”来说，在伦理世界，荀子更强调“礼义分之”，以“礼”作为单一物和普遍物的统一体对其他事物进行规范制约，认为人的德性形成就是分享了礼之伦，或者说是以“礼”“分”的方式即如分欲、饰情而使“礼”的精神真正融入人心之中，使人能够分是非、辨善恶、知荣辱、明贵贱、别义利。对于个体，“分”所表现出来的“力”指向德对于外在的普遍之则，即礼的造诣；对于群体，“分”之力使家庭、社会、国家的人伦之间形成秩序合力，达至“齐一”的社会至善。而荀子所建构的“群居和一”之道既肯定差序和谐，又追求分中和一。就“化”而言，荀子之所以重视“化”，是因为在现实道德、政治界域面临“从义不从父”“可欲而不可使”“欲多而物寡”“尧、舜不能教化”“治治与治乱”等诸多矛盾，而化解这些矛盾的方法则凸显了荀子以“礼”为则进行化性起伪的道德努力和群居和一的政治理想。荀子哲学依迁化、诚化、积化、化导而建立人、辨、分、群，礼、道、心、学，诚、仁、神、化，浸、渍、染、积，治、乱、善、恶等概念系统，形成宗原变化、归仁理性、正理平治的教化世界，在伦理、精神、政治三个层面展现“化”的哲学的引导性特征。

可见，对荀子“礼”的理解蕴含了对“知”“分”“化”三种不同思想特质的具体分析，所谓“礼治”“治治”不仅在于在上者对民众之治理，更包含了道德认知、以礼分施、政令教化多个层面的施教活动，而这一过程即治道，也就是以“知”“分”“化”为核心建构礼道，其目的在于以等差秩序实现社会公平。

秩序是中国传统政治伦理的基本价值追求，孔子提出的解决失序的伦理思路是确立社会秩序和伦理秩序的理想模式，在“礼”的秩序中“安伦尽分”，建立“礼”之规范，并使之内化为人们的价值信念，以“克己复礼为仁”而重建社会之伦理秩序和政治秩序。而在荀子的思想世界，面对着“欲多而物寡”“可欲而不可使”的人性难题，面对着“从义不从父”的伦理困境，面对着“治治与治乱”的政治失序，在实践中想要仅仅依靠礼之正名而安伦尽分实现社会至善是不现实的，如此，展开对现实治道的探索成为荀子政治伦理思想绕不开的课题。笔者以为，荀子的明分使群、以礼分施、谲德量能、法以类举、公义胜私欲等政治伦理思想为社会公平正义理想的实现指明了路径。他还从合群组织和等差原理，价值和规范，用人制度和政策，法治环境和法理层面，以及先义而后利、以国齐义的规范秩序五个层面维系社会正理平治的公义之善。其中，合群是公平社会存在的基本方式，等差是公平社会存在的基本原理，礼分是公平社会存在的基本规则，公义是公平社会存在的基本价值，法治是公平社会存在的基本保证，这五个方面在时间和空间的多维角度上交织并建构了群居和一之道的治国模式，分则和，和则一，一则多力，在明分使群、以礼分施、谲德量能、法以类举、公义胜私欲的多维治理中形成分和辩证统一的合力，并具体展开为尽伦尽制的伦理政治、以善先人者谓之教的教化政治、礼义之谓治的德性政治、明分使群的群分政治、公义胜私欲的公平政治的不同的治理化境，实现“正理平治”的治道之善，也是“知”“分”“化”的理论特质在荀子政治伦理中的沉淀和展开。

基于以上思考，本书的某些观点亦是对当前学界论争的回应，不当之处恳请学者赐教、批评、指正。

是为序。

陈光连

2022年3月

目　录

引　言

一、研究的主题

就荀子思想研究状况的一般性回顾而言，目前学界已经有多篇文章，如佐藤将之有《二十世纪日本荀子研究之回顾》《汉学与哲学之邂逅：明治时期日本学者之〈荀子〉研究》，王灵康有《英语世界的荀子研究》，廖名春有《20世纪后期大陆的荀子文献整理研究》，陈光连有《国内近30年荀子伦理思想研究综述》等，上述概述性的文章，对于了解国内外荀子思想的研究状况具有重要价值。专著方面，苏郁铭有《1994年—2003年美国的荀子研究》，该书对美国的荀子研究现状进行详细的梳理和介绍；江心力还撰写了《20世纪前期的荀学研究》一书，该书对于了解20世纪前期的荀学研究提供了较为全面的资料和线索。但由于这些皆是对荀子思想研究的总体性介绍，在此就不一一作详细的说明。

本书名为《治道与公平：荀子政治伦理研究》，涉及此问题的研究状况可以分为两个方面：一方面，从20世纪80年代以来，国内外学者所出版的有关荀子研究的专著中有一些部分涉及荀子的政治伦理思想，如国内学者东方朔的《荀子与儒家思想：以政治哲学为中心》、周炽成的《荀子韩非子的社会历史哲学》、廖名春的《荀子新探》、韩德民的《荀子与儒家的社会理想》、韦政通的《荀子与古代哲学》等，国外学者Aaron Stalnaker的*Overcoming Our Evil: Human Nature and Spiritual Exercises in Xunzi and Augustine*，M. Twohey的*Xunzi and Ancient Chinese Authority*，T.C.Kline Ⅲ的*Moral Agency and Motivation in the Xunzi*等。这些研究大体有两方面的遗憾：一是它们大多是从总体上论述荀子的政治伦理观念，对荀子政治伦理思想中的德性与政治、伦理与政治之关系，教化在政治中的作用，群分在政治实践中的表现形态等论述较少；二是这些研究并未从荀子政治伦理思想的角度对荀子的“公平”观念予以阐发，尤其是没有阐明荀子的公平思想如何在伦理政治、教化政治、德性政治、群分政治、公平政治中展开，而从差等与公正的辩证统一的角度来突显荀子政治伦理思想中的公平意识的少之又少。

另一方面，2000—2021年，学者发表了一些有关荀子的社会正义理论方面的文章，如冯兵的《论荀子的政治伦理思想》、颜炳罡的《正义何以保证？——从孔子、墨子、孟子、荀子谈起》、石永之的《荀子正义思想述要》、黄玉顺的《荀子的社会正义理论》等，但是，笔者认为，这些研究存在以下遗憾：其一，这些文章中的“正义”是现代用法，可以说，荀子全书所用“正义”只有4次，其内涵是人的行为之公正、适宜，荀子所用的“正义”与现在所用的“正义”在概念内涵上并不相同，甚至还相差很远，荀子主要侧重在义利关系中使用“义”的概念，其“义”具有公义的性质，而“公平”概念如何作为一条主线贯穿荀子政治伦理思想的始终，学界亦很少进行梳理，更重要的是，学界也很少论及公平如何在荀子政治伦理思想中展开为伦理政治、教化政治、德性政治、群分政治、公平政治。其二，如何了解荀子的“公平”观念？是否仅从荀子的文本中择取有关“正义”“公正”“公道”的词汇便足以说明其“公平”意识？事实上，“公平”指的是公正平等，常常与荀子思想中一些特殊而重要的概念，如“分”“义”“群”相联系，并且荀子的“公平”意识往往和人性发展、国家起源密切相关，并在具体的君主施政实践中呈现出不同的治理状态，如何从合群组织和等差原理，价值和规范，用人制度和政策，法治环境和法理层面，以及先义而后利、以国齐义的规范秩序等方面展现荀子的公平理想，这是当前荀学界需要思考并解决的问题。上述现象说明，就与公平相关的概念内涵，包括诸如“从义不从父”“有治人，无治法”等的清晰性和明确性而言，可以说学界尚未有深入系统的研究；同时，在荀子的礼治世界中，“公平”何以必须，如何以等差实现公平，为什么以等差能够实现公平，荀子为什么基于其公平意识对先秦十二子的学术理论进行批判，荀子的政治伦理思想和郭店楚简有什么关联，荀子的相关政治观念在精神现象层面如何呈现与展开？类似问题的研究可以说在荀学界尚未真正进行。

总体而言，学术界近年来虽然有一些论文论及荀子思想中的“公正”问题，但如何紧扣文本说明在荀子的思想中“公平”为何是必须的，“公平”与“差等”之统一是如何可能的，“公平”问题在政治、经济和道德各领域是如何展开的等问题仍有待于进一步的研究。

二、选题的意义

在任何时代，公平问题都涉及社会政治伦理生活的平衡、和谐与稳定，也涉及权力结构的正当性。儒家向来以注重等级差别为特点，追求公平是儒家政治伦理自始至终的内在要求，此特点在荀子那里，表现为其对群分、等差、差序观念的强调，对君主美德、政治教化在治理中的重视。通过对公平问题的研究，在理论上至少可以启示我们：荀子强调的差等秩序与公平世界的建立是可能的。

通过对荀子政治伦理思想的研究和梳理，我们不仅可以看到具有儒家特色的公平观念及其所包含的内容，而且也可以澄清在荀子政治伦理思想研究中的诸多误解，如为何“从道不从君”“从义不从父”“可以而不可使”“有治人，无治法”等。事实上，荀子的政治伦理理想主张的是要建立一个“正理平治”的社会，而这样的社会所涉及的制度设计首先要从人性趋恶出发，引发争、乱、穷的社会现状，进而要求圣人君主以礼分施来治理国家，而这一过程处理的便是如何公平地分配政治上的人伦名位体系和经济上的物质利益，这就要求我们去考虑在现实政治生活中伦理与政治的关系、政令教化、君主美德对政治的影响、礼义治国的基本方略、群分政治的基本手段及解决由“自然的专横”所导致的不公平现象。荀子有关公平的思想可以为我们提供诸多必要的借鉴。

同时，通过此问题的研究期望对荀子以公平为中心的政治伦理观念提供一个一般性的理解架构，即伦理政治—教化政治—德性政治—群分政治—公平政治。

三、文献综述

从目前学界研究成果来看，国内外相关研究主要集中于从政治哲学层面研究荀子思想，但从公平伦理层面研究荀子思想的理论成果较少。笔者关于研究成果的综述主要从以下几个方面展开。

（一）国内荀子政治哲学研究

1. 伦理与政治的关系研究

梁启超先生在氏著《先秦政治思想史》第四章中言，“我国古代，于氏族方面之组织尤极完密，且能活用其精神，故家与国之联络关系甚圆滑，形成一种伦理的政治”[①]。梁启超还引用了很多例子来引证中国早期血缘、氏族、家庭与国家之间的密切关系，但更多的是侧重于文

① 梁启超：《先秦政治思想史》，天津古籍出版社2003年版，第45页。

献学的梳理，而对于如何从血缘过渡到家庭、国家没有作具体的理论分析。蔡元培在谈到我国之伦理学时，认为“其他曰为政以德，曰孝治天下，是政治学范围于伦理也”[①]。朱贻庭在谈到中国伦理思想的特点时认为，反映和调节宗法等级关系的道德原则和行为规范，也就必然要与治国安邦直接联系在一起，取得了‘纲纪天下’的政治功能[②]。庞朴认为，儒家学说基本上是一种政治伦理学说，儒家的范畴主要是政治学和伦理学的范畴，历来都这样认为，事实也是如此。这是没有争议的[③]。周桂钿认为，“修身是为了治国平天下，伦理是为政治服务的”[④]。刘泽华也持相似的观点，认为儒家政治思想是以伦理为中心的政治思想[⑤]。陈瑛认为，在中国古代，伦理道德始终在社会意识形态中占据着中心地位。政治和法律必须得到伦理道德的支持，才能具有并发挥其权威作用[⑥]。而樊浩在其多部著作中从道德哲学尤其从精神哲学层面对家国一体的结构作了详细介绍。其在专著《伦理精神的价值生态》中曾

① 蔡元培：《中国伦理学史》，东方出版社1996年版，第2页。

② 朱贻庭主编：《中国传统伦理思想史》，华东师范大学出版社2003年版，第29页。

③ 庞朴：《儒家辩证法研究》，中华书局1984年版，第14页。

④ 周桂钿主编：《中国传统政治哲学》，河北人民出版社2007年版，第20页。

⑤ 刘泽华主编：《中国古代政治思想史》，南开大学出版社1992年版，第44页。

⑥ 陈瑛主编：《中国伦理思想史》，湖南教育出版社2004年版，第4页。

笼统地论述中国传统伦理思想的伦理—政治生态，认为在中国家国一体的社会结构体系中，伦理—政治合一具有更大的直接性和历史必然性。其内容包含正义、公平与情理，人格逻辑、制度原理与民族精神，德治与法治[①]。另外，其在《中国伦理精神的现代建构》中，对“伦理政治”的基本内涵作了界定，认为其既不是伦理与政治的简单相加，也不是伦理的政治，或政治的伦理，而是伦理与政治相融合、胶连所形成的社会意识形式。其特征是：伦理与政治直接同一，政治建立在伦理的基础上，伦理的原理直接构成政治的原理[②]。其在《道德形而上学体系的精神哲学基础》中认为，家国一体的社会体制和文明形态要解决的基本难题，就是如何由伦理过渡为政治，如何实现伦理政治的一体，伦理政治一体，就是文化与理论上的家国一体[③]。虽然樊浩关于中国传统伦理思想中伦理与政治的论述没有涉及荀子的思想，但是可以为研究荀子的政治伦理思想提供宝贵的理论启示。荀子的政治伦理思想是否包含血缘—伦理—政治的逻辑结构等还需要我们作具体的论述。任剑涛从早期儒学视角对伦理政治作了系统研究，认为伦理政治学，是对早期儒家哲学的准确定位，因为就

① 樊浩：《伦理精神的价值生态》，中国社会科学出版社2001年版，第422页。

② 樊浩：《中国伦理精神的现代建构》，江苏人民出版社1997年版，第58页。

③ 樊浩：《道德形而上学体系的精神哲学基础》，中国社会科学出版社2006年版，第517页。

早期儒家哲学的致思方式而言，是在伦理与政治的相关性上审视问题的，作者还系统梳理了早期儒家孔、孟、荀的伦理政治思想[①]。他还在《伦理王国的构造：现代性视野中的儒家伦理政治》中认为，伦理政治以伦理的准则衡量政治问题，以政治驾驭的方式推行伦理规范。伦理政治是一种利弊共生的政治形态[②]。

2. 荀子政治伦理思想研究

早在2005年，罗国杰就在《荀况政治伦理思想新探——“德治”和“法治”的相辅相成》一文中从“德治”与“法治”的关系方面探讨荀子的政治伦理思想，他认为相较法在治国理政中的作用，礼更具有基础性和根本性的作用，并就“隆礼”和“重法”，“德治”与“法治”等方面作了具体而深刻的论述，同时也探讨了荀子政治伦理思想对后世治国安邦的影响[③]，应该说，罗国杰对于荀子政治伦理方面的研究更具权威性和指导性作用。任剑涛从性恶善伪、隆礼重法、维齐非齐三个方面阐述荀子的伦理政治思想，认为荀子的伦理政治思想有予伦理以政治化

① 任剑涛：《伦理政治研究：从早期儒学视角的理论透视》，吉林出版集团有限责任公司2007年版，第5页。

② 任剑涛：《伦理王国的构造：现代性视野中的儒家伦理政治》，中国社会科学出版社2005年版，第29页。

③ 罗国杰：《荀况政治伦理思想新探——“德治”和“法治”的相辅相成》，《湘潭大学学报》（哲学社会科学版）2005年第4期，第16—21页。

定位的特征[①]。冯兵从以民生为中心的民本观念、君德与君权并重的人治精神、朴素的制度正义思想三个方面对荀子的政治伦理思想展开论述，认为荀子的政治伦理思想对整个封建时代的宗法政治都有着较为积极的影响和作用，尤以其制度正义思想最为重要[②]。路强从自然之性、明礼定分、德主刑辅三个方面论述了荀子政治伦理思想中儒法的相互渗透、互补、融合，认为荀子在其政治伦理中所体现出的“隆礼重法”，在政治实践中的“杂以王霸”使其思想显示出典型的经世致用的特点[③]。而王志宏、杨晓微在《论荀子伦理政治哲学的起点》一文中认为，君子成德以施教是荀子伦理政治思想的目标，并分析了成德之学的过程和特征，考察了成德之学与礼的关联[④]。路德斌教授则从“治乱”与“治治”的更深层次探讨伦理政治问题，认为按照荀子的思考取向，内圣外王的德治之道决不是治治务本之道，而是治乱逐末之道[⑤]。东方朔教授在《秩序与方法——荀子对政治与道德之关系的理解》一文中认

① 任剑涛：《伦理政治研究：从早期儒学视角的理论透视》，吉林出版集团有限责任公司2007年版，第75页。

② 冯兵：《荀子政治伦理思想的现代价值转换》，《湖北大学学报》（哲学社会科学版）2012年第5期，第31—35页。

③ 路强：《荀子的礼法之治——解析荀子政治伦理思想中“儒”与“法”互补与融合》，《晋阳学刊》2012年第6期，第74—78页。

④ 王志宏、杨晓微：《论荀子伦理政治哲学的起点》，《江苏大学学报》（社会科学版）2015年第6期，第15—23页。

⑤ 东方朔主编：《荀子与儒家思想：以政治哲学为中心》，复旦大学出版社2019年版，第66页。

为，在如何建立秩序的问题上，荀子试图由政治而说道德，其结果则可能由政治的现实主义导致道德的“控制主义”，荀子言礼的首出意义，是为了去乱止争以实现“出于治”[①]。近年来，学界纷纷对荀子政治哲学进行研究，复旦大学、邯郸学院、中国人民大学曾多次举办关于荀子政治哲学的国际学术研讨会，国内学界出版了关于荀子政治哲学的专著数部，相关学报上刊发了关于荀子政治哲学的论文数十篇，涉及的主题包括荀子政治哲学的合群取向，从荀子君民关系看儒家政治哲学的内在矛盾，荀子人臣之道的转化，荀子的“圣王”概念，荀子的道德理论是道德建构论还是道德实在论等，这些研究成果多涉及荀子的礼制、群论、礼法关系、社会等级、政治权力、礼治、圣王、王霸、国家制度等政治哲学思想，但对荀子思想中伦理与政治关系、道德与政治关系、教化与政治关系、等差与政治关系、公平与政治关系及贯穿伦理与政治思想之中的仁、义、分等核心范畴涉及较少。

3. 荀子政治哲学研究

关于荀子政治哲学研究，近年来，学者出版多部荀子研究专著，其中荀子政治哲学研究专著共五部。下面将作详细介绍。第一部是佐藤将之教授所著的《参于天地之治：荀子礼治政治思想的起源与构造》，其研究内容主要有五个部分：第一章，作者描述了《荀子》文本与荀子生

① 东方朔：《秩序与方法——荀子对政治与道德之关系的理解》，《复旦学报》（社会科学版）2017年第1期，第14—25页。

平，探讨了当代学者如何思考《荀子》一书与荀子本人之间的关系，将之整理为五种不同的立场并进行评述。第二章探讨荀子所统合的各种思想成分，探讨了“分”“法”等分析性术语逐步从普通名词转变为理论性概念的情形。第三章则从评述过去学者对“礼”的研究开始讨论，而由此引出本书所采用的回顾“礼”之概念历史演变的研究方法。第四章承接第二章的结论和方向，进一步探讨荀子如何以“礼”之概念来统合他之前的思想家所提出的各种概念与论述。第五章论述了荀子礼治论的建立及理想国家社会的实现[①]。本书是佐藤将之在荷兰莱顿大学汉学研究院所作博士论文之中文版，是近年来研究荀子礼治政治思想之力作。第二部是佐藤将之的另一部力作《荀子礼治思想的渊源与战国诸子之研究》，其核心观点及书中所要论证的方向，大概可以归纳为以下三点：第一，荀子哲学的基本特质展现于其综合与统合的过程之中；第二，这样的思想统合是借由“礼”和“礼义”概念来达成的，并构成了《荀子》的礼治论；第三，礼治论界定了“治理”整体的各种角色[②]。第三部是马国瑶所著的《荀子政治理论与实践》，该书首先采用历史研究法，深入解读荀子学说的时代背景，从其学说渊源探讨其政治理论的基础。其次，分

① 佐藤将之：《参于天地之治：荀子礼治政治思想的起源与构造》，台大出版中心2016年版。

② 佐藤将之：《荀子礼治思想的渊源与战国诸子之研究》，台大出版中心2013年版。

析荀子著作的内容，以辨其含义。本书的论述重点有三：一是荀子学说以礼为中心，政治理论乃其礼学思想的延伸，目的是将“礼义之统”运用在社会政治事务上，以实现经国定分、正理平治的理想；二是荀子的政治原理是“礼义之统”的具体化，该书就其礼治、法治、群治、民本等思想，分别加以深入探讨，以明其原理之构造及其运用方法；三是荀子的政治方术，对荀子论治提出的许多具体措施，均尽其可能予以归纳，务使其理论和方法并见[①]。第四部是陈正雄所著的《荀子政治思想研究》，该书从荀子之时代背景、荀子之政治哲学基础、荀子之政治本论、荀子于后代政治思想之贡献四个方面介绍了荀子的政治思想，并对王霸、臣道、君道、民贵、议兵、刑赏、乐治等核心概念进行了比较详尽的讨论[②]。第五部是刘文起所著《荀子成圣成治思想研究》。本书系统论述了荀子的性论、修身、劝学、礼论、正论，认为荀子成圣成治之旨，当从性恶始。以为道者，非天之道，而为人所道，君子之所道，乃可以晓合经义，可以经世治变，言天而不务知而求以制，言人则恶其乱有求以待，制天所以成人治，治人必由礼义始，所以礼为治变之极者，由礼而成圣成治[③]。除了这五部荀子政治哲学专著，其他关于荀子的专著也多含荀子政治哲学的章节，如陈大齐的《荀子学说》[④]第十章，

① 马国瑶：《荀子政治理论与实践》，文史哲出版社 1996 年版。
② 陈正雄：《荀子政治思想研究》，文津出版社 1983 年版。
③ 刘文起：《荀子成圣成治思想研究》，复文图书出版社 1983 年版。
④ 陈大齐：《荀子学说》，中国文化大学出版部 1989 年版。

黄公伟的《孔孟荀哲学证义》①第二十七章，韦政通的《荀子与古代哲学》②第三章，周绍贤的《荀子要义》③第六章，谭宇权的《荀子学说评论》④第十六章，鲍国顺的《荀子学说析论》⑤第三章，陈飞龙的《孔孟荀礼学之研究》⑥第三章，姜尚贤的《荀子思想体系》⑦第三章，蔡仁厚的《孔孟荀哲学》⑧第八章等。

（二）国外英语世界荀子政治哲学研究

19世纪至20世纪初，西方作家和翻译者参考正统儒学纪事研究中国哲学，这一研究过程涉及荀子哲学的内容仍较少，但也有少量成果。德效骞成为研究荀子哲学的第一位出书者，他的专著《荀子：古代儒学的塑造者》出版于他选择英译荀子作品的一年后。应该说，美国汉学界研究荀子始于德效骞。这本书将荀子学说分十三个部分进行介绍。德效骞认为，荀子在政治哲学方面的基本思想大抵与他之前的儒家学者相似，均将理论的重心、思想的焦点放在统治者的道德观念上，并认为统治者可以将自身较高的道德修养与施政相结合。1963年，伯顿·沃森部分译文

---

① 黄公伟：《孔孟荀哲学证义》，幼师文化事业公司1975年版。
② 韦政通：《荀子与古代哲学》，台湾商务印书馆1992年版。
③ 周绍贤：《荀子要义》，台湾中华书局1977年版。
④ 谭宇权：《荀子学说评论》，文津出版社1994年版。
⑤ 鲍国顺：《荀子学说析论》，华正书局有限公司1993年版。
⑥ 陈飞龙：《孔孟荀礼学之研究》，文史哲出版社1982年版。
⑦ 姜尚贤：《荀子思想体系》，复文图书出版社1990年版。
⑧ 蔡仁厚：《孔孟荀哲学》，台湾学生书局1984年版。

作品《荀子·基本写作》的出版标志着荀子学术的另一个重大变革。19世纪80年代中期，柯雄文的《伦理论证：荀子关于道德认识论的研究》出版。之后，西方对荀子作品的研究日益增多。19世纪80年代末，约翰·诺布洛克出版的三卷译本《荀子·完整作品的翻译与研究》，对荀子完整作品进行研究。完整译文的出版意味着非中文读者也能接触到这些文本，诺布洛克在出版完整译文的同时，爱德华·马歇尔写出了《荀子中的天和自然：关于天论的研究》。1999年，保罗·戈丁又出版了一本关于荀子哲学的书，书名为《方法仪式：荀子的哲学》。1994年以后的美国学者研究荀子，讨论的内容偏重于荀子的道德修养理论，这一时期的荀子研究虽然倾向于多元化、整合化，但由于当时普遍重视伦理学议题，故而学者无论讨论到荀子学说的任何理论，最后都会回归到荀子的道德修养论上来，或者将荀子道德理论方面的学说与他们熟知的如亚里士多德、奥古斯丁、康德等人的思想进行比较，还有将之与当代伦理学进行比较的。在这一时期，美国的汉学家罗思文、柯雄文、乔纳森·W.斯科弗、万百安、黄百锐、倪德卫、刘殿爵、艾文贺等就荀子的伦理学和道德哲学写了一系列文章进行探讨，内容涉及荀子思想中的国家与社会、道德动机、人性论、荀子与庄子等。罗思文在《荀子中的国家与社会：哲学评论》中就政治制度进行了探讨，认为在荀子看来，国家由世袭的君主领导，只要国家安定繁荣，君主的权威和决定就是无可争议的。君主的权力缺乏正式的公共机构来核查，但被一系列先例和习俗所制约，它们使君主在做决定的时候受到了限制[①]。

从以上国内外关于荀子的研究综述中我们可以清楚地看到，国外学者侧重荀子的伦理学研究，中国港台学者还是固守经典诠释理路，中国大陆学者则侧重于从君臣、王霸、国家制度、礼治等方面诠释荀子的政治哲学，而将伦理、道德、德性等与荀子的政治思想结合起来的研究仍较少，虽然笔者已经注意到美国及中国大陆学者开始尽力扭转这一趋势，如美国的史大海教授开始研究荀子的美德政治，中国大陆的东方朔教授也写了道德与政治关系方面的文章，但在伦理与政治、美德或道德与政治、教化与政治、等差与政治、公平与政治等诸多议题方面，还有很大的诠释空间，而这样的诠释理路也更切合荀子文本本意，因为荀子文本的诸多主题都是围绕伦理、美德、教化、等差、公平而展开。如此，带着问题意识回归传统，回归经典，回归荀子文本去解决荀子思想中的伦理、道德、政治困境，打通伦理、道德、政治之间的关系才是将来学术研究的大势所趋。

四、研究的问题与方法

本书的研究问题主要包括以下五个方面。

---

① 此部分参见《荀子思想中的德性、人性与道德主体》（克莱恩、艾文贺编，陈光连译，东南大学出版社2016年版）序言及第一章部分内容。

第一，厘清荀子政治伦理思想中的伦理与政治的关系。阐明在儒家伦理思想中，中华文化的最大特色在于它成功地把家族血缘的关系上升为国家政治关系，而这项工程正是由中国伦理来完成，基本原理就是伦理政治。因而，儒家伦理—政治思想不是简单的伦理与政治的叠加，而是两者相互融合、交联，形成血缘—伦理—政治三位一体、直接同一的政治结构。说明在荀子思想中，基于血缘家族情理，尽伦尽制是其基本表现形式，也是凡圣之人的终极价值追求，由天道转向礼治，由从义不从父到从道不从君，从明贵贱至别同异，荀子的政治哲学始终以伦理作为价值依托，以保证社会政治秩序之稳定，进而实现维齐非齐、正理平治之公道世界。

第二，阐明荀子政治伦理思想中的教化政治理路。论证早期儒家政治组织构建是血缘—伦理—政治三位一体的宗法等级制度，其基本原理是把孕育于家族血缘中的情，诸如仁爱、孝悌等上升为社会普遍的人伦之理，并外推为具体的政治制度，形成以血缘为纽带、伦理与政治合一的家国一体的政治体制，“制礼作乐”就是把这种体制以上层建筑的形式从各方面加以制度化，在这种礼乐文化之中，礼便成为维系社会秩序的伦理政治准则，以礼为准则而维护社会秩序的人伦之分是早期儒家治世的内在逻辑理路，而这种思维模式在荀子思想中则表现为尽伦尽制的家国一体结构。早期儒家政治哲学是血缘—伦理—政治三位一体的结构，这种结构反映在社会治理上重视导之以德和为政以德，其本质是道德教化或者说是圣王君子之教导，这一观念在荀子思想中表现为圣人君师以成德成圣教化之目标，以维护社会公共善为政治之目的，以礼、义、仁贯穿于政治之实践，结合礼乐涵养和积学渐化，以维系社会人伦秩序和政治秩序的稳定，进而实现正理平治这一社会之善及群居和一这一社会理想。

第三，论证荀子政治伦理思想中美德在政治中的作用。先秦儒家重视道德与政治的关系，把修身立德作为圣人君子为政之始基，自孔子以来就有关于德性与政治的一系列讨论，“为政以德”纠正了西周以来“政以正民”的传统，在此基础上论证了荀子提出的“仪正而景正”的观点，把君主之修身立德与以礼分施紧密结合起来，强调了君主修身为本、道德领率、伦理责任和政治治理的相互关联，突出了君主德行对臣下和民众的双向影响和伦理互动，把礼为中心的伦理关切贯穿于君主的政治实践始终，把政治措施放在德性为根基的善恶判断中加以把握，把政治的实践归功于君主之美德。

重点论证了三种以礼治国方式，面对着人欲之发展对社会造成的危害，荀子以礼义作为治之始基，着力解决争乱穷的社会治理困境，以分、养、节作为国家治理之手段，分之本质在义，以礼分施则以义的道德理性在实践中得以落实并发挥价值担保作用，以分来定名而以义安伦，从而让社会人群依礼而作，安伦尽分，但礼之分仅仅从伦理、制度上为生产发展、教民养民提供保证，欲使社会群居和一，治平有理，还需要礼之养来养人之欲，给人之求，礼之节来近尽节求，称情立文，饰生送死，如此把礼运用得当，心可中理，立中制节，不仅个人立身处世之欲望得以协调，社会政治秩序也得以维系，正理平治之公平世界也得以建立，进而个人与整个社会、国家都能秩序井然，生生不息，以实现政之大化的清明景象。

厘清了荀子思想中道德与法治的关系。荀子所主张的国家治理方式以德性为治理的价值归依，以礼分为治理的基本手段，故荀子言仁义礼三者皆通，其本质还是以仁德为本，礼为行为规范和典章制度，义为落实礼治实践具体措施的道德理性，以圣人君主之道德教化而把外在的礼则变为主体内心的道德法则，教化之目的就是荀子所言的以善先人，也是郭店楚简所说生德于中，让个人发自内心遵从外在的典章制度、人伦之理和社会规则，实现个体之善和社会之善的统一，进而维系社会秩序和政治秩序的稳定。所以，荀子礼治之特色也就在于德性、伦理和教化的三者合一而治，礼治即德治，但是在具体治理实践中，虽然礼为道德之极、人道之极、强国之本，但由于人性趋恶之特点，必须礼法并施。荀子的援礼入法的内涵，以礼为本，以法为辅，隆礼重法，开启了秦汉以后德法并重的治国模式。

第四，分析荀子政治伦理思想中的群分政治架构。在国家治理方面，荀子既重视君子自身的美德对民众的影响化导，又主张礼以分施，对社会人伦进行教养，其治国策略既注意汲取稷下法家的法治理念，更侧重有治人，无治法的道德之治，强调了君子在治理国家中的德性导向、实践主体、施政决策和价值引领方面的作用。君子在面对正理平治之前的人人趋恶、争乱而穷的自然状态时，以规则和秩序作为建立公平正义有序社会的价值预设和政治建构，以正名而始辨社会之名实、正各家之奇说，别同异，明贵贱，为建立正理平治的社会厘清思想领域之混乱，在此基础之上立天人之分、性伪之分、人禽之分、人群之分。上述过程既含别同异之物事之辨，又含明贵贱之价值教导，安伦尽分、谲德定次、尚贤使能而实现各尽其宜、群居和一的群分政治理想。群由分而各得其宜，分由礼而落实治理，礼由圣王所出，荀子的明分使群思想所构建的是君主明分的政治架构，在社会物事人伦之间确立各自的名分，明确各自的义务，在农商士贾、诸侯大夫之间明确各自的职分，爵德而定次，量能而授官，从而以群分互动保持整个社会治理和谐有序，谓之群居和一，社会至平。

第五，重点阐释荀子政治伦理思想中的公平世界。指出等差原则是维护社会公平正义的基本法则。在群的概念意义之中，能透过辨之公心而分、正，以追求个体和群体关系的完善，而人君又居制礼掌分之枢要地位，必指定每个人在社会中的分位，要求各得其宜，安于所得之位，以合宜之理分来维护社会的人际和谐。可以说，明分使群从合群的组织上和等差的原理上保障了社会之公平。礼的性能是在于明分，在使社会群体具有不同分位等级的运作之下，能让“人欲”各得其宜，也就是所谓“称”而公平的功效。基于“谲德量能”的考量，在政策制度的制定上必须为有德有才之人的向上流动留出空间，让庶人之子孙通过积文学、正身行、合乎礼义规范而任职卿相士大夫，从而在制度上打破世袭制，突破社会流动之固化，而有分之人通过自身的努力获得相应的职位，承担起应尽的义务。可以说，谲德量能从用人制度和政策的层面保障了社会之公平，尤其重点论述了公义胜私欲的义利之辨，指出荀子的政治伦理思想的基本特征是治国以礼，立制以义，礼义结合，以实现正理平治之公义世界，群居和一之公平社会，这就是“尽伦尽制”之“王者之制”。事实上，从先秦时期孟荀文本来看，荀子义利、王霸之辨在于维系礼之分位等级，进而维护社会秩序稳定之公义，应该比起孟子谈论心性修养更为重要，也更贴近战国时期礼崩乐坏的历史情境。

总而言之，在研究方法上，在尊重荀子文本和思路的基础上，尽可能客观地展现荀子以公平为核心的政治伦理思想。具体地说，梳理论证公平视域下荀子政治伦理所涵括的基本内容及其渊源流脉；比较分析荀子与孔子、孟子、墨子、韩非子等思想家基于“规范与秩序”的公平理想的基本内涵及其理论缺陷；具体展开尽伦尽制的伦理政治、以善先人者谓之教的教化政治、礼义之谓治的德性政治、明分使群的群分政治、公义胜私欲的公平政治的不同的治理化境，并强调荀子所谓的公平乃儒家一贯之等差公正。

第一章

尽伦尽制

——荀子伦理政治思想

儒家伦理政治思想不是简单的伦理与政治的叠加，而是两者的融合、交联，是血缘—伦理—政治三位一体、直接同一的政治结构。在荀子思想中，尽伦尽制[①]是其基本表现形式，也是凡圣之人的终极价值追求，由天道转向礼治，从义不从父到从道不从君，从明贵贱至别同异，荀子的政治哲学始终以伦理作为价值依托，以保证社会政治秩序之稳定，进而实现维齐非齐、正理平治之公道世界。

第一节 天生人成：荀子《天论》篇的礼治意识

《天论》篇是《荀子》中非常重要的组成部分。民国

① 牟宗三在其《中国哲学的特质》（上海古籍出版社2007年版，第151页）中用“综合的尽理”概括“尽伦尽制”之义，认为“尽理”一词是根据《荀子》中所说的“圣也者，尽伦者也；王也者，尽制者也”，《孟子》中所说的“尽其心者，知其性也”，《中庸》中所说的“尽己之性”“尽人之性”“尽物之性”等综摄以成的。尽心、尽性、尽伦、尽制，统概之以尽理。尽心、尽性是从仁义内在之心性一面说，尽伦、尽制则是从社会礼制一面说，其实是一事。尽心、尽性要在礼乐型的礼制中尽，而尽伦、尽制亦算尽了仁义内在之心性。而无论心、性、伦、制，皆是理性生命、道德生命之所发，故皆可曰“理”。而这种“是一事”的尽理就是“综和的尽理”。其所尽之理是道德政治的，不是自然外物的；是实践的，不是认识的或“观解的”。这完全属于价值世界之事，不属于实然世界之事。

以来，牟宗三[1]、韦政通[2]、劳思光[3]、唐君毅[4]、蔡仁厚[5]等诸多学者对《天论》篇进行了讨论。这些学者都沿袭了牟宗三先生关于荀子之天为自然之天的判断。冯友兰认为，在古典文献中，天至少有五种含义，即物质之天、主宰之天、运命之天、自然之天和义理之天。基于冯友兰先生对天的不同含义的判断，现代学者亦认为荀子的天为主宰之天、自然之天、义理之天，并且认为荀子天命天德思想与孔孟思想具有文化史上之渊源[6]。那么，荀子《天论》篇里的“天”到底具有什么性质？荀子《天论》篇的问题意识是什么？或者说，荀子想借由《天论》篇厘清什么理论误区，这是本节要探讨的主要内容。

一、荀子《天论》篇的现实和理论困境

荀子是战国时期一位具有现实主义和实践精神的思想

① 牟宗三：《名家与荀子》，台湾学生书局1979年版，第214页。牟宗三认为，荀子只言人道以治天，而天却无所谓道，即有道，亦只自然之道也。人以礼义法度而行其治，则能参。参者治己而遂以治天也。荀子之天非宗教的，非形而上的。

② 韦政通：《荀子与古代哲学》，台湾商务印书馆1997年版，第5—6页。

③ 劳思光：《新编中国哲学史》（一卷），广西师范大学出版社的2005年版，第254—257页。

④ 唐君毅：《中国哲学原论·原道篇》（上），中国社会科学出版社2006年版，第243—246页。

⑤ 蔡仁厚：《孔孟荀哲学》，台湾学生书局1984年版，第383—385页。

⑥ 曾振宇：《从出土文献再论荀子“天”论哲学性质》，《齐鲁学刊》2008年第4期，第5—10页。

家，《荀子》全书围绕不同的社会生活主题进行阐述，为的就是解决现实生活中所出现的义和利、德与位、欲多而物寡、人性趋恶、德与礼等问题和矛盾。《史记·孟子荀卿列传》言："荀卿嫉浊世之政，亡国乱君相属，不遂大道而营于巫祝，信禨祥，鄙儒小拘，如庄周等又滑稽乱俗，于是推儒、墨，道德之行事兴坏，序列著数万言而卒。"从司马迁之描述中我们可以看到，荀子之言是针对当时社会上存在的"营于巫祝，信禨祥，鄙儒小拘"的社会乱象和错误观念的，这样的观念横行将会造成亡国乱君相属之恶果。

那么，沿着针砭时弊，解决社会问题的思路，荀子的《天论》篇是否也是为了解决"营于巫祝，信禨祥"的现实困境呢？笔者翻阅《天论》篇及其他篇章发现，荀子对"营于巫祝，信禨祥"的社会现象曾有多处描绘：（1）"星队木鸣，国人皆恐。"（2）"天旱而雩，卜筮然后决大事。"从周代开始，官员率众以雩得雨是当时普遍的社会巫祝形式，在商代占卜有两种形式，即用龟甲占卜和用兽骨占卜，周代的卜筮在一定程度上继承了殷商，今在河南安阳和陕西周原出土的甲骨出现了八卦符号和筮词，这表明殷商和周代的筮法可能同源，而商周卜筮的继承性可见于《尚书·洪范》一篇：

"七，稽疑。择建立卜筮人，乃命卜筮。曰雨、曰霁、曰蒙、曰驿、曰克、曰贞、曰悔，凡七。卜五，占用二，衍忒。立时人作卜筮。三人占，则从二人之言。”

龟甲经钻凿后烧灼，烧灼后裂坼兆象有五种：雨、霁、蒙、驿、克。荀子所言“卜筮然后决大事”，应该是殷周时期龟甲占筮五种之一，这也是当时官方和民间普遍流行的一种形式。荀子却在此表示疑惑并反问：雩而雨，何也？（3）信疑鬼神。《荀子·解蔽》言：“其为人也，愚而善畏。明月而宵行，俯见其影，以为伏鬼也；仰视其发，以为立魅也。”鬼神迷信是殷周以来的传统宗教观念，殷人和周人都相信，上天按照自己的意志发号施令，是统治一切的最高主宰，各种自然现象都由神来支配，鬼神可以赐福人类，祭祀鬼神便可得到庇佑，鬼神在人们的心目中具有超越现实世界的力量，人们对其具有一种不可名状的敬畏心理。荀子在此提出世间普遍存在的信疑鬼神的现象，并提出疑问：“比至其家，失气而死，岂不哀哉！”（《荀子·解蔽》）何也？

以上是荀子在《天论》篇和《解蔽》篇所列出的影响世人心理、造成人心惶恐的三种社会现象，并且这三种社会现象都和天相关，对社会秩序之稳定造成一定的危害，荀子谓之“天祆”，而这也是荀子所面对和必须要从理论上解决的问题。“天祆”不可畏，关键是“人祆”，荀子所言“人祆”包括在《非十二子》篇里面的阴阳家的五行学说、名家的诡辩奇说，以及《天论》篇所言“慎子有见于后，无见于先；老子又见于诎，无见于信；墨子有见于齐，无见于畸；宋子有见于少，无见于多”。这些理论也存在偏颇，造成社会上群众无门，贵贱不分，政令不施，群众不化，所以说理论误区造成的社会危害比“天祆”有过之而无不及。为解决“天祆”造成的社会混乱和“人祆”造成的群众不化，走出“天祆”造成的现实困境和解决“人祆”造成的理论难题，荀子把理论的矛头指向殷商、春秋时期具有宗教色彩、道德涵义的“天”，切断“天”与“人”内在的神秘的关联，将原先天人之间不论是巫术式的，还是天命、义理式的一元论的世界图像加以分裂，将人的世界与天的世界划出一条界线，并致力于人治世界的开辟[①]。

二、治乱非天：“还原”天的自然本性

欲开辟人治世界，首先要“还原”天的自然本性，荀子所言“天”到底是宗教之天、道德之天，还是自然之天，这还需从《天论》篇中寻找答案。何谓天？荀子言：“列星随旋，日月递炤，四时代御，阴阳大化，风雨博施，万物各得其和以生，各得其养以成，不见其事而见其功，夫是之谓神。皆知其所以成，莫知其无形，夫是之谓天。”这是荀子《天论》篇对“天”这一概念下的经典定义，主要有三个方面的内涵：其一，“天”是一个自然现象，表现为“列星随旋，日月递炤，四时代御，阴阳大化，风雨

① 东方朔：《合理性之寻求：荀子思想研究论集》，上海人民出版社2016年版，第75页。

博施”；其二，“天”的功用是生养，表现为“万物各得其和以生，各得其养以成，不见其事而见其功”；其三，“天”的特点是静默，表现为“皆知其所以成，莫知其无形”。

从以上“天”的三个方面内涵来看，荀子所言之“天”仅具有自然性质。但在孔子那里，其所言“天”是人生行为的最高指导原则，故曰“唯天为大，唯尧则之”（《论语·泰伯》），但又说：“天生德于予”（《论语·述而》），“天丧予”（《论语·先进》），是于道德思想中犹存宗教思想之观念。至于孔子对天命的超越感，可以通过君子三畏中的“畏天命”来理解，畏，不是畏惧，而是敬畏，敬畏与虔诚，都是依于宗教意识而显发出来的心情，是表示对超越者的归依。可以说，在先秦诸家思想中，孔孟言天、道、性、命，并认为其四者一体相通；墨子尊天志，主尚同，以天意为一切行为的准则，宗教色彩最为浓厚。但其三者都主张敬天。而荀子所言之“天”即自然，却对其不尊不敬，任其自然流行，却是为何？

在上文已经论述，荀子《天论》《解蔽》篇曾提到“天祆”理论，如何对待“天祆”则展示了荀子天人二分、治乱非天的基本理念。荀子将“天祆”起因归为“三乱”：一是对于“星队木鸣，国人皆恐”之说，荀子认为其可怪而不可畏，可怪是因为“物之罕至者也”，诸如“日月之有蚀，风雨之不时，怪星之党见”（《荀子·天论》）都是如此，而不可畏是因为星之队、木之鸣本身都是自然现象，乃是天地之变、阴阳之化之结果，国人亦不必皆恐。这是一乱。二是“天旱而雩，卜筮然后决大事”。遇大事而朝堂议论纷纷，占卜而决后事，这种方式一方面是自古相传的礼俗，另一方面是人文世界中可被允许的活动，因而，荀子也并不反对，在他看来，这些活动本身仅表示正事上的文饰而已，起的是神道设教安抚人心的作用，本非真的天旱而雩，得其所求。如果真的认为祝祷可以得其所求，则人民事事祝祷，必荒废人事，甚至招致祸乱，故曰“以为神则凶也”（《荀子·天论》）。荀子以“非以为得求也，以文之也”（《荀子·天论》）一语，融通实然界与应然界之对立，这体现了理智的人文主义精神。这是二乱。三是信疑鬼神之说。荀子以为天地自然界的怪异现象与人事没有关系，并不是天垂象而向人间预示吉凶祸福，而是人们在神志不清、精神恍惚时把无说成有、有当成无，把影子当成鬼魅，故曰：“凡人之有鬼也，必以其感忽之间、疑玄之时正之。此人之所以无有而有无之时也。”（《荀子·解蔽》）此为三乱。荀子对“天祆”“三乱”起因的解释展示了自然主义的理性特征，去除了天的神性、神道、神秘的面纱，天仅仅是“天行有常，不为尧存，不为桀亡”（《荀子·天论》）的自然现象而已。荀子在此立“天祆”理论，破“三乱”之说，揭其神秘面纱，其目的在于以天之自然性割裂天人关系，明于天人之分，指出治乱非天，而在人为。

荀子云："治乱天邪？曰：日月、星辰、瑞历，是禹、桀之所同也，禹以治，桀以乱，治乱非天也。时邪？曰：繁启蕃长于春夏，畜积收藏于秋冬，是又禹、桀之所同也，禹以治，桀以乱，治乱非时也。地邪？曰：得地则生，失地则死，是又禹、桀之所同也，禹以治，桀以乱，治乱非地也。"（《荀子·天论》）

天行有常，自然运行，既无意志存乎其中，亦与人间之事不相感应，吉凶祸福皆由人为，不关乎天。荀子认为，天既不能祸福人生，亦不能影响治乱。禹、桀之时，天地四时都一样，而禹则治，桀则乱，可见治乱在人，而不在天地四时。假若人"应之以治"，以合乎礼义的行为来肆应，譬如强本节用、养备动时、循道不差，则能得福而吉；纵有水旱之灾、寒暑之厄、妖怪之变，人民依然可以衣食无虞，幸福康宁。反之，假若人"应之以乱"，以不合礼义的行为来肆应，譬如本荒用侈、养略动罕、背道妄行，则必得祸而凶，纵然风调雨顺、寒暑宜人、妖怪不至，人民生活依然会有饥寒之累、疾病之灾。由此可证，治乱吉凶的关键，只在人为，不在天意，怨天求天都没有用，有用的是人在世间依循礼道，制天命而用，才能实现《诗经》里所说的"天作高山，大王荒之；彼作矣，文王康之"之社会理想。

荀子言："天有其时，地有其财，人有其治，夫是之谓能参。舍其所以参，而愿其所参，则惑矣！"（《荀

子·天论》）

天地供给时与财，由人加以治理。“天有其时”与“地有其财”，把治乱祸福一律视为天之所降，而忽视发挥人的主观能动性，把人的作用放到次要地位，终会因循守旧，百废不举，这是“愿其所参”必至的结果；把治乱祸福归于人，则人能发挥制天命而用之之功，以利用自然之物，应对自然灾难，这是不“舍其所以参”的结果。治乱祸福是归于天还是归于人，此关系到社会秩序、人伦规范，需要加以明辨，所以荀子说“明于天人之分，则可谓至人矣”（《荀子·天论》）。关于“天人之分”，荀子认为自然只是作为自然法则去运行，人便无须慕天颂天，也不必怨天求天。荀子将“自然只作自然看”，但还不曾把自然的天作为研究对象，他所面对的不是“知识问题”，虽把天当作自然看，却未采取积极的态度去理解自然。荀子仍然十分关注社会问题、政治问题——这是人的问题，不是“天”的问题。所以，荀子思想所彰显的并不是科学的知识系统，而是人文世界的行为系统。

可见，为了破解“三乱”的现实社会问题及其时代的理论困惑，荀子把视域投向天的本性还原，立自然之天而转向人道世界，明于天人之分、天人职分而追求礼治秩序，如此，荀子则把研究视域从天转向人类社会价值系统之建构，如同在《富国》篇以“欲多而物寡”论证“礼”之起源一样，在《天论》篇中，他从社会秩序、百姓祸福、人伦规范、道德境界等诸多方面来说明礼治的本源问题，从而从“天祆”的本然世界转向“礼义”的应然世界，由“礼义”的应然世界转向“礼治”的意义世界，进而树立起人类追求公平正义的信心。

三、天生人成：礼治政治的价值追求

荀子继承了道家老子“道”的宇宙法则观念，并发展了其自然天观念，对自然现象做了较为理性的思索，进而否定了天对人的行为的影响，并倡言天地间的部分奇特现象，与天的意志无关，也与人的作为无关；人在行动和决定上，都应该注重自己的能力和努力。换句话说，荀子企图将人抬拉到与天同一层级，所以，他将天道自然运行之道与人的伦理关系分开：“道者，非天之道，非地之道，人之所道也”（《荀子·儒效》），即道为单纯的人伦之道。荀子这种天道与人道分途的观念，与其之前的儒家典籍中出现的“天道与人道同”的观念是大不相同的。如此一来，荀子揭除了覆盖在所谓的鬼神与所有祈祷形式，以及当时所难以理解的自然现象上面的神秘色彩，赋予其人文现实的意义。

我们沿着上述思路继续思考，荀子认为天是自然之天，并不包含任何德性，那么，“明于天人之分”在关于荀子知天的态度上表现为两个方面，一方面是要求不可以怨天。之所以不可以怨天，是因为“水旱未至而饥，寒暑未薄而疾，祆怪未至而凶”（《荀子·天论》），这些虽时与世同，但殃祸却异，在不同的时代表现不一样，根本原因在于治世的措施不同，“应之以治则吉，应之以乱则凶”（《荀子·天论》），吉凶祸福在于人们应对的策略不同，倘若人们“强本而节用”“养备而动时”“循道而不忒”（《荀子·天论》），则人间吉福自在，否则，人们则会遭受疾病、贫穷、饥寒之困扰。荀子尤其强调人不可背道而妄行，这里的“道”是就礼道言，也就是礼的规则，如此，荀子就从经济领域转向礼治价值领域，要求从政者依礼而行，做到“志意修，德行厚，智虑明”（《荀子·天论》），“志意修”是就精神言，“德行厚”是就德性言，“智虑明”是就意识言，这三个方面的表现所涉及的是道德领域的德性修养、道德践行、道德选择的问题。荀子在更深的层面上引导人们思考面对强本与本荒、养备与养略、循道与背道的两难问题该如何进行抉择，圣人是求知天还是不求知天？官人是守天还是守道？君子是慕其在天还是敬其在己？也就是说，在圣人、官人、君子之间，荀子都设置了天人之间的政治问题、政策措施和伦理难题。

圣人之功在于“清其天君，正其天官，备其天养，顺其天政，养其天情”，其政策目标是“其行曲治，其养曲适，其生不伤”（《荀子·天论》），如此，谓之“全齐天功”。而“官人守天，而自为守道也”（《荀子·天论》），表明荀子不务天之意。在荀子看来，天、地、四时、阴阳之道，在于“大巧不为，大为不虑”，官人坚持天人之分而守自己职分，自守其道即可，就君子言，要求“君子道其常而小人计其功”（《荀子·天论》）。在此，“常”和“功”是与君子和小人相对的概念。“君子道其常而小人计其功”上句为“君子有常体矣”，于此，“道”和“体”应该是同一概念，都为礼义。在《荀子·天论》中，其所言“道”有多重含义，一是指礼义条理，如荀子言“循道而不忒”“倍道而妄行”“百王之无变，足以为道贯”“万物为道一偏”；二是指天地万物运行之规律，如“官人守天，而自为守道也”“不可以怨天，其道然也”；三是表动词，是“言”的意思，如“君子道其常”。从《天论》篇文本来看，荀子的“道”更多表示礼义之意。既然“君子道其常”与“小人计其功”相对，那么这里的“道”不仅具有“礼”的意蕴，更倾向于“义”的内涵，正如孔子所说的“君子喻于义，小人喻于利”（《论语·里仁》）。在荀子思想中，从“强本”“养备”到“修道”，从“天有其时”“地有其财”到“人有其治”，从“备其天养”“顺其天政”到“养其天情”，从天、地、四时之治乱到禹、桀之治乱，礼治秩序之建构，价值意识之觉醒始终是其中一以贯之的主题，表现了荀子期待凭借客观化之礼建构伦理政治秩序之意识。

倘若此说尚不甚明朗的话，再看荀子“不怨天”的第二个方面含义——破“人祆”之理、立礼治之道。何谓“人祆”？即荀子所说“上暗而政险”。其表现有三：其一，政险失民，结果是“楛耕伤稼”“籴贵民饥”；其二，政令不明，结果是“举错不时，本事不理”；其三，礼义不修，结果是“内外无别，男女淫乱，则父子相疑，上下乖离，寇难并至”。荀子所言“人祆”三者有其二为政治制度和政策措施方面之错乱，一者为礼义制度方面之错乱，荀子所论证的基本思路是先言政治而后言伦理，尤其是荀子具体列举了礼义不修的各种表现形式，言语间焦灼之情溢于言表，对天可以不急、不察、不治，但是对人而言如果礼义不修，可导致牛马相生，六畜作妖，甚至危及国家。而要破上述三者“人祆”，关键是要知人伦之理，诸如“君臣之义，父子之亲、夫妇之别，则日切瑳而不舍”（《荀子·天论》），同时，从政者本身要明于礼义之道：隆礼尊贤，重法爱民，否则，如果“礼义不加于国家，则功名不白”，因为人之命在天，国之命在礼。荀子言：“百王之无变，足以为道贯。一废一起，应之以贯，理贯不乱，不知贯，不知应变。”（《荀子·天论》）在此，杨倞注：无变，不易也。百王不易者，谓礼也。言礼可为道之条贯也。荀子在此所言“虽质文废起时有不同，然其要归为礼为条贯”。《论语·为政》曰：“殷因于夏礼，所损益可知也；周因于殷礼，所损益可知也；其或继周者，虽百世可知也。”既然礼可损益而治百世之道，对于治民而言，要做到道无不明，则需要“治民者表道，表不明则乱。礼者，表也”（《荀子·天论》）。把礼作为治民、治道之标准则为道之所善，治之所向，道无不明，内外无异。

因此，就“制天命而用之”而言，荀子所谓“理物而勿失之”“骋能而化之”“应时而使之”“物畜而制之”，都是在“表道”“修道”的前提下而实现的“君子道其常”之“常道”，“人有其治”之“治道”，“国之命在礼”之“礼道”，才能真正为现世人们价值观的转变和世界图像的调整提供崭新的意义基础和方法基础①。

综上所述，通过系统的梳理我们可以看到，荀子的《天论》篇是一部自然观、宇宙论的文本，但更确切地说，在《天论》篇中，政治伦理思想被独立阐析出来，其本质上是政治与伦理相贯通的政治哲学文本。荀子通过对现实问题的冷静分析，对现世理论的理性思考，对“天袄”现象的准确判断，以对天的讨论为理论突破口，引导人们对政险失民、政令不明、礼义不修的“人袄”问题进行思考，明于天人之分，借由天性之自然进入人治之社会，继而以礼为价值归依转向对人类社会之治理，礼义也成为荀子评价政治措施、圣人君子人格，推动社会由乱而治，实现正理平治之公平社会的价值动力。荀子在建构“治论”时，充分吸收了稷下和道家的“治论”及“道论”，他仍然坚持儒家伦理学说的传统，关注着建构良好社会秩序的具体方法。对荀子而言，唯有透过“礼义”的伦理价值，社会才能达成治的道德理想②。

---

① 东方朔：《荀子〈天论〉篇新释》，《哲学动态》2017年第5期，第39页。

② 佐藤将之：《参于天地之治：荀子礼治政治思想的起源与构造》，台大出版中心2016年版，第317页。

第二节　从义不从父：基于家族血缘关系的伦理政治秩序

伦理政治的基本特色是伦理政治化，先秦儒家政治哲学是建立在血缘关系之基础上的，伦理以血缘为基础，政治以伦理为本位，最终家族血缘之理上升为国家治理之法则。家庭伦理关系是社会政治关系之原型，从这个角度看，早期儒家伦理政治的政治秩序设计，因其根源于血缘关系，而具有了伦理政治之道归宗于宗法血缘关系这种自然性秩序之特点。而这种人伦之理体现在价值上便是“忠孝一体”“由孝及忠”“移孝作忠”。先秦儒家诸子在构建社会政治秩序的思路上，都遵循以血缘伦理之自然秩序确立礼义法治之社会秩序的路径，但是，由于在天道、人性理论上的立论基础不同，荀子在父子、兄弟等血缘伦理政治之建构上走的是一条与孔子、孟子不同的道路。

一、从孔子到孟子：血缘伦理政治从“仁”向“仁义”之转变

孔孟在秩序建构方面，主张以自然秩序为起点寻求良好政治秩序，具有以血缘关系摹写政治秩序的自然主义特征。从反映父子之伦的孝道思想来看，孔孟都取法自然血缘关系以建构政治关系，依次递进，呈现强化和清晰化的状态。父子之道，就是父子之间爱敬之道，而这种爱敬之道，就是孝

道。故有子言“孝弟也者，其为仁之本与?”（《论语·学而》）若从孝的根源来说，也就是从人性来观察，则孝是人类爱心的呈现，这种爱心就是仁的一种表现；若从孝的作用来说，则孝由敬爱父母，进而尊敬长上，扩而爱人爱物，这就是孟子阐述的“亲亲而仁民，仁民而爱物”（《孟子·尽心上》）的道理。

孔子的伦理政治思想的基本思路是以“仁”为“孝”的根源，并推及政治的效用。孔子之所以提出“仁”，主要原因在于，春秋末年礼崩乐坏，在这种情形下，须把维持政治秩序的礼乐与宗法转化成维持社会组织的一种精神力量，于是他提出将宗法制度中的“亲亲”精神转化为家庭关系中的“孝悌”精神，使宗法的政治继承系统转变为家庭的伦理关系，使家庭之中父子、兄弟等血缘亲属间皆有合理的相处之道，不管政治如何改变，只要家庭人伦关系不变，父子关系不变，孝悌精神就可存而不废，再由“孝悌”的伦常精神推至“仁”的道德精神，培养人心之中敬爱父母之心，这就是孝，所以孝与仁关系密切，孝乃仁之本，并由“孝慈则忠”推及维护社会秩序，“其为人也孝弟，而好犯上者，鲜矣”，“君子务本，本立而道生”（《论语·学而》），认为只要专心致志，把握根本，仁道就能由此产生。

孟子继承了孔子以仁为本的伦理政治学，试图从“仁”和“义”两个方面建立政治秩序。在孟子的血缘伦理政治学说中，经常仁义对举，如：

"父子有亲，君臣有义。"（《孟子·滕文公上》）

"未有仁而遗其亲者也，未有义而后其君者也。"（《孟子·梁惠王上》）

"仁之于父子也，义之于君臣也。"（《孟子·尽心下》）

就仁义与父子君臣关系而言，孟子认为，一方面，父子之间要有亲爱之情，君臣之间要有敬重之义；另一方面，有仁爱之心就不会遗弃亲爱之人，讲道义就不会对君臣义务置之不理。在孟子看来，在家处理好父兄关系，在外处理好各种长上关系，天下就会太平。从反面来讲，破坏家庭的人被称为"贼"，残害国家的人被称为"残"，既破坏家庭又残害国家的人被称为"残贼""一夫""独夫民贼"。那么，孟子为什么要以"仁"指向家庭、父子、亲情、自然，而以"义"指向国家、君臣、理义、社会？宽泛而言，是因为人处在诸多社会关系当中，如父子关系、君臣关系、夫妻关系、兄弟关系、朋友关系、师生关系。仅就"仁"与"义"而言，"仁"的主要含义是仁爱、亲爱，"义"主要表现为理性、理义的原则[1]；"仁"与自然本能、自然血缘有密切关系，"义"与理性自觉、社会义

---

① 张奇伟教授也分析了孟子对义的两种界定，认为作为社会等级秩序的"义"也指长幼兄弟之间的慈爱敬顺等。然而，在中国封建社会中，长幼兄弟的关系也被赋予了上下尊卑贵贱的内涵。而且，之所以强调长幼兄弟之"义"，主要也在于强调建立在此基础上的等级上下尊卑关系。换句话说，"敬长"附属于"君臣"之义（参见张奇伟：《亚圣精蕴：孟子哲学真谛》，人民出版社1997年版，第33页）。

务相互蕴含。人虽然处在诸多社会关系之中，但就其主要方面而言，孔子讲“君君、臣臣、父父、子子”（《论语·颜渊》），主要提到了君臣父子关系；孟子讲到“无父无君，是禽兽也”（《孟子·滕文公下》），也主要是提到了君臣、父子关系。孔子与孟子的表达虽然不同，但也有相通之处，他们都认为君臣父子关系是所有关系中最主要的关系。

孟子不仅把“仁”作为处理父子之间关系的法则，而且还提出了“怀义事亲”[①]。人之当以仁义侍奉父母，不应怀功利以事亲。孟子曰：“为人臣者怀利以事其君，为人子者怀利以事其父，为人弟者怀利以事其兄，是君臣、父子、兄弟终去仁义，怀利以相接，然而不亡者，未之有也。”（《孟子·告子下》）意思是，人与人之关系，若以私利之有无作为彼此相交之原则，这样的人际关系不能维系长久。若以仁义相接，则“所守者道义，所行者忠信，所惜者名节，以之修身，则同道而相益”（欧阳修《朋党论》）。尤以君臣、父子、兄弟之间，更不能以利相接，而应该与人友善相处，不能因时空之变迁而有人情冷暖之挫伤，父子兄弟之间是天伦关系，天生一体不可分离，更

① 李明辉曾评价，从孔子到孟子，再从孟子到孟子后学，我们可以看到儒家的道德哲学越来越内在化，也越来越脱离经验世界的参考架构。儒家思想的这种变化，如果从心性论的观点来看，也许可以视为一种理论的进展；但对于对经验世界的意义架构感到兴趣的人而言，这种发展则令人感到不安（参见李明辉：《孟子思想的哲学探讨》，台湾学生书局1995年版，第240页）。

不能掺杂利害关系，否则，便会失去本有亲亲之情，敬长之义。孝敬父母，是仁义的表现与人性良知的显现。

无论是孔子还是孟子，其以“孝”为中心的伦理政治建构，都以“仁”或“义”为基本的道德情感，尤其是孟子强调仁义对举或仁义并举，赋予“义”以理性主义的特征，让人们在面对君子、父子、兄弟人伦之间的道德问题时，能够进行智性思考抉择，在多维的社会政治秩序之中定其分位，致其所爱，诚如孟子所言：“仁之实，事亲是也；义之实，从兄是也；智之实，知斯二者弗去是也。”（《孟子·离娄上》）

二、孝子之道，礼义之文理：血缘情感向礼义实体之回归

《子道》篇是《荀子》文本中论述“孝”最重要的一篇。荀子的孝道思想，继承了孔孟仁义之道，其基于血缘情感，源于礼义文理，在情性与礼义的冲突中明确“从与不从”之义，在礼义的规约之中敬亲、从道、中行，从而实现先秦早期儒家伦理政治思想从仁义之情向礼义实体的回归。那时，国家、天下将为一统，需要建立一种井然和谐的新的政治秩序，要求重新确立血缘宗法社会所特有的上下、尊卑、长幼等级关系，并制定相应的利益分配原则。对此，荀子期冀以“礼”来维护宗法等级分位，权衡制定各等级相应的分配原则，以达政令可行，秩序可立，天下可平。“礼”在荀子那里已经明显制度化、法律化、

政治化，成为一种可以推行的礼治，其植根于血缘宗法又服务于血缘宗法制，它将君臣、上下之政治关系与父慈子孝、兄友弟恭之类的血缘亲情关系巧妙又缜密地组织在一起。

首先，“孝”是一种敬的情感，这是和孔孟思想一脉相承的。人之为人，孝顺双亲是基本义务，孝亲不仅意味着要赡养父母，也要敬重双亲。孔子曾说：“今之孝者，是谓能养。至于犬马，皆能有养；不敬，何以别乎？”（《论语·为政》）沿着孔子的追问，荀子在《子道》篇又提出三问：“子路问于孔子曰：‘有人于此，夙兴夜寐，耕耘树艺，手足胼胝，以养其亲，然而无孝之名，何也？’孔子曰：‘意者，身不敬与？辞不逊与？色不顺与？’”在此，荀子认同孔子之问，认为事亲要敬亲，在跟父母交谈时要谦逊有礼；在容颜上要婉顺愉悦[1]。如有人可以兼顾，“则何为而无孝之名也？意者所友非仁人邪？”所以孔子告诉子路说：“故入而行不修，身之罪也；出而名不章，友之过也。故君子入则笃行，出则友贤，何为而无孝之名也！”（《荀子·子道》）

其次，孝源于礼义文理。荀子在《性恶》篇云：“今

①荀子在此提出身敬、辞逊、色顺践形说。之前孟子有践形理论，管子也有全形理论。孟子的“践形”与“尽心”互为表里，有诸内，并行于诸外。管子也说：“心全于内，形全于外。”孟子言“夜气”——四端之心扩充至极，使学者身体完全转化后，身体自然会发出一种道德的光辉，而荀子的“践形”说是表达由外而内的对人尊重的情感。

人之性，固无礼义，故强学而求有之也；性不知礼义，故思虑而求知之也。”人之礼来于性之外，需要学、思、虑而知之，求知，从而使人之情性得以矫伪，就如木头一样本初为朴，经过蒸矫加工之后方为材，人之性也要经历如此过程。那么，人之本初是什么样态？荀子言：

> “今人之性，饥而欲饱，寒而欲暖，劳而欲休，此人之情性也。今人饥，见长而不敢先食者，将有所让也；劳而不敢求息者，将有所代也。夫子之让乎父、弟之让乎兄，子之代乎父、弟之代乎兄，此二行者，皆反于性而悖于情也。然而孝子之道，礼义之文理也。故顺情性则不辞让矣，辞让则悖于情性矣。用此观之，人之性恶明矣，其善者伪也。”（《荀子·性恶》）

这段话主要论述了性恶善伪说，主要包括四个方面的内涵：一是“饥而欲饱，寒而欲暖，劳而欲休”是人之本初状态，荀子谓之“朴”，这是性情之本然状态；二是“见长而不敢先食者，将有所让也；劳而不敢求息者，将有所代也”，这是生活中的实然状态；三是“反于性而悖于情”，这是生活中情性与让代行为之矛盾状态；四是“孝子之道，礼义之文理”，这体现以礼义文理化解情性之冲动达到治理的应然状态。“见长而不敢先食者”“故顺情性则不辞让矣，辞让则悖于情性矣”都是为了论证“所谓性善者，不离其朴而美之，不离其资而利之也”（《荀子·性恶》），其中包含两个隐含的问题，一是从人之情性的角度来讲，饥而欲饱，寒而欲暖，劳而欲休都是人之生理本能，饥、寒、劳都是人之生的本然状态，欲饱、欲暖、欲休是人之知的正常抉择，人之生、人之知都是属于情性范畴，荀子谓之性，无所谓善恶，那么为什么人在本然状态下“见长而不敢先食，劳而不敢求息”呢？也就是说，荀子在面对情性之发展而不敢的原因是什么呢？二是荀子言“孝子之道，礼义之文理也”，以礼义化解“顺性情”与“不辞让”之间的矛盾，那么礼义又是如何能够化解情性矛盾的，其中的动力原理结构是什么呢？

就问题一论，张奇伟教授认为，辞让父兄是出于人们理性计较之后伴随忧患意识而产生的不敢之心，以及随着心对道的体知程度的提升在不敢之心基础上产生的对人道的敬畏情感[①]，笔者认为荀子在此还是继承了孔子孝之敬的精神，即敬畏情感。孔子曾言：“君子有三畏：畏天命，畏大人，畏圣人之言。”（《论语·季氏》）就荀子而言，对父对兄敬畏并不是敬畏父或兄之个人，而是敬畏父子、兄弟之伦以及他们之间所形成的人伦之理，荀子言：“请问为人父？曰：宽惠而有礼。请问为人子？曰：敬爱而致文。请问为人兄？曰：慈爱而见友。请问为人弟？曰：敬诎而不苟。”（《荀子·君道》）“有礼”“敬爱”“致恭”“敬诎”都包含了对父子、兄弟之伦理的敬畏之情。荀子继承了孔子的“三畏”之言，在精神哲学层面上和康德哲

① 张奇伟、吴宝红：《“性恶”之人何以为善——基于荀子孝观念的考察》，《中国哲学史》2019年第6期，第20页。

学有异曲同工之妙。康德认为，人之冲动在本质上是一种特殊情感。这种特殊情感是什么？康德认为，对于道德法则的敬重是一种情感，它产生于理智的根据，并且这种情感是我们完全先天地认识的唯一情感，而其必然性我们也能够洞见到[①]。对于道德法则的敬重何以产生道德冲动或实践理性的动力？康德说："因为对于我们所尊重的、却又（由于意识到我们的软弱）畏惧的东西，由于更加容易适应它，敬畏就变成偏好，敬重就变成爱；至少这会是献身于法则的意向的完善境界，倘使一个创造物某个时候能够达到这一点的话。"[②]樊浩认为，"对道德法则的'敬重情感'，既是冲动形态的道德，也是实践理性的根本动力"[③]。在荀子政治伦理思想中，虽然不能将荀子哲学的基本范畴等同于西方哲学的概念，但是两者在精神哲学层面是相通的。在面对情性本能与父兄之伦的两难矛盾时，人们对父兄由敬而爱，由爱而不苟，实现人之心理的冲动形态向人之行为的实践理性过渡，而其中，礼义的分辨、养心制情起着关键作用，而这就过渡到我们对第二个问题的回答。

荀子如何化解性情之冲动？荀子所言"顺情性则不辞

① 康德：《实践理性批判》，韩水法译，商务印书馆1999年版，第80页。

② 康德：《实践理性批判》，韩水法译，商务印书馆1999年版，第91页。

③ 樊浩：《道德形而上学体系的精神哲学基础》，中国社会科学出版社2006年版，第292页。

让矣，辞让则悖于情性矣”中，“情性与辞让”是处于冲动形态的两个概念，如何解决这个冲动造成的矛盾，荀子提出“孝子之道，礼义之文理也”，也就是以礼之理来化解它们之间的矛盾，可以说，荀子政治伦理在精神哲学层面遵循的是“欲—理”冲动的哲学形态，这样的形态中所充满的矛盾，一般都需要发挥实践理性的能力来解决。黑格尔曾言：“现在假如我们把其他一切冲动搁置一边，而只置身于其中一个，我将处于毁灭性的局促状态中，因为这样一来，我抛弃了我的普遍性，即一切冲动的体系。”[①]在荀子看来，情性本身具有发展性、趋恶性，如此就需要以礼的普遍性对个体的情性进行约束，需要礼对之进行涵养、教化、规约，才能实现“情性与礼义”之间冲动的和谐，而礼义化性起伪功能的发挥，离不开理性。理性主要具有以下三个方面能力：心以征知、心以知道、心之能诚。荀子言：“凡以知，人之性也；可以知，物之理也。”（《荀子·解蔽》）由于人有先天“质”“具”的辨识能力，心能知人之性，而物之理也能被知，当然物之理也包含社会生活中的人伦之理，诸如荀子在《子道》篇中提出的父子、兄弟、君臣、夫妇之间的伦理规范，既然人伦之理可以被认知，那么约束人伦之理的礼是否可以被认知呢？荀子言：“何谓衡？曰：道。故心不可以不知道。心不知道，则不可道而可非道。”（《荀子·解蔽》）此处的

① 黑格尔：《法哲学原理》，范扬、张企泰译，商务印书馆1961年版，第28页。

道，杨倞注为礼。由于心能够“虚壹而静”，能够“出令而无所受令”（《荀子·解蔽》）进行抉择，故心能知礼，“性不知礼义，故思虑而求知之也”（《荀子·性恶》）。心能知、能虑，具有知“道”的思辨功能，因而当面对情性的欲求与辞让的要求之困境时，就能够依礼为之择，以师法之化、礼义之道而化之、导之，人们才会拥有推辞谦让的美德，自觉遵守国家的礼法。可以说，孝子之道，出于情感，荀子在《性恶》篇中言“妻子具而孝衰于亲”，他认为父子之情更需要礼义的涵养和维护，父子亲情，系于心诚。正如其在《不苟》篇中云：“父子为亲矣，不诚则疏。”父子之亲情，亦需诚以求之。所谓“诚于中，形于外，感于人”，即至诚无他矣，惟守仁行义而已。盖仁者爱也，故亲，义者理也，故行，仁之爱亲，体现在义的行为之中，而适宜、适中，行事皆合理也。

三、从与不从：“从义不从父”与“父为子隐”之比较

荀子在《子道》篇中言：“入孝出弟，人之小行也。上顺下笃，人之中行也。从道不从君，从义不从父，人之大行也。若夫志以礼安，言以类使，则儒道毕矣，虽舜，不能加毫末于是矣。孝子所以不从命有三：从命则亲危，不从命则亲安，孝子不从命乃衷；从命则亲辱，不从命则亲荣，孝子不从命乃义；从命则禽兽，不从命则修饰，孝子不从命乃敬。故可以从而不从，是不子也；未可以从而

从，是不衷也。明于从不从之义，而能致恭敬、忠信、端悫以慎行之，则可谓大孝矣。传曰：‘从道不从君，从义不从父。’此之谓也。”

这段话是《子道》篇的开端，也是荀子论孝子之道的主旨，明确在“从与不从”之中“从义不从父”，乃是人之大行或是大孝。关于本篇之主题，历代方家有许多注释。李滌生云：从义不从父，是《子道》的要点[①]。王天海认为，《子道》篇开端即论为子之道，主张“从道不从君，从义不从父”乃“人之大行”，并认为孝子“三不从”是以为大孝、为仁人，反对愚忠、愚孝，肯定争子、争臣，从根本上充实和丰富了儒家忠、孝、仁、义学说[②]。章诗同认为，“入孝出弟，人之小行也……不能加毫末于是矣”，如果思想依于礼而不妄动，言论本于法而不乱说，这样儒者之道就完备了[③]。首先我们需要理解荀子在此处所言“从义不从父”的“义”为何意，然后才能在此“义”的学术背景下探讨荀子言此欲解决的理论问题。王灵康认为，荀子的“义”所表达的意义可能也包含某种能力，而且它决定行为的位阶似乎优先于既有的行为法则[④]。

① 李滌生：《荀子集释》，台湾学生书局2000年版，第651页。

② 王天海：《荀子校释》，上海古籍出版社2005年版，第1127页。

③ 章诗同：《荀子简注》，上海人民出版社1974年版，第324页。

④ 王灵康：《“义”的歧义与〈荀子〉道德规范的性质：以近年国外学者之探讨为线索》，《国立政治大学哲学学报》2019年第41期，第45—92页。

王楷认为，较之“仁先义后”，“从义不从父”显然在仁义关系中将义的地位做了新的强调和提升[1]。陈大齐认为，义与礼同质、同用、同功，又可互相通用[2]。本文在此取陈大齐先生“以义为礼”之义。在荀子思想中，义之本质为理，亦即礼之理。“礼也者，理之不可易者也。”（《荀子·乐论》）“行义以礼，然后义也，制礼反本成末，然后礼也。”（《荀子·大略》）与《论语·卫灵公》所载“君子义以为质，礼以行之”之语意义完全相同。“礼者，断长续短，损有余，益不足，达爱敬之文，而滋成行义之美者也。”（《荀子·礼论》）礼之行止由义所决定，义所当行，礼不得不行，“滋成行义之美者”也表明礼以行义为向，非以义外有所依据。“行义以礼”，表明义是礼之所行，礼是义之所用，义是所行的，诚诸内，礼是所用以行的，形诸外，故实言之，义为里而礼为表，义为里则为行之所宜，礼为表则为节之所仪，两者以仁为本、相互发用。因此，荀子在此所言“从义不从父”之“义”当为“礼”意，其意为“家庭社会人伦之理”，也与荀子所言“志以礼安，言以类使”“不从命乃敬”“而能致恭敬、忠信、端悫以慎行之”（《荀子·子道》）的“礼安”“恭敬”之意一致。当然，王灵康先生把荀子的“义”界定为人的道德能力也有一定的道理，这就涉及“义”的作用问

① 王楷：《天生人成：荀子工夫论的旨趣》，中国社会科学出版社2018年版，第92页。

② 陈大齐：《陈百年先生文集：孔孟荀学说》，台湾商务印书馆1987年版，第379页。

题，也是“义”或“礼”的应变能力，荀子谓之“以义应变”。《荀子·不苟》言：

> “君子崇人之德，扬人之美，非谄谀也；正义直指，举人之过，非毁疵也；言己之光美，拟于舜、禹，参于天地，非夸诞也；与时屈伸，柔从若蒲苇，非慑怯也；刚强猛毅，靡所不信，非骄暴也。以义变应，知当曲直故也。”

“与时屈伸”“以义应变”是荀子面对复杂的人伦困境时的应变之道。至于其意，王先谦注曰：以义应变者，以义变通应事也。义本无定，随所应为变通，故为“变应”[①]。“与时屈伸”是《周易》中“时止则止，时行则行”思想的延续；“以义应变”是春秋以来礼制思想的损益。《春秋繁露》曰：“明乎经变之事，然后知轻重之分，可与适权矣。”可以说，荀子“从义不从父”的相关论述也是“以义应变”经权思想的延续。基于这一思想，在“从与不从”之间，荀子提出他的观点。荀子认为，有下列三种情况可以不从父母之命：一是从命则亲危；二是从命则亲辱；三是从命则禽兽。因为不从命，而使父母得以平安，这是忠亲的表现；因为不从命，而使父母得到荣耀，这是正义的表现；因为不从命，而使父母的行为免于陷于禽兽而合乎礼义，这是敬亲的表现。不过，如果能够从命而不从命，这就是不孝；如不可从命而从命，这就是

① 王先谦：《荀子集解》，中华书局2012年版，第40页。

不忠；如果能谨慎对待“从与不从”之道理，并能致忠信端悫而慎行，这就是大孝或大行。

“从与不从”所遵循的是父母能够安荣合礼之理，否则将陷父母于不义之境地，故为人之子当为孝而争，“父有争子，不行无礼；士有争友，不为不义。故子从父，奚子孝？臣从君，奚臣贞？审其所以从之之为孝、之谓贞也”（《荀子·子道》）。荀子认同孔子之言，认为要审度父命，可从则从，不可从则不从，从与不从之理在于父母人伦之礼义法则，否则将会造成社会人伦失序，父母有过则必或劝或谏而争，此举虽有一时失和却维护了社会稳定之大伦与政治秩序之公义。荀子这一“从与不从”的权变之道，也是从孔子“父为子隐，子为父隐”之重视血缘伦理向以礼义为中心而重视社会政治人伦的一次逆转，反映了礼之经的普遍性与义之变的灵活性的有机结合。孔子在《子路》篇中言：“吾党之直者异于是，父为子隐，子为父隐，直在其中矣。”孔子主张父子互隐，认为这种做法才是直道的根源。孔子这种说法，至少表明了三层意涵：其一是没有私情存在，就不会有公义，为了社会最大的公义，就必须容许家庭伦理小私的存在，以便保存家庭伦常关系这个社会伦理的发源地。其二，父子互隐以保存伦常关系，可以说是社会之“大直”，父攘子证的作为是“小直”。以牺牲“大直”来换取危及父子伦常关系的“小直”，最终“直”必定变成“枉”；以破坏社会伦理的代价，换取“大义灭亲”的虚名，最终家庭关系会变成没有情义的社会关系。其三，父子天伦乃道德教化之本源。孔子以血缘仁爱之情来维系父子之伦，荀子以礼义之道来维护父子之伦，一为仁义在先，一为礼义在先，从仁义出发重视人的本然直觉来进行道德选择，这才导致父为子隐，子为父隐；而从礼义出发重视人的理性判断来进行道德选择，可以使人们在“从与不从”的理性辨析中亲于父子之情而忠于父母之伦，进而维护社会政治秩序之稳定。

早期儒家政治哲学有着深切的伦理关怀和道德意识。以孔孟为代表的以仁为中心的宗法血缘结构至荀子已经发生了改变，他更多地倾向把礼之经和义之变结合起来处理社会问题，在荀子思想中，面对“可与非可”“道与非道”“从与不从”等诸多的理论难题，孔孟的仁的意蕴已经渐渐淡化，在社会政治实践层面，以各种规范性的礼义贯穿其中乃是情理之中，但其价值旨归仍是仁。就代表宗法血缘关系的孝来讲，“灾祸患难而能无失其义，则不幸不顺见恶而能无失其爱，非仁人莫能行”（《荀子·子道》），这就是《诗经》所说的“孝子不匮”，也即荀子所言仁义礼三者皆通也。

第三节　尽伦尽制的家国一体结构

早期儒家政治组织构建是血缘—伦理—政治三位一体的宗法等级制度，其基本原理是把孕育于家族血缘中的情，诸如仁爱、孝悌等上升为社会普遍的人伦之理，并外推为具体的政治制度，形成以血缘为纽带、伦理与政治合一的家国一体的政治体制。“制礼作乐”就是把这种体制以上层建筑的形式从各方面加以制度化，在这种礼乐文化之中，礼便成为维系社会秩序的伦理政治准则，以礼为准则而维护社会秩序的人伦之分是早期儒家治世的内在逻辑理路，而这种思维模式在荀子思想中则表现为尽伦尽制的家国一体结构。

一、人伦之分：治世的逻辑理路

荀子言：“故学也者，固学止之也。恶乎止之？曰：止诸至足。曷谓至足？曰：圣也。圣也者，尽伦者也；王也者，尽制者也。两尽者，足以为天下极矣。”（《荀子·解蔽》）尽伦尽制是荀子伦理政治思想在家国一体结构中的基本表现形式。此处“伦”字，历代注家注释不一。杨倞注：伦，物理也。制，法度也[①]。王先谦注：伦，物理也。制，法度也[②]。李滌生注：伦，物理，制，礼法[③]。梁启雄注：伦，谓人伦，即人生哲学；制，谓制度，即政治哲学[④]。王天海按：伦者，理也，人伦物理兼包之。久保

① 东方朔：《荀子》，上海世纪出版集团2010年版，第256页。
② 王先谦：《荀子集解》，中华书局2012年版，第394页。
③ 李滌生：《荀子集释》，台湾学生书局2000年版，第499页。
④ 梁启雄：《荀子柬释》，台湾商务印书馆2005年版，第307页。

爱曰：伦，伦类也[①]。在此，李滁生、王先谦皆取杨倞说，认为伦为物之理；而梁启雄、久保爱皆认为伦为人伦或伦类；王天海则综合前两者，认为伦之意为人伦物理兼包之。由于此处“伦”字涉及荀子治世的基本理路，所以我们在此必须厘清其基本内涵。

在《天论》篇中，荀子把人的视域从天转向人，认为“万物之怪，书不说。无用之辩，不急之察，弃而不治”，相反，“君臣之义，父子之亲，夫妇之别，则日切瑳而不舍也”，而所谓君臣之义，父子之亲，夫妇之别乃是社会人伦之理，也就是荀子所谓的礼伦，它所起的作用在于“百王之无变，足以为道贯。一废一起，应之以贯，理贯不乱”。而且，荀子在《劝学》篇中也曾提到，“学恶乎始？恶乎终？曰：其数则始乎诵经，终乎读礼；其义则始乎为士，终乎为圣人”。我们通过综合《解蔽》《天论》《劝学》篇的相关论述可以看出，荀子所言的知并不是知物之理，而是知人伦之理或礼之理，其目的在于成就圣人人格。因而，我们可以断定，荀子言“尽伦尽制”之“伦”当为人伦，更确切地说是人伦之理，而不是杨倞所注的物理也。荀子在《劝学》篇中言“伦类不通，仁义不一”；在《臣道》篇中言“礼义以为文，伦类以为理”；在《致士》篇中言“礼以定伦，德以叙位”；在《解蔽》篇中言“是故众异不得相蔽以乱其伦也”；在《大略》篇中言

① 王天海：《荀子校释》，上海古籍出版社2005年版，第875页。

“贵贵、尊尊、贤贤、老老、长长，义之伦也”。以上所言“伦”都可以作人伦理解，它是与礼或义紧密关联的一个概念。

虽然荀子因注重外王事功而强调在礼义法度方面的“尽制”，但是并未因此忽略内在于礼义法度的道理以求“尽伦”。人伦是先秦儒家思想的核心概念之一。人伦一方面体现为父子、君臣、夫妇、朋友、兄弟这五种基本关系，另一方面也指人之为人的基本道理。《论语·学而》中有子言：“君子务本，本立而道生。孝弟也者，其为人之本与！”有子认为，孝悌是社会安定的基本要素，是君子致力的根本基础。孔子也曾指出，为政的要素在于君臣父子各自尽到自己的本分，另外，他也借子路之口说出，“长幼之节”和“君臣之义”是不可废的大伦。孔子之后的孟子，也肯定了人伦的重要性，孟子和荀子一样，都肯定了圣人是人的最高境界，认为圣人之所以为圣人的其中一个标准就是掌握人伦。孟子指出：“圣人，人伦之至也。”（《孟子·离娄上》）他认为，人与禽兽的一个主要区别在于人具备人伦，当他忆述尧舜禹的往迹时，说到后稷教晓人们耕作知识之后，虽然人们能够饱食暖衣，但帝舜仍忧虑人们如果不能接受恰当的教育，仍然和禽兽相近，所以命契为司徒，教育人们五伦——“父子有亲，君臣有义，夫妇有别，长幼有序，朋友有信”（《孟子·滕文公上》）。另外，孟子也指出：“人之所以异于禽兽者几希，庶民去之，君子存之。舜明于庶物，察于人伦，由仁义行，非行仁义也。”（《孟子·离娄下》）显然，在孟子看来，君子与禽兽之差别就在于君子拥有人伦和仁义，并且孟子认为仁义就是展现于人伦关系中的德性，他指出“亲亲，仁也；敬长，义也”（《孟子·尽心上》）。以此看来，人伦作为先秦儒家的核心概念之一，实际上和其他核心概念——包括仁义、圣人、君子、礼等紧密关联，甚至彼此相互构成，这些概念不过是对同一价值秩序的不同描述。人伦反映的是价值秩序的基本成分，它与分相对应，以表达个体的伦理义务与权利，其最终目的是安伦尽分，以维护社会秩序的稳定。在君臣父子等各种人伦关系中，分由伦决定，同时又维护着伦。由此形成一种以区分为中介，以维护秩序为目的的伦理和谐。

在荀子那里，在分的思想的基础上，他提出了以区分、分辨为特质的治世理路。荀子认为，人之所以为人者，就在于其对事物有各种区别分辨，并且通过这种分辨使人和禽兽有异。

至于区分的例子，荀子所举的恰恰是父子的亲情辨别——“夫禽兽有父子而无父子之亲，有牝牡而无男女之别。故人道莫不有辨”（《荀子·非相》）。紧接着荀子指出，区分辨别的标准就是礼——“辨莫大于分，分莫大于礼，礼莫大于圣王”（《荀子·非相》）。可以说，荀子以礼来确立社会之秩序，这种思想和孔子的思想一脉相承，反映了早期儒家面对社会失序而产生的秩序情节。相反，在《解蔽》篇中，荀子批评庄子的思想是“蔽于天而不知人”，从荀子和庄子的应世路径来看，这里的人当是指圣人，更确切地说是指圣人之制。荀子认为，世界之初的状态是人人趋利，如果没有圣人制定礼乐，以节人之欲，养人以情，在人与人之间明确名分，指明每个人都应承担的人伦义务，也就是其所说的圣人尽伦尽制，那么社会就难以结束争乱穷的混乱状态而恢复秩序，实现至平的社会理想。而庄子恰恰把圣人之治作为世界动乱的根源。庄子在《马蹄》篇中言：“道德不废，安取仁义？性情不离，安用礼乐？……毁道德以为仁义，圣人之过也。”他认为万物群生相互连属，彼此毫无畛域。“禽兽可系羁而游，鸟鹊之巢可攀援而窥”（《庄子·马蹄》），人与万物各禀其性而生，彼此自然谐和，呈现出一派自足无缺的气象。可是这样的完美世界，及至圣人介入便画下句点。圣人之罪过，如同工匠追求文采音律必至于残毁纯朴一样，圣人所标榜的仁义礼乐必将使道德情性堕丧；到了以仁义礼乐治世，万物的自然素朴已尽破坏无遗，世界的一体和谐自然也不复存在，所以在道家眼中，圣人是残毁和谐的祸首。荀子与庄子对待圣人的态度截然不同，在荀子看来，圣人尽伦尽制是人类追求的王道理想，他认为圣人制礼乐而世治，而庄子则认为圣人制礼乐则世乱，一治一乱反映了荀子和庄子不同的应世态度。庄子从天地人一体和谐而纯朴无知的角度出发论述圣人之治，荀子从人心趋恶而导致社会争乱穷的视角来阐发圣人理想，而这种圣人理想实现的前提恰恰是天人之分，天还原于自然之天的本来面目，人归属于道德之人的理想追求，因而圣人必在尽伦尽制上用功，以克服人己之私，成就社会理想。庄子“浑沌凿七窍”的寓言故事隐喻纯朴之世的和合无分别之性，故其方能善待南北二帝而无所差别，天人之间也是如此，故而荀子才批评庄子不知人，而不知人其实在于不知天人之分，这反映了庄子应世而不治世和荀子应世而治世的理论分歧。规则与秩序是荀子治世的基本方略。秩序是先秦伦理政治孜孜以求的目标，从某种意义上讲，中国传统伦理就是秩序伦理，孔子面对“礼崩乐坏”“君不君臣不臣”的失序局面，提出的根本伦理回应就是“克己复礼”，孔子提出：“一日克己复礼，天下归仁焉。”（《论语·颜渊》）而荀子则以礼之分来确定伦理关系中的名位，提出要按照各自的伦理分位或伦理角色确立行为准则，各安其位，安伦尽分。他说为人君者要“以礼分施，均遍而不偏”；为人臣者要“以礼事君，忠顺而不懈”；为人父要“宽惠而有礼”；为人子要“敬爱而致文”；为人夫要“致功而不流，致临而有辨”；为人妻要“夫有礼则柔从听侍，夫无礼则恐惧而自竦也”（《荀子·君道》）。在此，荀子以礼为人伦之间作了定分，忠顺、宽惠、敬爱、致功、柔从、自竦，反映了在不同“伦”之间所对应的不同的人伦之理和人伦规范，并且如荀子所言的人伦之间的义务和权利都是相互的，人们通过报恩心理来维系社会的秩序。

荀子既以分对人与人之关系作了具体规定，又明确了人与人之间等级秩序之构建在于有分，“贵贱之等、长幼之差，知贤愚能不能之分”（《荀子·荣辱》），同时，荀子将“礼”“义”连用作为秩序之价值归依。“体恭敬而心忠信，术礼义而情爱人”（《荀子·修身》）；“法先王，顺礼义”（《荀子·非相》）。荀子认为，礼是社会生活中不可或缺的组成部分，是必须遵循的行为准则。然而，礼之可贵并不限于外在礼仪形式，更在于其内在精神，表现为处理人伦关系的基本准则，“礼也者，贵者敬焉，老者孝焉，长者弟焉，幼者慈焉，贱者惠焉”（《荀子·大略》），也就是说，以礼义为准则，可以指导我们更好处理各种人伦关系，在人伦关系中扮演好各自的角色。礼义作为治世秩序的核心价值，不仅有利于人之立身处世，而且有利于安邦定国，为政治合法性提供基础。荀子从政治秩序建构的目的出发，提出了“明分使群”的观念。“离居不相待则穷，群而无分则争。”（《荀子·富国》）分即名分，明确各自的职责、分位才能维持社会秩序，而分的维系主要靠“礼”与“义”。可见，礼义在社会秩序的建构中由于能确立社会之价值，故居于核心地位。

故在治国层面上，荀子一开始就将礼义作为治国之本。在荀子看来，礼具有使国家归于平治的作用，他认为“君臣不得不尊，父子不得不亲，兄弟不得不顺，夫妇不得不欢；少者以长，老者以养”（《荀子·富国》）。也就是说，通过礼义价值秩序之引导，能够使君臣、父子、夫妇之人伦关系尊、亲、顺、欢，实现社会“少者以长，老者以养”的治理目标，由此实现国家安宁。因而，荀子以礼义维护了血缘宗法的人伦关系，并以礼义作为价值系统维护了社会秩序的稳定，这与孔子的正名理论有异曲同工之妙。荀子言：“隆礼贵义者，其国治；简礼贱义者，其国乱。”（《荀子·议兵》）可见，在荀子看来，礼义在构建社会政治秩序和国家治理层面具有重要价值。

简而言之，荀子所谓“尽伦尽制”，一方面揭示了圣人之道、王者之治，指出必须达到“尽伦”与“尽制”，才能建立天下万世之极则。由于正视人欲存在的事实，因此荀子谈“伦”，并非从人性之善来推出人伦和谐之道，他认为必须透过礼制来化性起伪。换言之，荀子所谓的法，是以圣王之制度为基准，王道政治必须有礼法作为后盾，圣王从观察各类事物的规范与背后所具的义理、原理，进一步制定统摄天地之中各个“分位”之礼法，借以“处常而应变”。

二、以礼待君：人臣之道之承续

就荀子所言的君臣关系而言，储昭华则认为，作为儒家代表人物，在关于礼义与君主的关系问题上，毫无疑问，荀子明确主张以仁、义、礼作为君主自我修身和为政治国的规范、指导原则[①]。徐复观认为，“荀子思想中，臣的地位远不如孟子，但于臣之外特提出‘傅’与‘师’的观念以与君并立，且以谏、争、辅、拂为社稷之臣，而深

① 储昭华、张晓明：《落实还是消解？——荀子“君主—礼义”关系思想之政治哲学考量》，《邯郸学院学报》2014年第3期，第51页。

以阿谀取容的‘态臣’为可耻，并再度提出‘从道不从君’之义（以上均见《臣道》篇）”[①]。萧公权认为，孔孟重君主之道德而不重其权势，申商重君主之权势而不求其道德。荀子乃兼重之[②]。综合几位方家观点可知，荀子在君臣关系上以君主为先，在君主与礼义关系上以礼待君，同时兼顾道德与权势的关系。在此，我们继续追问，荀子为什么提出以礼待君？主要表现为什么观念？其所言的“从道不从君”和孟子的君臣观有什么不同？荀子言：“请问为人君？曰：以礼分施，均遍而不偏。请问为人臣？曰：以礼待君，忠顺而不懈。”（《荀子·君道》）此句言君臣之伦及其所对应的君臣之理，认为无论君臣都应以礼为中心，君对下行分施之礼，臣对君则“忠顺而不懈”，明确君臣之伦理义务和所享有的权利，以期在战国末期人伦失序的情况下稳定社会秩序。在礼义与君主的关系上，则主张以礼为君主修身治国之基本原则。“先王之道，仁人隆也，比中而行之。曷谓中？曰礼义是也。道者，非天之道，非地之道，人之所道也。”（《荀子·儒效》）君主为什么以礼分施？其原因主要包括以下三个方面：其一，“欲多而物寡，寡则必争矣”（《荀子·富国》），面对人之情与物之寡的冲突，荀子以礼之分作为化解冲突的基本

① 徐复观：《中国思想史论集续篇》，上海书店出版社2004年版，第293页。

② 萧公权：《中国政治思想史》，商务印书馆2017年版，第120页。

法则；其二，“势位齐而欲恶同，物不能澹则必争；争则必乱，乱则穷矣”（《荀子·王制》），面对“势位齐而物不能澹”的情况，荀子提出礼义分之来解决现实矛盾；其三，“人生而有欲，欲而不得，则不能无求；求而无度量分界，则不能不争；争则乱，乱则穷”（《荀子·礼论》）。以上荀子从欲多而物寡、势位齐而物不能澹、欲求而无度量分界三个方面论证道德的起源或者说是先王君主制作礼义的根本原因，提出就是因为在现实生活中有争、乱、穷的混乱局面，才需要礼义来整饬社会秩序，以礼分施来确定社会等级名分和社会制度，以使“欲必不穷于物，物必不屈于欲”（《荀子·礼论》），两者相持而长，实现贵贱有等，长幼有差的平治社会。荀子所言以礼分施的对象不仅仅是臣，还有君下之庶人，由此扩大了礼义在社会中的治理功能，并把其作为君主治国安邦的根本法则。“礼义者，治之始也。”（《荀子·王制》）“礼者，政之挽也。为政不以礼，政不行矣。”（《荀子·大略》）这是就君对臣而言要以礼分施，那么为人臣者所遵循的人伦之理是什么？荀子言要忠顺而不懈，如何忠顺，荀子言要以礼待君，从道不从君。荀子在《臣道》篇中言：

“从命而利君谓之顺，从命而不利君谓之谄；逆命而利君谓之忠，逆命而不利君谓之篡；不恤君之荣辱，不恤国之臧否，偷合苟容，以持禄养交而已耳，谓之国贼。君有过谋过事，将危国家、殒社稷之惧也，大臣父兄有能进言于君，用则可，不用则去，谓之谏；有能进言于君，用则可，不用则死，谓之争；有能比知同力，率群臣百吏而相与强君挢君，君虽不安，不能不听，遂以解国之大患，除国之大害，成于尊君安国，谓之辅；有能抗君之命，窃君之重，反君之事，以安国之危，除君之辱，功伐足以成国之大利，谓之拂。故谏、争、辅、拂之人，社稷之臣也，国君之宝也，明君所尊厚也，而暗主惑君以为己贼也。故明君之所赏，暗君之所罚也；暗君之所赏，明君之所杀也。伊尹、箕子，可谓谏矣；比干、子胥，可谓争矣；平原君之于赵，可谓辅矣；信陵君之于魏，可谓拂矣。传曰：'从道不从君。'此之谓也。"

在这段话中，荀子把人臣对君主的态度分为九种：一曰顺，二曰谄，三曰忠，四曰篡，五曰贼，六曰谏，七曰争，八曰辅，九曰拂；认为谏、争、辅、拂之社稷之臣是国之宝，最后以"从道不从君"的典范人物作为总结。在此言说中，荀子层层递进地表达了三层意涵：一是利君尊君，二是不从君，三是从道。利君表现在对君主的忠顺而不懈，以礼待君，这是对孔子思想的继承和发展。孔子重视君臣之礼，他说："事君尽礼，人以为谄也。"（《论语·八佾》）足见孔子重视事君诚敬，并视诚敬为理所当然。故子张问政，孔子答以"居之无倦，行之以忠"（《论语·颜渊》）。臣事君固然要忠，君待臣也要以礼，所以当鲁定公问："君使臣，臣事君，如之何？"孔子便对以“君使臣以礼，臣事君以忠”（《论语·八佾》）。又季子然问大臣，孔子告以“大臣者，以道事君，不可则止”（《论语·先进》）。在孔子看来，“以道事君”是大忠，此大忠不是对人，而是对事，是以人民国家之事为重。孔子的“以道事君”反映在荀子的“从道不从君”思想上，表现为虽然其主张重视尊君、利君、从君，但是若君有过谋、过事，则不能一味地顺从，而是应“进言于君、强君挢君、抗君之命、窃君之重、反君之事”，这样做的目的既是维护君之荣辱、尊厚，也是解国之大患、除国之大害、成国之大利，荀子在此从国之安危的角度言从与不从之道，这才是荀子所论的真正的“道”，也就是礼道。在利君与利国相权衡时，荀子采取利国之策略，可见，君臣关系的忠是建立在相互礼敬之上的，而不是一味地顺从。

为了稳定君臣关系，荀子还继承了孔子移孝作忠的思路。荀子言：“臣之于君也，下之于上也，若子之事父，弟之事兄，若手臂之扞头目而覆胸腹也。”（《荀子·议兵》）在荀子看来，父子关系是天伦，是血缘关系，要重视亲情，以亲亲为重；君臣关系是人伦，是政治关系，更是血缘关系向社会关系的延伸，所以要重视义理，以尊尊为重。田富美在此认为，荀子将臣子对待国君应如子弟侍奉父兄，基于父兄的优性亲属地位考虑而言，尊崇国君即如同尊崇父兄，这已是“支配”“服从”的形态了[1]。其

① 转引自东方朔主编：《荀子与儒家思想：以政治哲学为核心》，复旦大学出版社2019年版，第74页。

实，前文已论，荀子为了维护国之安危，对君或进或强或挢或反，这哪有服从支配之形态？认为君臣关系应如父子关系，是孔子以来以血缘关系稳定政治关系的基本思路的体现，是先秦儒家伦理政治化或政治伦理化的基本特点，其以礼之敬贯穿于父子君臣之间，荀子谓之“以礼待君”，孔子谓之“以道事君”。子路问事君，子曰：“勿欺也，而犯之”（《论语·宪问》），“君子之仕也，行其义也”（《论语·微子》）。可见，君子有过有错，臣子都可以礼直言劝谏，甚至抗君、犯君、择君，这是荀子和孔子的一以贯之之道。基于以上考量，荀子在《臣道》篇中言：

> “通忠之顺，权险之平，祸乱之从声，三者，非明主莫之能知也。争然后善，戾然后功，出死无私，致忠而公，夫是之谓通忠之顺，信陵君似之矣。夺然后义，杀然后仁，上下易位然后贞，功参天地，泽被生民，夫是之谓权险之平，汤、武是也。”

就臣道而言，荀子思想中最易为后人诟病的部分是其主张服侍暴君，荀子有“崇其美，扬其善，违其恶，隐其败，言其所长，不称其所短”（《荀子·臣道》）等言论，这些言论更易让不加深究者认为荀子认可法家无条件尊君的说法。事实上，荀子言此目的在于倘若暴君之害尚不及于兵祸之前，在考虑可能会危及民生的前提下，荀子宁愿选择对暴君因势利导，使之改过迁善，但是，一旦暴君的危害甚于战争，他也会选择义无反顾走上夺然后义，杀然后仁，上下易位的革命之路。孔子也曾言“用之则行，舍之则藏”（《论语·述而》），认为臣可择君，不必受君臣关系的束缚，在政治选择上有进退的自由。而荀子基于爱民的考虑，在“从道不从君”的原则之下，不仅肯定谏、争、辅、拂等“通忠之顺”的举动，认为其看似不顺从君命，却有助于安国利民而成就君主之功，是圣臣、功臣应有的作为，他还盛赞汤、武革命为“功参天地，泽被生民”（《荀子·臣道》）。在《正论》篇中，孟子反驳“桀、纣有天下，汤、武篡而夺之”的世俗之说时指出：“汤、武非取天下也，修其道，行其义，兴天下之同利，除天下之同害，而天下归之也。桀、纣非去天下也，反禹、汤之德，乱礼义之分，禽兽之行，积其凶，全其恶，而天下去之也。”这既说明了桀、纣的咎由自取，也为“权险之平”作了最佳的诠释。

三、得道以持之：治国之价值归依

《荀子·王霸》篇云：“道王者之法，与王者之人为之，则亦王；道霸者之法，与霸者之人为之，则亦霸；道亡国之法，与亡国之人为之，则亦亡。三者，明主之所以谨择也，而仁人之所以务白也。”荀子追求“王者之政”“王者之人”“王者之制”“王者之论”“王者之法”，认为此乃明主所慎择之也，而为志士仁人所务必明白之理。他还提出国家是天下最有力的器用工具。在治国中如何由亡而霸，由霸而王，关键是治国之道的选择。荀子言：“国者，天下之制利用也；人主者，天下之利势也。得道以持之，则大安也，大荣也，积美之源也；不得道以持之，则大危也，大累也，有之不如无之。”（《荀子·王霸》）他认为，以正确的方法治理国家，则国家就安定、荣耀，以错误的方法治国，国家就会陷入忧患。在此，荀子在国家治理的原则或价值旨归上又提出“得与不得”之矛盾命题，如何化解这一矛盾，荀子认为主要在于人之道的选择，不同道的选择决定了国家的不同命运。那么，这个道之所指是什么？香港大学邓小虎教授经梳理认为，“普遍意义的‘道’对于荀子而言主要就是‘礼’。我们提出这个命题，为的是更好地探究‘道’这个终极规范的理据和由来”[①]。对于《王霸》篇，李滌生言：“本篇主旨，在明国家之王霸危亡，关键只在确立建国目标及选取国相二事上。”[②]荀子提醒人之主者治国在于知道。荀子言：“心知道，然后可道；可道，然后能守道以禁非道。”荀子认为心已知道才能根据道之规范行事，其言行才能符合中理，所以荀子又言“故治之要在于知道”（《荀子·解蔽》）。这里的道是礼义之道，也就是《儒效》篇中所言的“道者，非天之道，非地之道，人之所道”。

为此，荀子在治国之道的选择方面主张：“义立而王，信立而霸，权谋立而亡。三者，明主之所谨择也，仁人之所务白也。”（《荀子·王霸》）孟子也曾言：“以力假仁

① 邓小虎：《荀子的为己之学：从性恶到养心以诚》，北京大学出版社2015年版，第75页。

② 李滌生：《荀子集释》，台湾学生书局2000年版，第229页。

者霸，霸必有大国；以德行仁者王，王不待大。汤以七十里，文王以百里……以力服人者，非心服也，力不赡也；以德服人者，中心悦而诚服也。”（《孟子·公孙丑上》）相较而言，所谓以义而王者，即以德服人，汤武是也；信立而霸，即以力假仁，五霸是也。孟荀论性，一主善一主恶，故治国论政一主德，一主义，而主义则以礼为本。故荀子《强国》篇中所谓“隆礼尊贤而王，重法爱民而霸”与孟子之行仁政而王者有所不同。就此，潘小慧认为“政治既然谈的是统治、管理，而非被统治、被管理，就必须分辨出哪一种治国之道是有效的”[1]。荀子否定了权谋的倾覆灭亡之道，坚持以礼义作为“国之命”的基本原则，甚至说其是“国家理由”[2]。荀子之所以突出国家权力与礼义的耦合，在于他的国家起源的学说。在荀子看来，面对自然与人伦的冲动，先王以礼义作为国家存在的根本性质和依据，“礼义者，治之始也”（《荀子·王制》）。其目的在于让普通民众避免偏险悖乱而合于正理平治，也就是所谓

① 潘小慧：《荀学视域中的“天下”和“国（家）”》，《中国人民大学学报》2017年第3期，第19页。

② 东方朔认为，在先秦儒学中，荀子将“礼义”赋予“国家理由”的形式，使其获得权力与道德的双重身份，礼义所具有的止争去乱的功能及规范行为的性质，其实质是以“国家理由”的形式出现的，在荀子那里，所谓的礼义教化本质上表现为“政”与“教”的结合，是以政说教，以教辅政。荀子强调了人的“法礼”“足礼”的一面，它强化了道德的客观形式和实际效果，使得作为道德的“礼”具有了国家的法和制度的特征。此处可参考东方朔《荀子伦理学的理论特色——从“国家理由”的视角说起》，《文史哲》2020年第5期，第144—155页。

公共的善，即所谓“国无礼则不正”（《荀子·王霸》）。

因此，在荀子思想中，礼的要义即要在教养或教化与制度两个层面达到伦理教养与社会制度之间的和谐，礼不仅是精神意识，还是意志行为，是兼具单一物和普遍物、意志和思维相统一的精神。“因此，‘礼’无论作为个体教养还是社会教化，其要义都是将人从个别性的‘单一物’提升为伦理性的‘普遍物’，从而成为‘单一物与普遍物统一’的‘有精神’的伦理存在者。”[①]就礼作为精神实体层面的内涵言，礼背后所隐藏的明分使群、正理平治、隆礼重法等意蕴正体现了一种让充满欲望而趋恶之人向礼回归的不懈努力之方式，故其所言礼本身隐含着“权力”的压迫性和强制性，不同于“仁”的温情脉脉。“以‘国家理由’的形式言礼说礼，则礼不免在‘国家利益’的名义下沦为‘人主之柄’，致使荀子的伦理学成为典型的政治化的伦理学。”[②]而这种担忧主要表现在对先王创制礼义说的质疑。其实，荀子所言的“礼”本身来自周礼为本的历史文本和理想类型。按照李泽厚先生所说，周礼是未成文的习惯法，是在原始巫术礼仪基础上晚期民族统治体系的规范化和系统化[③]。在先王制礼之前，礼只是形式与内容

① 樊浩：《伦理道德的精神哲学形态》，中国社会出版社2019年版，第60页。

② 东方朔：《荀子伦理学的理论特色——从“国家理由”的视角说起》，《文史哲》2020年第5期，第149—150页。

③ 李泽厚：《孔子再评价》，《中国社会科学》1980年第2期，第78页。

不断变化并为人们所遵守的习惯法，故孔子云：“殷因于夏礼，所损益可知也；周因于殷礼，所损益可知也；其或继周者，虽百世可知也”（《论语·为政》）。在荀子看来，既然“今人之性，固无礼义”（《荀子·性恶》），故其理论落脚点必在以礼义为中心的圣王之制、师法之化，目的是建立良好的政治秩序和道德秩序，在此情况下，礼就成为融血缘、伦理、政治于一体的伦理政治制度，并为圣人去乱反正，避免社会混乱提供了制度保证，并上升为意识形态的自觉主张，由习惯法上升为具有伦理精神的实体，即荀子所谓“隆礼贵义者其国治，简礼贱义者其国乱”（《荀子·议兵》）。

荀子在《王霸》篇中言：“挈国以呼礼义而无以害之，行一不义、杀一无罪而得天下，仁者不为也。擽然扶持心、国，且若是其固也。之所与为之者之人，则举义士也；之所以为布陈于国家刑法者，则举义法也；主之所极然帅群臣而首乡之者，则举义志也。如是，则下仰上以义矣，是綦定也。綦定而国定，国定而天下定。仲尼无置锥之地，诚义乎志意，加义乎身行，箸之言语，济之日，不隐乎天下，名垂乎后世。”荀子经常将礼义连用，以义显礼，发展了孔子的礼学思想。战国中晚期，整个社会面临重大转型，家国一体结构的破坏导致家庭伦理和政治伦理的分裂。在荀子看来，从政治伦理的角度对管理者提出德行要求要比“修齐治平”的路线更为切实有效。就礼义之起源来讲，一方面，荀子提出“性者，天之就也；情者，性之质也；欲者，情之应也”（《荀子·正名》），即人性内含情、欲，性由情显，情发为欲，若任由性情欲自然发展会导致社会秩序的混乱，于是圣人制定礼义规范以约束人们的行为，使人之言行中理、中节。另一方面，人在社会群体中生活，群而无分则争，这就需要礼义来确定名分、分工，荀子谓之“明分使群”，这样有利于人们的群体生活有序展开，进而奠定了礼治的社会基础。荀子“援义入礼”的思想可追溯至孔子的“义以为质，礼以行之”（《论语·卫灵公》），即以道德理性规范的“义”作为“礼”的实质，来保证礼的外在方式实现的合理性，事实上，礼之具有道德价值，并不在于外在的形式，而在于使其作为文化存在的内在根据，“礼之所尊，尊其义也”（《礼记·郊特牲》）。礼的合理性原则在于义，即规定人们行为正当性的道德理性原则，礼义的核心仍在于礼，只不过人们更强调礼对于社会和人的合理性和可行性，故在很多时候将两者互换，或将礼视为礼义的简称，或将礼作为义来定义，或以义来表示礼的内涵。

从上述分析可知，荀子“尽伦尽制”的家国一体结构主要表现为以礼为中心的对人伦、人臣、人君的涵养和制约，以分定伦、以礼待君、以义治国，在人之情欲与社会人伦秩序和政治秩序的冲突中，以实现正理平治的公共善为根本旨归，援义入礼，以义显礼，礼义连用，用礼之分来维系家庭之中父子、兄弟、夫妇之间的伦理秩序，并继承孔子“移孝作忠”的思想，在君臣关系上突破了孟子的

“义之于君臣”的内转倾向，通过“从义不从父”“忠顺而不懈”来维护君臣关系的稳定，尤其是国家之安全，其尽伦尽制的伦理政治思想与“血缘—伦理—政治”融为一体，把孔子的思想在“外王”的治国理路上发扬光大。

第二章 以善先人者谓之教

——荀子教化政治思想

在前一章中，我们介绍了荀子的伦理政治思想，重点探讨了荀子从天人之分出发，转向礼义的价值治理，在社会人伦关系及其伦理责任的讨论中明晰了其治世的逻辑理路，荀子坚持尽伦尽制的家国一体结构，继承孔子“移孝作忠”的思想，在君臣关系上以礼义为本，以义作为治国之本，以礼作为治国理政之价值归依。早期儒家政治哲学是血缘—伦理—政治三位一体的结构，这种结构反映在社会治理中表现为重视导之以德和为政以德，其本质是道德教化或者说是圣王君子之教导，这一观念在荀子思想中表现为圣人君师以成德成圣教化为目标，以维护社会公共善为政治之目的，以礼、义、仁贯穿于政治之实践，结合礼乐涵养和积学渐化，维系社会人伦秩序和政治秩序的稳定，以实现正理平治这一社会之善及群居和一这一社会理想。

第一节　教化政治的精神现象学还原

所谓“还原”即以现象学为理论资源寻找先秦早期教化政治的精神发展逻辑，并试图发现孔、孟、荀思想内在的发展规律。孔子提出“道之以德”的命题，指出了早期儒家道德与政治相一致以教化治国的思路，并认为其具体表现为“克己复礼为仁”的教化政治理念。孟子则一反孔子这一精神发展逻辑，提出“教以人伦”的学说，但是把孔子的普遍性的礼内化为人内心先天具有的恭敬之德，以性善为本扩而充之而推行不忍人之政，这最终导致他的仁政成为荀子所谓的“起而不可设”的历史巢穴。荀子发现礼处于普遍客观性丧失的历史境地，从人性趋恶的论证出发，发展了“克己复礼为仁”，倡导以礼为依循的复返其初的教化理念，这一思想和黑格尔精神现象学可谓异曲同工。

一、孔孟教化政治的现象学解读

先秦早期儒家政治伦理思想以仁、礼作为社会运行的价值基础，并以此对人的行为进行善恶评价，从而促进社会伦理秩序和政治秩序的稳定。“克己复礼为仁”是孔子提出的实现社会有序的黄金法则，在此基础之上，孔子对在上者诸如君子、圣人提出“道之以德”和“为政以德”两个要求，“为政以德”在于君子修德以齐政治，这是美德政治或贤人政治的范畴；而“道之以德”则反对刑杀治国，主张在上者对普通民众的道德教化和政治引导，从而让人民能够温饱而有教，重义而趋礼，仁善而有为，这属于教化政治的范畴。

陈来认为：“古代儒家强调政治德行对于政治过程的重要性，认为政治的本质就是道德教化。”①“道之以德，齐之以礼，有耻且格。”（《论语·为政》）“道之以德”

① 陈来：《论“道德的政治”——儒家政治哲学的特质》，《天津社会科学》2010年第1期，第27页。

意为反对以刑治国、横征暴敛、严刑峻法，主张应以道德实现政治领导。季康子向孔子问道："如杀无道，以就有道，何如?"孔子对曰："子为政，焉用杀？子欲善而民善矣！君子之德，风；小人之德，草；草上之风，必偃。"（《论语·颜渊》）法家偏重礼的制约功能，将礼进一步转化为礼的制约规则，以期达到控制社会的目的，对此，孔子有相反的看法，故而当季康子欲以"杀"为治国之道时，孔子不但明确反对，还把责任归属于国君。他认为一国之君有带领全国形成良好风气之伦理责任，国君有良好的品德便能让普通百姓依礼而从。因为"道之以政，齐之以刑，民免而无耻"（《论语·为政》），孔子将"刑而无耻"和"德礼且格"进行比较，认为"德""礼"在于人心，其能使人"有耻且格"而不逾矩，他还认为一个有秩序的社会是充满善心的社会，与其用外在高压律令来管理百姓，不如使百姓受到在上者的礼义精神感召，从善如流，使守礼重分皆发于心，循规蹈矩皆自于心，相较于外在的法，德与礼乃社会治理之本。

可见，与法相比，孔子更重视"德""礼"的内化作用。《左传·昭公二十年》载子产论政云："唯有德者能以宽服民，其次莫如猛。"孔子对子产所言深表赞同，这种赞同具体体现在《论语》中将"礼""德"并重。颜渊向孔子问仁，孔子回答："克己复礼为仁。一日克己复礼，天下归仁焉。"（《论语·颜渊》）孔子"以礼为教"的精神实质在于礼相对于仁的统一性和普遍性，礼在教养和制度两个层面上和实体性的“伦”达到统一，或者说，礼本身就是人伦之理，它以义的理性精神而与仁建立联系，将人的个别性的冲动上升为国家治理的普遍法则。就个别性的人来讲，在现实世界或者说在充满竞争的法权状态里面，要让人的个体性回到他的实体性，向他的本质过渡，这就是礼教的根本任务。黑格尔言：“就个别的个体来说，个体的教化乃是实体本身的本质性环节”[1]就个体性来讲，克己乃克己之私欲，私欲是与社会普遍规则相异化的概念，时时处于与外在规则的冲突之中，可能破坏社会人伦，造成更大的恶，因而克己就是个人向他的类本质回归的过程，这需要人的情感和理性在当中起一定的作用，即孔子所谓“爱人”。“爱人”在精神层面就是不独立，在人的意识里面或意志上表现为反思客体，是精神对自身统一的感觉，黑格尔也曾说：“所谓爱，一般说来，就是意识到我和别一个人的统一，使我不专为自己而孤立起来。”[2]而爱的本质是个体扬弃抽象独立性，从个别性的自然存在走向伦理性的实体存在，在家庭里面以孝亲等爱的形式维系家庭实体或者家庭之间的人伦实体，而在社会上则以君臣有义等爱的形式维护国家民族实体，具体体现为民族精神。“克己复礼为仁”以礼为先开通了从伦理规则向道德

① 黑格尔：《精神现象学》（下卷），贺麟、王玖兴译，商务印书馆1979年版，第43页。

② 黑格尔：《法哲学原理》，范扬、张企泰译，商务印书馆1961年版，第175页。

精神的转换，克己为义，人之行为适宜适中，并上升为维护仁礼之间和谐的道德主体性，礼作为普遍精神最终通过爱这一媒介和义的辨识能力而沉淀为仁的德性。“克己复礼为仁”的精神现象表现为个体性（克己）—普遍性（复礼）—道德性（为仁）的精神发展模式，这也是礼教或圣王教化的基本精神发展模式。孔子提出的“仁者爱人”“知者不惑”也是以爱之情感和智之理性来把握感知外在的世界或客体对象的，而礼教在其中的作用乃是在思维中克制欲望的冲动向仁的本质回归。

这种模式在孟子哲学中出现了中断，虽然孟子也言教化，但他的教化理论是建立在人与动物相区别的基础上的。“人之有道也，饱食、暖衣、逸居而无教，则近于禽兽。圣人有忧之，使契为司徒，教以人伦：父子有亲，君臣有义，夫妇有别，长幼有叙，朋友有信。”（《孟子·滕文公上》）孟子提出的“教以人伦”表达了对人类行为“近于禽兽”的担忧，“教以人伦”即人之所以为人的道理，亲、义、别、叙、信是人们应该遵守的共同法则，人伦关系的合理性在于个别的人与伦的实体的统一性，这是孟子“教以人伦”的精神哲学真谛。孔子所提倡普遍性的礼教之则在孟子的思想里发生了逆转，孔子建构了礼仁合一的模式以解决政治制度的建立所面临的道德主体性难题，而孟子指出“仁义礼智”四德是人之善端，在孟子那里，孔子的普遍性之礼变成了内心的恭敬之心，主体性的仁变成了内心的恻隐之心，这种直线式的以道德说政治的

“推恩”方式在荀子看来是“张而不可施行”的。东方朔先生认为，在孟子的思维中，政治独立于道德的特性已被彻底地取消，政治秩序建立的“可行性”已完全等同于道德修身的“可欲性”①。孟子基于性善的判断动摇了礼的存在根基，甚至可能把圣王教化置于虚无的境地。但李明辉认为，承认人性本善，并不会使教化或教育成为不必要，因为在隐默状态中的良知仍有放失之虞，而有待于存养②。孟子曰：“五谷者，种之美者也。苟为不熟，不如荑稗。夫仁亦在乎熟之而已矣。”（《孟子·告子上》）此句以谷种之熟喻良知之存养，“熟之”即其工夫，也就是“存心养性”或“存养”的工夫，就教育或教化而言，其成效主要仍是依靠当事人本身的自觉与工夫，虽圣贤也不能越俎代庖，教化或教育的意义仍在于未经反省的“隐默之知”。孟子将礼置于他的德性体系之中，虽然解决了仁礼在德性体系中的统一性的问题，突出了礼的道德主体性，但是也把殷周以来将礼作为制度、礼仪、礼宪甚至法律规则的伦理普遍性推到危险的境地，荀子意识到这一问题，建立了仁、义、礼三者皆通并以礼为核心的教化哲学体系。

① 东方朔：《差等秩序与公道世界：荀子思想研究》，上海人民出版社2016年版，第171页。

② 李明辉：《康德伦理学与孟子道德思考之重建》，中央研究院中国文化研究所1994年版，第89页。

二、化性起伪的现象学还原

荀子的教化政治思想继承了孔子“克己复礼为仁”的精神逻辑，在内容上更为丰富，和他对国家起源的解释一起，以人之性的自然性表现人之初的本然状态，并在自然情性之发展方面预设了情性与礼义之间的冲动的和谐。荀子言性之自然性主要包括以下几个方面。

> “生之所以然者谓之性，性之和所生，精合感应，不事而自然谓之性。”（《荀子·正名》）
>
> “凡性者，天之就也，不可学，不可事；……不可学、不可事而在人者谓之性。”（《荀子·性恶》）
>
> “今人之性，目可以见，耳可以听。夫可以见之明不离目，可以听之聪不离耳，目明而耳聪，不可学明矣。”（《荀子·性恶》）
>
> “今人之性，饥而欲饱，寒而欲暖，劳而欲休，此人之情性也。”（《荀子·性恶》）
>
> “若夫目好色、耳好声、口好味、心好利、骨体肤理好愉佚，是皆生于人之情性者也，感而自然，不待事而后生之者也。”（《荀子·性恶》）
>
> “凡人有所一同，饥而欲食，寒而欲暖，劳而欲息，好利而恶害，是人之所生而有也，是无待而然者也，是禹、桀之所同也。目辨白黑美恶，耳辨音声清浊，口辨酸咸甘苦，鼻辨芬芳腥臊，骨体肤理辨寒暑疾养，是又人之所常生而有也，是无待而然者也，是禹、桀之所同

也。”（《荀子·荣辱》）

荀子所谓“天之就”之性包括无待而然之性和感而自然、精合感应之性。无待而然之性有“饥而欲饱，寒而欲暖，劳而欲休”，“目可以见，耳可以听”，这些都是人之情性，也是人之为人的生理本能；而感而自然、精合感应之性有“目好色、耳好声、口好味、心好利、骨体肤理好愉佚”，这也是人之情性，是人之所以为人的心理本能。从生理本能和心理本能来看，荀子只是在此描绘人之自然本初状态，其所言的性并不包含道德的内容，故而这里的性无所谓善恶。“禹、桀之所同”是强调人自然之性的普遍性。关于人的自然之性，荀子言：

“凡人之性者，尧、舜之与桀、跖，其性一也。”（《荀子·性恶》）

“材性知能，君子小人一也；好荣恶辱，好利恶害，是君子小人之所同也。”（《荀子·荣辱》）

在这里，“材性知能”是就先天心理因素说，“好荣恶辱，好利恶害”是就心理本能言。可以说，凡人之性，其性一也。荀子时而言性，时而言情性，时而言欲，那么性、情、欲之间是什么关系？荀子言；

“性者，天之就也；情者，性之质也；欲者，情之应也。”（《荀子·正名》）

关于性、情、欲之间的关系，徐复观认为，荀子虽然在概念上把性、情、欲三者加以界定；但在事实上，性、情、欲，是一个东西的三个名称[①]。我们言人性，其本质是说人之所以为人者之性，但是荀子是从人之初的情性立论，已经脱离了人之所以为人者之本性，离开了孟子之形而上的人性意义，更多从经验层面论述人之自然性，那么，为什么荀子还如此强调“天之就也”之性呢？或者说，既然性之本身没有善恶之义，那么恶善何来？荀子在界定欲与情的关系上，认为欲乃情之应，所谓情乃人性之好恶喜怒哀乐，情表现于外与物相接则为应，也就是人对物之所好，故在荀子思想中，“欲”和“好”是同一层次同一意义之概念。荀子以欲为性，他说：“故虽为守门，欲不可去，性之具也”（《荀子·正名》），而荀子就是在“欲”和“好”之应物发展的基础之上来言恶，荀子在《性恶》篇中言：

> “人之性恶，其善者伪也。今人之性，生而有好利焉，顺是，故争夺生而辞让亡焉；生而有疾恶焉，顺是，故残贼生而忠信亡焉；生而有耳目之欲，有好声色焉，顺是，故淫乱生而礼义文理亡焉。然则从人之性，顺人之情，必出于争夺，合于犯分乱理而归于暴。……用此观之，人之性恶明矣，其善者伪也。”

---

① 《徐复观文集》（第三卷），湖北人民出版社2002年版，第213页。

荀子言“生而有好利”“生而有疾恶”“生而有耳目之欲”都是为了说明人之情性本身没有善恶，但是，他也说，如果顺着情性的发展，则会产生“争夺生而辞让亡”“残贼生而忠信亡”“淫乱生而礼义文理亡”的社会恶果，这里的“出于争夺”“犯分乱理”皆是就“顺是”的社会危害方面而言，故此荀子言“性恶明矣”，性恶乃是人之性情在社会人伦之间没有节制而任其发展造成的“归于暴”的结果，可见，荀子所言性恶是性之发展之恶，这种恶既是对忠信辞让美德之冲击，也是对礼义文理伦理之破坏。因而在此基础之上，荀子明确人之性恶，善者伪也。何谓伪？荀子在《正名》篇中言：

> “情然而心为之择谓之虑。心虑而能为之动谓之伪。虑积焉，能习焉，而后成谓之伪。”

在此，荀子为我们勾勒了一幅人之伪而善的路线图：其一，性情—心择—心虑—心能—能动（行），心对性情所应之物象有所判断择取，并与知相合依礼而表现在外在行动上，这是伪，也就是从人之情性出发由知而引导行，是心以征知的主观方面，这是人之伪而善的过程之一；其二，表现为虑积—能习—功成，这是荀子在《劝学》篇里所描述的成人路径。荀子在《正名》篇中言：

> “故欲过之而动不及，心止之也。心之所可中理，则欲虽多，奚伤于治！欲不及而动过之，心使之也。心之

所可失理，则欲虽寡，奚止于乱!”

所谓伪，就是在情欲发作的时候，情性之发动有过或不及，对此，需要心之“止”或“使”，以求合于礼义之节制。然心之所可是否中理，有赖于心之能否知道，心依赖于“虚壹而静”的工夫方可知道。荀子言“人之性恶，其善者伪也”，明确了性伪之分，其目的在于强调后天的圣人教化，也就是以礼治的方式来治理社会，让人成善，这与孟子人有善端的理路大相径庭。荀子从经验论出发，认为礼义为社会治理的外在标准，客观的礼义欲发挥它的效用，必然有与之相应的治的对象，也就是能治能化者，故而，人之性情“顺是”造成的过度“好”“欲”就成为礼治之标的，如是，荀子才提出富民、养心制情、节欲的教化方式。荀子就节言：

“欲虽不可尽，可以近尽也；欲虽不可去，求可节也。所欲虽不可尽，求者犹近尽；欲虽不可去，所求不得，虑者欲节求也。道者，进则近尽，退则节求，天下莫之若也。”（《荀子·正名》）

而就性伪之关系，荀子言：

“性者，本始材朴也；伪者，文理隆盛也。无性则伪之无所加，无伪则性不能自美。”（《荀子·礼论》）

所谓“材朴”，指人之本性未经加工的状态，这是伪之所加所化的对象；所谓“文理”，指的是礼义伦类之文饰，诚如《臣道》篇所言“礼义以为文，伦类以为理”，明于性伪之分在于倡导礼义之教化功能，推行礼义化导情性而化性起伪。“故圣人化性而起伪，伪起而生礼义，礼义生而制法度。然则礼义法度者，是圣人之所生也。”（《荀子·性恶》）圣人君师通过礼义改变风俗，使其成为教养，最后达至“出于辞让，合于文理，而归于治”（《荀子·性恶》）。何谓治？乃荀子所言之善，“凡古今天下之所谓善者，正理平治也；所谓恶者，偏险悖乱也。是善恶之分也已”（《荀子·性恶》）。可知，荀子所言之善恶是就圣人教化之治治与治乱、正理平治与偏险悖乱而言，礼义教化之作用在于实现社会正理平治的政治秩序，以促进社会群居和一之公共善之实现。

从以上分析可以看出，荀子化性起伪的教化理路是：性朴（不善不恶）—趋恶（偏险悖乱）—善（化性起伪），这与孔子“克己复礼为仁”的致思路径如出一辙，但和孔子的仁善相比，荀子的人性论更多的是从社会的危害结果上言善恶，这也是对孔子教化思想的纠偏，与黑格尔的教化思想有异曲同工之妙。荀子在性与伪之间预设了冲动的和谐，他认为人欲望过多容易造成社会混乱，而礼义对人之情性进行涵养、节制让欲望和礼义之间保持冲动的平衡。黑格尔认为道德是客观世界的目的，“因为任何东西，凡通过行为而变成为现实的，它必须自在地（或潜在地）

本是这个东西，否则它就不可能成为现实”[①]。但是在现实中，虽然有时我们预设了善的目标，但许多人都为利争，那么在此情况下如何实现社会之善和个人之善呢？黑格尔认为要通过行动，荀子认为要通过圣人之教化。

圣人教化要面对义利之辨，也就是道德与自然的冲突，为此，我们在精神层面需要明确义务的本质性，也就是说，在我们的意识里事先对道德和幸福进行预设，“这道德意识一般是现实的和能动的，它在它的现实和行动中履行着义务，它把义务当成本质”[②]。所谓“把义务当成本质”，也就是在义利冲突中，我们要坚持义务的至上性。荀子在面对义利冲突时，主张坚持先义而后利，坚持公利胜私欲及“退则节求”的义利之道，把义作为我们追求之动因，而不是把它作为我们追求享受之对象。人在教化当中，必须承认他的现实性，包括利所表现的各种情性，也就是荀子所言“饥而欲食，寒而欲暖，劳而欲息”，但是这些并不是人的本质，人的本质是仁义、忠信、辞让，在生活中，人们由于受利欲的影响，为利而争，犯分乱理，对此，我们所要做的就是让人们回归到他的类本质，这就是伪。如黑格尔所言，教化“是由在思维中的实体向现实

① 黑格尔：《精神现象学》（下卷），贺麟、王玖兴译，商务印书馆1979年版，第137页。

② 黑格尔：《精神现象学》（下卷），贺麟、王玖兴译，商务印书馆1979年版，第126页。

的过渡”①，教化是自然存在的异化，所谓自身存在的异化，就是让自己从本质状态、本体状态变为现实状态，就是要回到他的本质。在荀子的思想中，礼作为普遍性的实体，对人的自然的冲动进行规约，注错习俗，礼义涵养，君师化导，扬弃人之恶性，使人回到他的本质即仁人，在这一过程中，需要心以“征知”之理性辨别以识道，需要理性区别君臣之义、夫妇之别、父子之亲，在此基础上，所谓教化，就是把人从思维中存在的本质的实体状态唤醒，唤醒他的个体性。

教化的目的就是使人向善，回到他的类本质，但是在荀子那里，他不仅重视个体之善，更重视正理平治的社会之善，他认为社会之善才能保证个体与他的本质实体保持一致，所以荀子的教化思想重视积渐、习俗等环境因素的影响，目的在于让个体的行为和正理平治的社会公共善相一致。也就是说，荀子认为人之情性本身无所谓善恶，但是如果顺着性情发展而没有节制，就可能会对社会产生危害，这就如同黑格尔所说的个体在他的意识里面仅有自己的个别性，而不顾及整个社会的群居和一之社会理想，公平公道之正理平治社会也无从说起，这就是恶，而善能够以礼义为实体经过化性起伪维护社会的稳定，实现个人和社会相统一。荀子和黑格尔的教化思想虽然话语体系不同，但在精神现象层面是相通的，这也显示了荀子化性起

① 黑格尔：《精神现象学》（下卷），贺麟、王玖兴译，商务印书馆1979年版，第42页。

伪的教化思想的生命力所在。正如恩格斯在引用黑格尔反对形而上学人性论时所说："有人以为，当他说人本性是善的这句话时，是说出了一种很伟大的思想；但是他忘记了，当人们说人本性是恶的这句话时，是说出了一种更伟大得多的思想。"①

三、不富无以养民情

中国先民对天相当敬畏，史书典籍中有诸多记载，如"皇矣上帝，临下有赫。监视四方，求民之莫。"（《诗经·大雅·皇矣》）"天亦哀于四方民，其眷命用懋。"（《尚书·召诰》）那时的人们认为政治上的务德与生民有关，政治上的失德与虐民有关。西周时已经形成了一套对昏庸的国君加以制约的价值观念，季梁劝止随侯时，不仅提出"夫民，神之主也"，而且还主张"上思利民，忠也"（《季梁谏追楚师》）。"皇天无亲，惟德是辅。民心无常，惟惠之怀。"（《尚书·蔡仲之命》）意思是天命支持统治者是有条件的，国君必须以人民为重，国君由天所任命，天意又透过民意来表现，民意便成了最终的依归。以民为本的理念在中国很早就出现，《尚书·皋陶谟》言："天聪明，自我民聪明；天明畏，自我民明威"。《尚书·泰誓》中最突出的就是保民思想，其言："惟天地万物父母，惟人万物之灵，亶聪明，作元后，元后作民父母。"

① 《马克思恩格斯选集》（第四卷），人民出版社2012年版，第244页。

其认为天地是万物之母，人是万物之灵，人在社会关系中的表现就是民，所以君主应该保佑人民。《尚书·泰誓》又言：“天佑下民，作之君，作之师，惟其克相上帝，宠绥四方。”其认为上天立君立师都是为了保护下民，所以君主应当承担起保护人民的责任，以实现上天的意志。《尚书·泰誓》还进一步指出，“惟天惠民”，“天矜于民，民之所欲，天必从之”。其意是说天要爱护人民，倾听民意，天应以民意作为宰理世人的意志。《尚书·周官》中提出“以公灭私，民其允怀”，指出处理公共事务的行为原则是以公灭私，认为在公共事务处理中秉持公心才能得到人民的拥护。陈来认为，西周以后，这种民意论确实真正地成为中国古代政治文化的传统，并为后来儒家的政治思想所继承[①]。而人与民的地位的提高，逐渐带来天的神格的淡化，到春秋战国时期，天的价值从“义理之天”向“道德之天”“自然之天”转化，这也反映了统治者的视域从敬天安民向富民教民的转变。

荀子对社会底层的人民道德人格评价是：“以从俗为善，以货财为宝，以养生为己至道，是明德也。”“不学问，无正义，以富利为隆，是俗人者也。”（《荀子·儒效》）“彼众人者，愚而无说，陋而无度者也。”（《荀子·非相》）虽然荀子对人民本身道德人格的评价不高，但是在他的礼治社会秩序中，他认为民之性也可教可化，

① 陈来：《古代宗教与伦理：儒家思想的根源》，生活·读书·新知三联书店1996年版，第185页。

强调君主应积极承担化民成善的伦理责任。“天之生民，非为君也；天之立君，以为民也。”（《荀子·大略》）在荀子的思想中，人民是国家之主体，也是为政之目的，立君尊君，主要是为了谋求人民的福祉，爱民利民。“故有社稷者而不能爱民，不能利民，而求民之亲爱己，不可得也。……故人主欲强固安乐，则莫若反之民。”（《荀子·君道》）“利而不利也，爱而不用也者，取天下矣；利而后利之，爱而后用之者，保社稷也；不利而利之，不爱而用之者，危国家也。”（《荀子·富国》）凡此都说明爱民利民是为政之根本，也是国家安危之所系。其余如“君人者，欲安则莫若平政爱民矣”（《荀子·王制》），“上不爱民则兵弱”（《荀子·富国》），“君人者，爱民而安”，“爱民之为安国也”（《荀子·君道》），“爱民者强，不爱民者弱”（《荀子·议兵》）都是此义的延伸，用国者欲富、欲强、欲荣，则必得民。荀子云：“用国者，得百姓之力者富，得百姓之死者强，得百姓之誉者荣。三得者具而天下归之，三得者亡而天下去之；天下归之之谓王，天下去之之谓亡。”（《荀子·王霸》）其意为：治理国家的人能得到百姓为他努力耕种的，就富有；得到百姓为他拼命作战的，就强大；得到百姓称颂的，就荣耀。这三种应该得到的东西都具备了，那么天下的人就归顺他；这三种应该得到的东西失掉了，那么天下的人就会叛离他。

在荀子看来，先王之道、礼义之统就在于富民养民，富民养民是爱民利民的民本思想在现实政治生活中的应有之义。荀子在《大略》篇中言：“不富无以养民情，不教无以理民性。故家五亩宅，百亩田，务其业而勿夺其时，所以富之也。”荀子认为养民情应从立农出发，不误农时而富，圣贤治世皆以农为本，食之来源皆由农出，农兴则民富，民富则国强，这是儒家仁政之终。孔子思想中也包含着以民为本的观念，孔子认为为政应以富为先。在《论语·子路》中有一段孔子与冉有的对话：“子适卫，冉有仆。子曰：‘庶矣哉！’冉有曰：‘既庶矣，又何加焉？’曰：‘富之’。曰：‘既富矣，又何加焉？’曰：‘教之。’”孔子还说：“政之急者，莫大乎使民富且寿也。”（《孔子家语·贤君》）孔子指出，先有养民，然后教之。人民是一个国家的重要组成部分，而人民需要国家的保护和照顾，所以，“养民以惠”居君子之道之一。孔子曾谓子产：“有君子之道四焉：其行己也恭，其事上也敬，其养民也惠，其使民也义”（《论语·公冶长》）。从上述论述可见，子产除了注重自己的德行修养之外，还能实现“养民”“使民”，故得夫子赞赏。而养民便是孔子所尤其重视的。在孔子看来，执政者必须先照顾好老百姓，才能更进一步做好教化工作，孔子的志向是要实现“老者安之，朋友信之，少者怀之”（《论语·公冶长》），他认为政治最基本的要求便是重视人民的生活。孟子重视农事，以“不违农时”为主要条件，而使“养生丧死无憾，王道之始也”（《孟子·梁惠王上》）。荀子亦然，且较孟子的相关思想而言更为详尽而具体，荀子言：“洿池、渊沼、川泽谨其时禁，故鱼鳖优多而百姓有余用也。……圣王之用也，上察于天，下错于地，塞备天地之间，加施万物之上。”（《荀子·王制》）孔、孟、荀皆重农事，不违农时，以农富民，但是相较孔、孟，荀子论及之项目最多，包括农业、森林、渔业、畜牧等，于衣食住行皆统摄之。

荀子认为，增产裕民之方法有二：一是“不夭其生，不绝其长”，“春耕、夏耘、秋收、冬藏四者不失时”（《荀子·王制》）。二是节用裕民。国足之道在节省用度，富裕人民，而慎用其用度之余，以备不时之需，用不过度，取之有道，为富民之道。人民富足则农产百倍，在上者依法取之于民，在下位者按礼节节省用度，则余积多而无处储藏。故君主知节用以裕民，则必有仁圣贤良之名声，有富国之宝；若不知节用裕民之道，则君主必有贪利收取之恶名。荀子言：“足国之道节用裕民，而善臧其余。节用以礼，裕民以政。”“足国之道”表现在两个方面，即节用以礼和裕民以政。何谓裕民以政？荀子解释道：“轻田野之税，平关市之征，省商贾之数，罕兴力役，无夺农时，如是则国富矣。”（《荀子·富国》）因而，减轻赋税，使民以时是国富的重要条件，也是王者长养人民的重要政策之一。荀子言：“王者之法：等赋、政事，财万物，所以养万民也。”（《荀子·王制》）荀子反对一味横征暴敛以图府库满盈，无视百姓，使其不堪负荷的愚主，他认为圣君要明白，仓库府库的财货来自百姓田野的收成。所以圣君不仅平日里要减税，且要督勉无夺农时，致力生产，增加财富；一旦遭遇水涝旱灾，则开仓廪，取府库，以赈济恤抚人民，使百姓在无冻馁情况下继续事业。此才是上下俱富，掌握国计民生的施政作为。

荀子认为“不富无以养民情，不教无以理民性”（《荀子·大略》），裕民以政是在富民方面以养民情，则节用以礼在于先富后教的理民性。荀子主张发展经济，满足人民的正常欲求以养民情，但他并不是主张人民一味地放纵性情，而是要对人民的欲求以礼进行必要的节制。荀子言：“天下之公患，乱伤之也。胡不尝试相与求乱之者谁也？我以墨子之‘非乐’也，则使天下乱；墨子之‘节用’也，则使天下贫，非将堕之也，说不免焉。墨子大有天下，小有一国，将蹙然衣粗食恶，忧戚而非乐。若是则瘠，瘠则不足欲；不足欲则赏不行。……墨子虽为之衣褐带索，啜菽饮水，恶能足之乎？既以伐其本，竭其原，而焦天下矣。”（《荀子·富国》）

荀子认为墨子的“节用”将使天下贫。墨子的“节用”思想主要关注百姓平常日用之物质层面，而忽视精神层面的教化作用，追求“衣粗食恶，忧戚而非乐”。如果按照墨子的“非乐”“节用”理论，则人之欲不能满足，不能满足则导致有功而无赏，功而无赏则省人徒，少官职，如此，则官民相等，进而导致上没有威严，下不得进退，最终导致赏罚不行，贤愚同贯，万物失其常，事变失其应。荀子以类推的方式得出结论，认为提倡“节用”关键在于隆礼与否，否则“天下敖然，若烧若焦”（《荀子·富国》），毫无生气可言。因此，“节用”必须以礼义为中心，一方面以养、饰为目的，养在发展经济，扩大生产以满足人民欲求，饰在“钟鼓喤喤，管磬玱玱”，足以辨贵贱，辨凶吉；另一方面以分为手段，区分人伦等位，官职等分，赏罚功劳，德智才能，使社会人等“德必称位，位必称禄，禄必称用”（《荀子·富国》），区分等位而导化民性，能够使礼既发挥发展经济、养饰民生的功效，又兼顾节用于政治教化的意义。如果以礼为中心节制欲求，化导情性，则可使贤者在位，尚贤使能，惟齐非齐，贫富贵贱皆有所称，则可使“财货浑浑如泉源，汸汸如河海，暴暴如丘山”（《荀子·富国》），进而实现正理平治、群居和一的社会。

从以上分析可知，荀子所言足国之道亦即治理国家的法则，表现为裕民以政和节用以礼两个方面，裕民以政主要是君主采取差等赋税、正理民事、不违农时、关市不征等政策措施以达到富民养民的目的，也就是“不富无以养民情”；而节用以礼则从礼的饰情和分欲两个方面的作用对人之情性进行化导、涵养，从而让人之行为可求中理，社会百姓皆有所称，也就是从伦理层面对人的性情进行约束和塑造，即荀子所说的“不教无以理民性”，可以看出，荀子所谓的足国之道、王者之法其本身是伦理之则和政治之道相结合的伦理政治之道，这也是早期儒家以礼治国的一以贯之之道。从这方面来讲，荀子所言的足国之道以增加财富，此处所言财富本质上是具有伦理性的存在，诚如

《管子·牧民》中所说的“仓廪实则知礼节，衣食足则知荣辱”。故而黑格尔在《精神现象学》里面认为财富是个体自我与他的公共本质相统一的存在，具有与他的政权实体相同一的性质。财富“它也同样是普遍的精神的本质……一个人的自为的存在本来即是普遍的，自私自利只不过是一种想象的东西”[1]。在荀子的思想中，财富正是通过政令措施和礼义教化达到和它所代表的政权的统一，个体也正是在面对财富时养心制情和礼义之节制当中维护了社会人伦和国家之实体，这就是一种善，有利于实现个人从享受财富而争夺的恶向社会正理平治和群居合一的公共善的过渡。

第二节　以善先人者谓之教

“化”在中国哲学中是一个非常重要的概念。从词源上看，甲骨文的“化”由正立和倒立的人形构成，形成向背、正反变化之势，这也是太极图示的一种雏形。在金文中也是如此。后至小篆“化”演变成“人”从“匕”。“匕”是变的意思。一部《易经》堪称变化的经典，即简易、变易、不易，主旨是变易，其中八卦反映的是常规变化，六十四卦反映的是非常规变化。在《老子》中，“化”

① 黑格尔：《精神现象学》，贺麟、王玖兴译，商务印书馆1979年版，第46—47页。

出现的次数还较少，并非一个明确的哲学概念。而在《庄子》中，“化”使用的频次极高，它是庄子哲学中关键而富有特色的范畴。而在荀子思想中，根据《荀子引得》之索引统计，“化”出现了73次，其中直言“教化”8次，“变化”5次，其余“化”有“教化”“变化”“化导”“渐化”“迁化”等不同含义[①]。张岱年先生对中国古典“化”哲学的研究非常重视，在其著作《中国哲学大纲》中专辟一篇“大化论”，就“变易与常则”“反复”“两一”“大化性质”“始终、有无”“坚白、同异”等范畴集中进行探讨，并言“大化”一词最初见于荀子。“大化”即天地变化之大历程。张岱年先生的《中国哲学大纲》中还洋洋洒洒列举了墨子、老子、庄子、董仲舒等哲学家化之变易思

① 对于荀子的“化”，佐藤将之先生在《荀子礼治思想的渊源与战国诸子之研究》一书中认为，荀子用这些“化”的例子来说明从自然现象到人事层面的各种变化，且圣人能转化民众性格，甚至改善人的恶性。荀子通过对这些理论的探讨和对人与其他生物的观察，坚信人的可塑性。总而言之，荀子相信人的“情性”能透过自我修养而转化，就如同毛毛虫能变成蝴蝶，并指出了《韩非子》中的“化”并非指人的本质可以转化，而是指人容易受趋利性格所掌控。我基本赞同佐藤先生的观点，但我认为，荀子的思想不仅仅是主张通过自我修养而转化，更多的是强调礼义、君师、习俗等外化与自我转化的结合。另外，本文重点探讨圣人君子如何在伦理道德领域让人之情欲心性发生变化，自然领域的“阴阳接而变化起”等不是本文的重点讨论对象。因为荀子的思想讲“天人之分”，在《天论》篇曾两次谈到“阴阳之化”，其目的在于转向人事，唯圣人为不求之天。故此文对此也是存而不论。

想[1]。那么，中国哲学思想家为何如此重视“化”？劳思光先生在谈到中国哲学的特征时认为，“中国哲学作为一整体看，基本性格是引导的哲学……当我们说某一哲学是引导性的，我们的意思是说这个哲学要在自我世界方面造成某些变化。为了方便，我们可以提出两个词语，即‘自我转化’与‘世界转化’。这两个词语可涵盖中国传统中哲学的基本功能”。他还认为“一个目的理论之内容，常可通过以下三个问题的想法而看出来：即是‘目的是什么？’‘其理据何在？’‘达成这个目的之规条为何？’”[2]依劳先生关于何谓引导性哲学之逻辑理路，本文拟以教化为中心对荀子引导性哲学之理据作一系统性之说明。

一、教化之对象：质朴以趋恶

在《荀子》中，直言“教化”处有诸如“劝教化”“广教化”“政令教化”“礼义教化，是齐之也”“尧、舜不能教化”等，而与教化同义之“化”则多与礼义相关，主要表现在《性恶》《君子》《正论》《议兵》《臣道》《不苟》等篇。何谓教化？《说文解字》说“化”即“教行也”。“教行”什么？当是教人之思想和行动。“教行”为了什么？《说文解字》乃语焉不详。而荀子对于教化作了经典

① 张岱年：《中国哲学大纲》，生活·读书·新知三联书店2005年版，第110—168页。

② 劳思光：《思辩录：思光近作集》，东大图书股份有限公司1996年版，第18—20页。

性的阐述："以善先人者，谓之教"（《荀子·修身》），其意为圣人、君子依礼以善之言行来引导他人，又叫作教化或教导，更引申教化之目的则是为善。荀子与黑格尔之教化思想表现出相同或相近的理论意趋。在《精神现象学》中，黑格尔所谓的"精神"贯穿于伦理、教化、道德之中，精神外化和形成了三个世界——伦理世界、教化世界、道德世界。

黑格尔对"教化"的阐述为我们理解荀子的教化内涵提供了可贵的道德哲学资源。实际上，教化的本质就是个体向自己的本质回归。个体在这个世界上只是偶然的存在。什么叫偶然？是相对于他的本质来说，他是偶然的。那么，教化的任务是什么？就是让人的行为、思维和他的本质保持一致。所以，伦理道德这就是为什么伦理学要讨论人性问题。人性是什么？人性就是人的实体，是人的共同本质。而伦理道德是什么？伦理道德就是人的存在状态，人的行为要和他的人性实体保持一致。中国伦理的模式就是要向人性回归，向善良复归，从而让人和他的本性保持一致，和人的实体一致，这就是教化。那么，在荀子的思想中，个体性的存在是一个什么样的状态？又如何保证人的个体性冲动向他所谓"积善成德"的善的实体的复归？荀子关于人性教化提出："人之性恶，其善者伪也。"（《荀子·性恶》）"性也者，吾所不能为也，然而可化也。”（《荀子·儒效》）这就是荀子的“化性起伪”说[1]。其在此所言“化”有教化、化导之意。那么，荀子所言“化”之对象是什么？从此句的字面来理解，所化之对象当为性。而性为何要化，是否能化？在此需要弄清两个问题：其一是荀子性之所指，其二是荀子化之实质。荀子关于性义提出：“生之所以然者谓之性，性之和所生，精合感应，不事而自然谓之性。”（《荀子·正名》）“凡性者，天之就也，不可学，不可事……不可学、不可事而在人者谓之性。”（《荀子·性恶》）“性者，本始材朴也。”（《荀子·礼论》）

这三则文字分别表示性之“自然义”“生就义”“质朴义”[2]。其实，上述文字忽略了性之另外一层本然之义，即“知”：“目辨黑白美恶，耳辨音声清浊，口辨酸咸甘苦，鼻辨芬芳腥臊，骨体肤理辨寒暑疾养，是又人之所常生而有也，是无待而然者也，是禹、桀之所同也。”（《荀子·荣辱》）

---

① 李哲贤在氏著《荀子之名学析论》（文津出版社2005年版，第30页）中认为，而性之所以可化，乃是由于性与伪是可以分离的；否则，若人性本质上是恶，则恶是固着于性而不可移易，如此，以一性恶之人，即无成善之可能。是知，性之可化乃善所由起之基础，故荀子即明言“性可化”之理。笔者赞成李哲贤关于性与伪是可以分离的之说，我们需要明确的是荀子所讲的性与现代人所言性是两个概念，荀子的性仅具有自然属性，孟子的性具有道德属性，而人性指的是人的实体性的概念，也就是人之所以为人的本质，关于人之所以为人的判断，我想孟荀并无殊别。

② 蔡仁厚：《孔孟荀哲学》，台湾学生书局1984年版，第387页。

“辨”也是人之生而即有、无待而然的性之一，是人生之即有的认识能力，荀子进而云：“人伦并处，同求而异道，同欲而异知，生也。”（《荀子·富国》）在道德人伦之间，其“知”表现为“同欲”而“同求”之道德认识、道德选择之能力，故而可以说，荀子所谓“知”当具有两层含义：本然之辨和应然之识，或者可以说，性既固有先天认识万物之本能，亦有辨识善恶之潜力。荀子又言：“凡以知，人之性也；可以知，物之理也。”（《荀子·解蔽》）

从以上讨论可知，荀子所言性似乎涵盖了“自然义”“生就义”“质朴义”“认知义”四种内涵，前两者乃人之自然本能，本身无所谓善恶。而荀子性论的焦点就在于

“质朴义”①，“质朴”两字又何指？荀子言：“今人之性，生而离其朴，离其资，必失而丧之。”（《荀子·性恶》）王先谦在《荀子集解》中引郝懿行说：朴当为樸，樸者素也。言人人性生而已离其资质朴与其资材，其失丧必也，

① 性朴论者以日本学者金谷治及国内某些学者为代表。笔者认为荀子的性本然包含两层含义：情欲与心知，或者说质朴与心知，无论情欲或者所谓之血气，皆就质朴言，此质朴本身亦无所谓善恶，而荀子所言善或恶并不在此质朴之内，恶来自情欲之流，善来自人心之伪。在此，我们需要区分荀子所言之心亦有两层含义，并非有的学者所言有上下其心，或者说荀子的心为道德心，或者说荀子的心中有义德，而是说就心以征知说，此心归于性，就心以能知说，此心归于伪，而荀子所谓能知之心有三：知道、能辨、所可，无论是心以知还是心之能，心中并非含有道德的意蕴，这是学者需明辨的地方。或许有的学者认为荀子的心中有义，理由是荀子曾言人有知有义最为天下贵，其实，就最为天下贵来说荀子实就人之所以为人言，于此，荀子亦曾明言人“之所以为人者，非特以有二足而无毛也，以其有辨也”。故荀子所言义更有辨或分的意味，而不是说人先天有道德。我们所要避免的所犯理论误区有三：其一，割裂质朴和其他概念的联系。性、朴、心、虑、伪、积等范畴是紧密联系的，就朴来说，其只是人之初的充满情欲的状态，荀子谓之初，荀子言长迁而不复返其初则化也，很显然，荀子的意图并不是要返回朴或者充满情欲的初始状态，而是经历长迁的过程而归于善。其二，遮蔽荀子的教化理论。荀子思想反复推详以教化为本，以性为朴，则教化无功。而纵观荀子的思想，其言教化则在情欲上用功，养心制情治欲，虚壹而静，包括政治上之正理平治，皆是教化之实果，由于在性朴和教化之间无法达到理论之圆满诠释，故性朴论者对荀子思想之化论避而远之。其三，混淆荀子与老庄之朴之内涵。荀子之朴实指情欲，或者说是人之初，或者说是血气，是荀子思想立论之起点，更确切地说，荀子的教化论以人之初充满情欲之质朴而展开，朴恰恰是礼乐化之对象；而就老庄思想来说，朴却是去知、黜仁、坐忘、心斋之后所达到的婴儿赤子之心的无欲无求的状态，荀子思想与老庄的立论恰恰相反，朴义也完全不同。

非本善而后恶。杨倞注曰：朴，质也。资，材也。言人若生而任其性，则离其质朴而偷薄，离其资材而愚恶，其失丧必也。久保爱曰：此荀卿举孟子之言也。失而丧之，失丧本性也。钟泰曰：既生而离之，则即谓之性恶可也[①]。由上观之，各注家基本上以“质”“朴”为性之自然义，这也为韦政通所证实，他认为，朴与质，同于《礼论》篇“性者本始材朴”之“材”“朴”，“朴”“质”“材朴”皆自然义[②]。虞圣强认为，“朴”，显然是荀子从老子那里继承而来的概念，意谓道；“资”，即凭借之意，指人的思想和行为的总根据、总基础，即人道[③]。本书当取杨倞说。如果我们再将杨倞的话向前延伸，则为“离其质朴而偷薄则失德，离其资材而愚恶则失智”。为什么作此解释？原因如下：“材”与“才”相通，指生而即有的能力，“朴”是指没有经过礼义文饰、文明进化的那种本然状态，这一状态，荀子谓之“本始”，亦与“长迁而不反其初，则化矣”（《荀子·不苟》）之“初”义通。而对于“资”来说，虽界说为“材”，但实指人之认知能力，是人之先天具有的辨别感受能力，也是人们获取生活技能之凭借，故笔者认为，荀子所言“资”字当为“藉”意。此“资”还与

① 王天海：《荀子校释》，上海古籍出版社2005年版，第941页。

② 韦政通：《荀子与古代哲学》，台湾商务印书馆1992年版，第71页。

③ 虞圣强：《荀子“性恶”论新解》，《复旦学报》（社会科学版）1996年第4期，第82页。

“知”相关，故杨倞释“离资材”为“愚恶”是有一定道理的。而对于这一点，却往往为今人所忽视。也因为有认知之性，才能说“无性则伪之无所加”（《荀子·礼论》）。倘若所言还不明晰，我们可以《礼论》篇加以印证：“凡生乎天地之间者，有血气之属必有知，有知之属莫不爱其类……故有血气之属莫知于人，故人之于其亲也，至死无穷。”天地之间，无论是鸟兽还是人类，血气与心知皆是其生命本身的基本内容，也是人之性的构成。而人间的人伦之爱亦皆源于血气心知两者，否则，如荀子所言则“鸟兽之不若也”（《荀子·礼论》）。而荀子之血气其实是就质朴言，从知说性，这里的“知”乃人先天具有的质性之能，也就是《性恶》篇所说的“涂之人也，皆有可以知仁义法正之质”的“质”，是人皆可以知的“质”，这种“质”是人先天之性，先天之质，也就是人类生而有之的认知能力。故而，荀子所谓心知乃就资材言矣！由上所论，荀子所谓性四者义实归为两者：质朴和资材，或血气与心知，而别无他意。这一思想为后儒戴震所继承，则另当别论了。因此，荀子所言质朴和资材才是人之教化的对象，也是人之所以为人的底子，礼义依此而加性才能隆盛而自美。质朴和资材本身无所谓善恶，那么恶从何来？或者说，荀子又何言教化？对此，荀子言：“性者，天之就也；情者，性之质也；欲者，情之应也。”（《荀子·正名》）

对于情与性之关系，蔡仁厚先生认为情即是性，情与性是同质同位的[①]。徐复观先生认为荀子在这里把性、情、欲三者分别加以界定，但我们首先要了解，在先秦时期，情与性是同质而可以互用的两个名词[②]。性、情是否如两位先生所言可以同质而互换？荀子在《哀公》篇中借孔子之口对“情性”作了一个形式化的界定：“情性者，所以理然不取舍也。”杨倞注：辨情性，乃能理是非之取舍而不惑。在此，“然不取舍”是主体对对象的判断，那么情性就是这个判断的事实基础。情性实际上是就对象的本质而言，情就是性的本质样子，是人之真实情况，郝懿行就直接将其解释为“情，实也”。这是荀子论情的第一层意思。第二层意思为情感，即好、恶、喜、怒、哀、乐六情，此时，情已经不是性，而是性之血气在生活中的显发。而欲是和情相对应的概念，耳目声色之好即是欲，欲乃应爱好之情而生，有了爱好之情，便引生获得之欲，所以说“好利欲得”乃是人之情性，是情之应也。可见，情与欲两者都根于性，而性无所谓善恶，对人来说，有情有欲也是人之常情，无可厚非，情与欲成为荀子论性恶之起源，礼义教化之理据。荀子《性恶》篇云：“尧问于舜曰‘人情何如？’舜对曰：‘人情甚不美，又何问焉？’”在此，荀子之所以得出“人情甚不美”的结论，是因为在社会人伦之间，自我之于亲、友、君来说，由于情而至孝、信、忠之德养渐微；更有甚者，即使是父子、兄弟之间都

① 蔡仁厚：《孔孟荀哲学》，台湾学生书局1984年版，第390页。
② 徐复观：《中国人性论史》，台湾中央书局1963年版，第213页。

可能因情而出现“子之代乎父、弟子代乎兄”（《荀子·性恶》）之“不辞让”的反伦理行为，如此，则违反了孝子之道、礼义之理。这是荀子从情之流弊处言“过情”对人伦社会之冲击的。人情不美，欲又如何？荀子言：“今人之性，生而有好利焉，顺是，故争夺生而辞让亡焉；生而有疾恶焉，顺是，故残贼生而忠信亡焉；生而有耳目之欲，有好声色焉，顺是，故淫乱生而礼义文理亡焉。”（《荀子·性恶》）

人生而好利，有疾恶，有耳目之欲、好声色，但如果顺之而无节，则造成辞让、忠信、礼义文理亡。在这里，辞让、忠信是就人的德性言，礼义文理是就人伦规则言，对于社会来说，如果人人欲求而过，则易偏险不正，悖乱不治，就个人而言会德性不养，就社会而言则人伦失范，社会失序，故而需圣人“起礼义、制法度，以矫饰人之情性而正之，以扰化人之情性而导之”（《荀子·性恶》）。

由上观之，情欲两者皆是礼义所化、导、矫、饰、正之对象，而使社会皆出于治，合于道（礼）。故荀子所言“化性起伪”的化之内容当为情与欲，而非所言之性，性只是一个形式的名，或者仅是人的躯壳而已。

二、教化之理据：归仁以理民性

荀子为何以情欲为化之对象？其目的在于试图建立以情欲为中心的道德哲学体系，让在法权社会中充满情欲之人经过礼义教化从原始的实体当中返回其自身并归于仁，也就是说，经过社会教化的洗礼，去除人的情欲的粗鄙状态而使其和社会的礼义文理相一致，和社会所提倡的仁善相一致，最终目的是实现社会之大善——正理平治。或者毋宁说荀子教化思想提出的目的是实现个人人格境界的提升，更可以说是为了实现社会之大治，伦理政治化。诚如黑格尔所言，自然存在的外化是特定的个体性向本质性的过渡[①]。就个别性的个体来说，个体的教化乃是实体本身的本质性的环节[②]。其意是说教化是一个人成为真正的人或者是积善成德的过程中的关键环节，如果没有教化，许多人可能永远是为利而斗的凡人甚至小人，难以达到君子、圣人之修养境界。在荀子的思想中，所谓具有个别性的个体，即“纵性情，安恣睢而违礼义者”（《荀子·性恶》），在进行教化之前，这些具有个别性的个体具有“目好色、耳好声、口好味、心好利、骨体肤理好愉佚”（《荀子·性恶》）之欲望，而这样的生存样态就是黑格尔所谓的人存在的那个样子：为欲而谋，逐利而动。在此情况下，就需要礼义教化让一个人从他的个体性返回他的实体性、回归他的本质。对于个体来说，其言行由于情欲之引与外在礼义文理时时处于冲突之中，在社会人伦之中，妻不和于夫，子不孝于父，臣不忠于君，皆因人“好

① 黑格尔：《精神现象学》（下卷），贺麟、王玖兴译，商务印书馆1979年版，第43页。

② 黑格尔：《精神现象学》（下卷），贺麟、王玖兴译，商务印书馆1979年版，第43页。

利而欲得”，以致“兄弟相拂夺”，对此需“化礼义之文理”，让个体知晓礼义之则，深谙礼义之道，回归礼义本质，追求仁善之美。荀子所谓礼义即黑格尔的普遍性之则。黑格尔言：“教化乃是实体在思维中的普遍性向现实性的直接过渡。”[①]在荀子的相关文献中，教化的普遍性之则为礼义，即“明礼义以化之”，“是圣王之治，而礼义之化也”，“必将待圣王之治，礼义之化，然后始出于治，合于善也”（《荀子·性恶》）。

以上所言意为圣王明礼义而实现社会治理并归于善，这里的善不是人性善恶之道德善，而是社会正理平治之公共善，是经过圣人以礼义为则治理社会之后而产生的人伦秩序和社会秩序的和谐，也就是荀子所谓的群居和一的治道社会。荀子之礼是人道之极。黑格尔所谓单一物和普遍物的统一，单一物是就个体而言，普遍物是就礼则而言，它所体现的是个体和礼伦之间的关系。荀子的礼为普遍性的全德之名和人伦之理，在现实生活中能够指导人们明是非、识美丑、分人伦、序列位。荀子以礼来统摄诸德，诸德落实为君臣、父子、兄弟、夫妇之道，体现为公、忠、慈、孝、和、柔等人伦之德，进而形成宽惠而有礼、敬爱而致恭、慈爱而见友、敬诎而不苟、致功而不流、致临而有辨的人伦之理。荀子向个体分享了如此之礼义之道、人伦之理，认为若能内化于心，则谓之德，这就是黑格尔所

① 黑格尔：《精神现象学》（下卷），贺麟、王玖兴译，商务印书馆1979年版，第43页。

谓普遍性向现实性之过渡，或者说，个体依礼伦之普遍性向仁之实体性过渡，实现个人成德，人伦有序，社会得治，而这就是圣王礼义教化所担负的伦理义务。

黑格尔亦言，教化的意思就是自我意识在它本有的性格和才能的力量所许可的范围内尽量把自己变得符合现实。因为，个体的力量在于它把自己变得符合实体，也就是说，它把自己从其自身中外化出来，从而使自己成为对象性的存在着的实体[①]。其意是说，教化就是个体自身的异化，对于个体来讲，其自身在异化或开化之中使自己的行为符合实体或普遍之则的精神，进而实现实体精神在现实社会生活中的落实，因而实体也是教化过程中精神向自身转化的关键一环。荀子在言教化或导化对于仁善之实方面有诸多论述，如："将原先王，本仁义，则礼正其经纬蹊径也。"（《荀子·劝学》）"仁，爱也，故亲。义，理也，故行。礼，节也，故成。"（《荀子·大略》）"圣人也者，本仁义，当是非，齐言行，不失豪厘，无它道焉，已乎行之矣。"（《荀子·儒效》）

荀子继承了孔孟仁学的基本精神，以仁义为本，以礼义为用，更细致地分析了仁、义、礼及仁道和礼义之间的复杂关系，传承了孟子的仁政思想，提倡仁义之兵。所谓"以仁为本，以礼为用"，意思是指以礼为德性教化的普遍之则，以仁为德性教化的实体归依，也就是说，教化的目

① 黑格尔：《精神现象学》（下卷），贺麟、王玖兴译，商务印书馆1979年版，第44页。

的是追求仁，回归仁，而中间以情欲的冲动为“悲怆情愫”。在荀子的思想中，性作为实体性概念，其自然主义表征为情与欲的质、朴的伦理本初状态，而与质朴相对的伪已预设了欲情与礼义之间的内在的张力，质朴作为人之本然状态或为欲情之冲动而流于善或趋于恶，其本质已体现了自然与道德、伦理与存在之间的内在关联。

三、教化之工夫：养心制情以制民欲

礼乐教化的目的在于调和、节制情感，使理智、情感、欲望相互涵养、化通，使知、情、意三者相互涵容、协调发展，不会过度或不及。人如果纵性顺情，其欲望和行为的表现一定是冲动、盲目而不知所止，荀子基于情的冲动而主张教化，希望人们的情感受到礼乐熏陶，使情变得具有普遍性的品质，并且希望人们通过学的教化沉浸于学问、道德氛围之中而渐化、塑造自己，真积力久，持续不懈，达到个人与社会大化，建成依礼化民的社会[①]。

① 东方朔在《合理性之寻求：荀子思想研究论集》中认为，荀子所谓“礼者养也”之“养”原有二义，一是指情欲得到满足；一是指礼义节制情欲。然而，所谓以礼义节制情欲并非说情欲本身是恶的，而是说由于物质给求与情性欲望之间的紧张导致天下偏险悖乱而为恶，这或许是荀子所谓恶的真实之义、究竟义。先生的观点可为我们了解情欲与教化之间的关系作些参考。但我们说，荀子所谓的养不仅有满足情欲、节制情欲之作用，更多地强调在养中人的德性在日积月累中得以形成。养之用在于化，所存者神，所为者化，诸如荀子所谓养眼、养口、养鼻、养体、养耳等，通过养而发挥教化之功能，形成“依道化民”之社会。

“君子博学而日参省乎己，则知明而行无过矣。”（《荀子·劝学》）荀子认为以情感自洽的涵养及真积力久的学习，个体的德性心灵才能不断相互融渗、化通，进而提升到一个中和的境界。也就是说，要用礼乐来涵养趋恶的情感，使之逐渐获得礼乐所禀有的普遍性的情感形式，这样便是化性起伪，是对“中”的涵养而达致普遍性的精神状态。“曷谓中？曰：礼义是也。”“凡事行，有益于理者，立之；无益于理者，废之，夫是之谓中事。”（《荀子·儒效》）这里的“理”也就是“礼”，如《礼记·仲尼燕居》引孔子言曰“礼也者，理也”。《荀子·礼论》也说：“故其立文饰也不至于窕冶；其立粗恶也，不至于瘠弃；其立声乐恬愉也，不至于流淫惰慢；其立哭泣哀戚也，不至于隘慑伤生，是礼之中流也。”关于“中流”，杨倞注曰：礼之中道也。中，就是要取长补短，弥补不足，既表现为爱慕崇敬，又养成事事按照礼的规则去做的美德，既不流于过分，也不至于不及，恰当地表达人的情感，使自身处于合于礼的普遍性的情感状态，使心灵诸能力相互涵容、协调和谐发展，培养人们灵慧、清通的精神性感觉，也就是黑格尔所谓的教化理所当然是以异化为前提的返回自身[1]。

相较于情，荀子在论述欲之化导时更强调心之作用。如何引导人的欲望使之遵循礼义人伦规范？荀子认为要用

①黑格尔：《精神现象学》（下卷），贺麟、王玖兴译，商务印书馆1979年版，第44页。

教化之方法，使人心能够认识礼义之道，以道来引导节制欲，从而达到理想之目标。

荀子制欲，外靠礼义，内靠心知。依荀子之意，欲只是盲目之冲动欲求，欲本身具有任何化治的作用，不能引导人心向善。在荀子看来，欲之化导是通过心知和礼义相互作用来完成。荀子言：“所以知之在人者谓之知，知有所合谓之智。”（《荀子·正名》）由心之知，而征外在的事物，此征知能力就称为智。而知可分为感性之知和理性之知，二者皆可为智的成立条件。荀子的认知之心落实在伪上，要求人们的行为必须依礼而行，依礼而作。故荀子亦言：“情然而心为之择谓之虑。心虑而能为之动谓之伪。虑积焉，能习焉，而后成谓之伪。”（《荀子·正名》）荀子认为，虽然心能思虑判断，形成意志，决定行为，但是其目的仍然是完成性情之欲求，如果欲求能够和心知相配合，则能引导人之欲求符合礼义，欲求流弊而致恶，是心知没有正确选择的结果，但如果没有心知之能力，欲求之冲动，则同样无法使人达至礼义。所以，人之心知，关键在于心以知道。“人何以知道？曰：心。”“故心不可以不知道。心不知道，则不可道而可非道……心知道，然后可道；可道，然后能守道以禁非道”。（《荀子·解蔽》）而对于墨子、宋钘等去欲或寡欲之主张，荀子并不认同。他说：“凡语治而待去欲者，无以道欲而困于有欲者也。凡语治而待寡欲者，无以节欲而困于多欲者也。”（《荀子·正名》）欲望乃是人的天性之使然，欲灭或欲寡皆违人之情性，倒不如以礼义加以适当之引导，或加以合理之节制，使之不致泛滥而流于恶，而引导节制则在于心，发挥心之主宰化导功能。“故欲过之而动不及，心止之也。心知所可中理，则欲虽多，奚伤于治！欲不及而动过之，心使之也。心之所可失理，则欲虽寡，奚止于乱！”（《荀子·正名》）心是道之主宰，倘若欲望在心而合乎道，即使欲望多也无损天下安治，反之，所可失理，即使欲望少也不能保证天下太平，如此，心知对于欲望合乎道理才是社会安宁、正理平治之关键。“道者，进则近尽，退则节求”（《荀子·正名》），“先王之道……礼义是也”（《荀子·儒效》），道即礼义，以心识礼，以礼化情，以礼制欲，依礼而行，则息情欲之争而天下治矣。

论述至此，我们来回应劳思光先生所提出的关于引导性哲学的三个特征：目的、理据、规条。对于此问题，石元康先生在《引导性的哲学与认知性的哲学》一文中对劳先生的观点进行了进一步分析。石元康先生认为，劳先生所提到的第一个特征，就实践哲学或成德之学而言是很容易理解的，如果没有目标的话，则引导性哲学一开始就无从着手。荀子思想始终以成人成圣为终极追求，以积善成德而成就圣心。他的思想诚如亚里士多德的伦理学，也是引导性的哲学。亚里士多德指出幸福是人生的目的，因为幸福一方面是自足的，另一方面是终极的。而荀子提出的成人、成善、成圣也是一个形式化的具有主观性的概念，不具有具体的内容。如此，他的理论必须拥有客观的普遍有效性的形式，故此，荀子以礼作为客观存在的形式，而提出这一理论的前提在于他的人性理论，在人之情欲与外在社会造成的内在紧张中礼的作用得到了彰显。劳先生所提出的引导性哲学的第二个特征“理据”，就表现为情欲的冲动性的表征及其礼义存在的客观性基础，以“涂之人皆可以为禹”赋予每个人在生活中的道德可能，以礼义的客观于人的存在的标准把人带入大清明的境界。而至于劳思光先生所提出的引导性哲学的第三个特征“规条”，实指工夫的问题，也就是要达到设定的目标所必须要下的工夫。对此，石元康先生认为不能把工夫论视为哲学，理由是，哲学所处理的是终极性的问题，包括人生的终极目标，或是宇宙的终极结构[1]。笔者不太赞成此类观点。因为工夫和终极目标是紧密联系的两个方面，诚如孔子所谓“克己复礼为仁”，终极目标为仁，克己复礼则为工夫；孟子的集义养气亦是如此，做的是工夫，实际还是归仁；荀子的思想还是如此，积善成德也必须做足化性起伪的工夫，否则善与德都是不可求的东西。而荀子的实践工夫更加重视外在的“化”，即师法之化、礼乐教化、习俗渐化、自我迁化、经权变化，其中，师法之化即重视化之道德主体的问题，礼乐教化探讨化之客观性、普遍性的理则问题，习俗渐化分析化之道德环境问题，自我迁化讨论

① 刘国英、张灿辉编：《无涯理境：劳思光先生的学问与思想》，香港中文大学出版社2003年版，第173页。

化之动因及其品质问题，而经权变化则是辨析化之道德境遇问题，化之主体、理则、环境、动因、境遇这五个方面紧密联系、相生而长而使人之情性日滋日长发生变化，由圣王创制礼之引导而至大善化成。因此，荀子思想以知、分、化为基本特征，知强调德性路径问题，分探讨伦理秩序问题，化分析教化世界问题，围绕这三者而形成了三个中心点，其他的概念、范畴、思想都是围绕着这三个中心点而展开，无论其道德哲学还是政治哲学思想都是如此。可以说荀子之化的思想相较孔孟、老庄最具有劳思光先生所谓具有引导性哲学之特征，或者可以说，荀子思想是先秦时期具有引导性哲学特征之典型理论代表。

第三节　渐者然也：荀子渐化与庄子、禅宗“化”之异同

荀子之“化”的范畴常常使人想到庄子的相关论述。和荀子一样，在庄子哲学中，“化”也是一个非常有特色的概念。在庄子哲学语境中，鲲可以化为鹏；生可以化为死，死可以化为生；庄周可以化为蝴蝶，蝴蝶也可以化为庄周；子舆的左臂可以化为“鸡”，右臂可以化为“弹”，精神可以化为“马”；子来的身体可以化为“鼠肝”，也可以化为“虫臂”……生命世界的一切都在天地自然中为“大冶”所化，无不体现着“天地虽大，其化均也”（《庄

子·天地》）的生命本性。所以庄子一再告诫世人“无怛化”，即不要惊扰天地自然之变化。“与其誉尧而非桀也，不如两忘而化其道。”总之，“善夭善老，善始善终，人犹效之，又况万物之所系，而一化之所待乎”！（《庄子·大宗师》）在庄子看来，化体现了天地万物的自然本性，是生命本质的展演和呈现，其所说的鲲化为鹏，从形式上看是事物外在形态的变化，但真意却是要表达心灵的问题，即精神的超越，就是要从精神上或心灵深处打破各种界限和分际，让思想不受任何限制，自由翱翔①。关于荀子与庄子、禅宗“化”之异同，笔者拟主要从以下四个方面展开论述。

一、化之对象：化性与化道

荀子文本多次言“渐”，但仅有一处和本文主旨相关，即“蓬生麻中，不扶而直。白沙在涅，与之俱黑。兰槐之根是为芷。其渐之滫，君子不近，庶人不服，其质非不美也，所渐者然也。故君子居必择乡，游必就士，所以防邪僻而近中正也”（《荀子·劝学》）。

何谓“渐”？熊公哲注：渐，泔也，浸也。其渐之滫，谓久浸秽臭中②。杨倞注：渐，渍也，染也。言虽香草，

① 李振纲：《大生命视域下的庄子哲学》，人民出版社2013年版，第8页。

② 熊公哲注译：《荀子今注今译》，重庆出版社2009年版，第4页。

浸渍于溺中则可恶也[①]。故渐者，有渐进渐染之意，或称之为靡。荀子言："君子必择乡，游则就士"，就是因为考虑后天环境对人成德的影响，故曰"其质非不美也，所渐者然也"（《荀子·劝学》）。而浸、渍、染也有积之意，故而荀子又经常把渐和积放在一起连用，这两者在德性生成上具有不可分割的联系。荀子所谓渐又有积之意。渐反映的后天环境习俗对人德性的改变，积则反映了主体自身的持续努力，两者都是化德的力量。

诚是化的内在品性[②]，明诚而致天德，使人迁化从善，诚心执守仁爱，仁爱就表现于外；仁爱表现于外就能通于神明，通于神明就能使人的自私自利的欲望在温文、醇厚、和睦、安定的风俗中得以消除，使每个人都融归于社

① 东方朔：《荀子》，上海世纪出版集团2010年版，第3页。

② 佐藤将之在其著作《荀子礼治思想的渊源与战国诸子之研究》（台大出版中心2013年版，第97页）中认为，《不苟》篇在有关"诚"的阐述中，认为"神"的能力会导致"化"，而"明"则"变"。由于荀子将"变""化"联结成为天德，此种"诚""天德""变化"之结合，特别是结合意指"君王孕育万物的能力"这一点，令读者觉得其与《庄子》中的"德"观颇具亲密性。笔者以为，荀子在此提出伦理学上的善恶因果律。诚—仁—形—神—化，诚—义—理—明—变，荀子在此以"诚"作为世间万物和人事转化之动因，因诚而化万物化万民。所以，在此，"诚"就成为道德世界的本体和根源，如《中庸》所言"唯天下至诚，为能化"。而诚作为一种精神，必须由本体外化为意义，由本体的诚向意义的诚落实，由意义世界向生活世界进行转化。故而荀子以本体世界的诚向意义世界的仁义进行转变，由仁义向生活世界的形理进行转变，最后完成诚在人间的落实，荀子谓之变化，而"形"在诚从本体世界向意义世界、生活世界外化的过程中起着关键作用。故《不苟》篇谓"不形则虽作于心，见于色，出于言，民犹若未从也"。

会的伦理秩序及情理意境之中，把禀受人伦理则的共同范型和精神态度转变为人们的行为范式、情感归依、价值根基。故《说文解字》释“化”为“教行也”。积之行也成为荀子“化民成俗”的理论意趣，自我迁化被融入积善成德的践履之中。孟子主性善，故其修养方法主要是内求于心，反身而诚；荀子把道德品质看成是教育环境的产物，所以其修养方法是注重教化和学习，否认有生而知之的圣人。

伦常习俗和风俗习惯是伦理的起源，人之为人的“习俗移志，安久移质”的德性践履使礼乐文化渗透人心，剔除人之恶性而回归性朴的本然的伦理状态，使主体德性与社会礼仪规范合而为一，外在的规范化为人的德性自觉而在积靡的践履中浸渍于人的生命之中。因此，德性的生成并不仅仅是个体对自身潜在的品质的修养，更是对先于其存在的外在规范的理解和尊重不断“化”的习俗洗礼与熏陶过程，是在主体内在的德性品质“积”的过程中获得礼仪的普遍性质而成为自身对伦理普遍性的造诣。故荀子也重视“积”之化善成德，对此，他有如下言论：

“为善不积邪，安有不闻者乎?”（《荀子·劝学》）

“积土成山，风雨兴焉；积水成渊，蛟龙生焉；积善成德，而神明自得，圣心备焉。”（《荀子·劝学》）

“真积力久则入。”（《荀子·劝学》）

“可以为尧、禹，可以为桀、跖，可以为工匠，可以

为农贾，在势注错习俗之所积耳。”（《荀子·荣辱》）

“彼求之而后得，为之而后成，积之而后高，尽之而后圣；故圣人也者，人之所积的也。”（《荀子·儒效》）

“故圣人也者，人之所积也。人积耨耕而为农夫，积斫削而为工匠，积反货而为商贾，积礼义而为君子，工匠之子莫不继事，而都国之民安习其服，居楚而楚，居越而越，居夏而夏，是非天性也，积靡使然也。”（《荀子·儒效》）

“积”即经验的学习。而积学的过程就是积善的过程，所以荀子说：“君子博学而日参省乎己，则知明而行无过矣。”又说：“君子之学也，入乎耳，箸乎心，布乎四体，形乎动静。端而言，蠕而动，一可以为法则。”（《荀子·劝学》）他认为“积善而全尽谓之圣人”（《荀子·儒效》），所谓圣人，就是最具才能，最具教养的人。

如前所述，荀子认为对于个体来说，由于心中无德，便要化性起伪，宗旨是积善成德，成为仁人、君子、圣人。礼乐教化是为了涵养其德、习俗渐化是为了感化其德，在后天的“注错习俗”中滋养其德；师法之化是发挥君师在化导中的作用，通过启动内在的伦理智慧，使人明辨是非，依礼而貌、而听、而言、而行，终而至于仁，从而完成道德人格的塑造；自我迁化是积小善而至大善，故而成为圣人；等等。在庄子思想中，其化在于道，名曰化道。道之与人与物，因其自然原则而任其所是，庄子命之曰化，指物随道转，人循道归，其中的意义并不是一个简单的转化过程。事实上，就人与物言，本无转变形式之可言，但言物与人有道与否，或依道而运转与否就有区别，能达到这个目的者就叫作化。庄子还提出“万物皆出于机，皆入于机”（《庄子·至乐》），这是化之所以可能和必然的本体论依据。对此，郭象注云：此言一气而万形，有变化而无死生也。成玄英疏：机者发动，所谓造化也。造化者，无物也。人既从无生有，又反入归无也。岂唯在人，万物皆尔。或无识变成有识，或有识变为无识，或无识变为无识，或有识变为有识，千变万化，未始有极也[①]。但其中还有主体和客体之分。如“今吾才小，不足以化子”（《庄子·庚桑楚》），指依道的原则，使人从远离道的状态而复归到道的原则中来。在庄子思想中，道常被寓于物之中，故其化又有去物守道之义。

二、化之路径：外化与自化

荀子本于伪而化性，这“化”究竟是什么意义？在儒家传统中，“化”有内化与外化两方面的意思。内化以心性为主，或顺心性本然之善以导化私情私欲，或通过心性之觉悟透显天理以克制人欲之私。外化则以客观的礼义为主，是以礼义来直接规范人的行为，使人在行动上有所节制，情欲上有所收敛，心性上逐渐淡然，思想上日趋纯净。孔孟与宋明儒学家重前者，荀子则属后者。所以荀子的“化”是经验的化，外在的化，亦即教化之化，荀子赞

① 郭庆藩：《庄子集释》（中），中华书局2007年版，第629页。

尧舜为“天下之善教化者”（《荀子·正论》）。《儒效》篇中推尊周公孔子，亦大体就教化之功言。

荀子心目中的尧、舜、周公，都是能“举统类而应之”或有“统类之行”的政治家。政治家不必教人做尽心知性的内圣工夫，而是推行礼义来规范人民的行为，人民只需学礼即可。《儒效》篇言：“儒者在本朝则美政，在下位则美俗。”“美政”“美俗”，也就是外化的效果。外化到极致，并不能使人成圣成贤，它只能使人培养出一种高贵的气质和教养。这是化性起伪所能达成的目的，也是礼义效用的极限。

而和荀子推尊尧、舜恰恰相反的是，庄子言：“而其誉尧而非桀也，不如两忘而化其道。”（《庄子·大宗师》）荀子经常把尧、桀作为为善为恶的典型例子来进行比较，而庄子主张让人们抛弃所谓“誉尧”而“非桀”，斩钉截铁地告诫人们要“两忘而化其道”。其实，化道，也就是遵循道而自化或物化。庄子言：“物之生也，若骤若驰，无动而不变。无时而不移，何为乎？何不为乎？夫固将自化。”（《庄子·秋水》）“汝徒处无为，而物自化。”（《庄子·在宥》）“自化”是庄子思想中独有的概念，意为自生[①]。《庄子·知北游》中提出：“万物以形相生。”何谓物化？即在不同种属之间的变化。《庄子·寓言》中言：“万物皆种也，以不同形相禅。”“禅”是更替的意思。

其实，在荀子文献中我们也能找到庄子所言的影子。荀子在《正名》篇中言：“物有同状而异所者，有异状而同所者，可别也。状同而为异所者，虽可合，谓之二实。状变而实无别而为异者，谓之化。有化而无别，谓之一实。”荀子所言“有化而无别”意为一物只是形体发生变化，而实质未变，此和庄子“自化”意义相同。同时两者化之所依皆源于道。但不同的是，两者所依道的内涵不同。我们说，自化是无为无不为的关键，但庄子的自化不

① 《庄子》外篇《知北游》“颜渊问乎仲尼”叙事中又有“外化而内不化”之说，仲尼曰：“古之人，外化而内不化，今之人，内化而外不化。与物化者，一不化者也。安化安不化，安与之相靡，必与之莫多。”“靡”成玄英训为顺。“莫多”，陈鼓应注为“不增益，不妄自尊大”。据此，“安化而内不化”这句话，陈鼓应的白话文译为：化和不化都安然顺任，安然和外境相顺，参与变化而不妄自尊大（参见陈鼓应注译：《庄子今注今译》，商务印书馆2007年版，第678页）。另外，郭象注：常无心，故一不化；一不化，乃能与物化也（参见郭庆藩：《庄子集释》（中），中华书局2007年版，第766页）。《则阳》篇云：“冉相氏得其环中以随成，与物无始无终，无几无时。日与物化者，一不化者也。”也是说心任物化而不被物所化。心不被外物所限制、所扰乱，才能够“游”。庄子厚古薄今，多以“古之人”指代怀质抱真之人。“外化”指“形”的变化，，“内化”指“心”的纷乱。古之人，怀质抱真，因应自然，外形随物，内心凝定，故云“外化而内不化”；今之人，心为形役，向外驰逐，亦即庄子内篇《齐物论》所说的“其形化，其心与之然”，内心是非纷乱，外形乖固偏执，故云“外化而内不化”。

像郭象的独化那样，是孤立的，绝对的，而是与无为无不为的道的统一。庄子在《大宗师》篇中言："夫道有情有信，无为无形；可传而不可受，可得而不可见。"一言以蔽之，即"唯道集虚"（《庄子·人间世》）。

而荀子所言之道，有形有迹，多指礼道。荀子言化也多指由礼而心性发生变化，荀子在《大略》篇中云："君子之学如蜕，幡然迁之。故其行效，其立效，其坐效，其置颜色、出辞气效。无留善，无宿问。"杨倞注：如蝉蜕。幡与"翻"同[1]。故其行、坐、容貌、辞气皆仿于礼。虽然，荀庄皆言自化，但由于庄子是依无形之道而化，故为自化，而荀子所化皆积于学礼，故曰外化，此之谓也。此即荀庄二人化之所思之路径不同也。

三、化之工夫：体道与学道

我们袭前文而论，化性与化道，指出了化什么；外化与自化，指出了向哪化。那么，接下来的问题就是如何化？庄荀的区别在于一个在"体"，一个在"学"。

庄子重视道的无。庄子借老子之口在《天运》篇中说："使道而可献，则人莫不献之于其君；使道而可进，则人莫不进之于其亲；使道而可以告人，则人莫不告其兄弟；使道而可以与人，则人莫不与其子孙。"

庄子认为道不可献，不可进，不可告人，不可与人，概言之，他认为，道是无形的东西，不可以施以具体的行

① 东方朔：《荀子》，上海世纪出版集团2010年版，第327页。

动。所以，庄子讲道的功用是化，而不是老子所说之生。因为道是这样，故而他提出了其独特的体道、化道方法：其一，心斋。“若一志，无听之以耳，而听之以心；无听之以心，而听之以气。”（《庄子·人间世》）将意志集中如一，以心去体会而不是用耳去听闻，然后去其心志之欲得道之念，随气沉浮，升腾变化，这是入道的门径。和庄子相似的是，荀子在《劝学》篇中也提出“心一”的化道方法。“螾无爪牙之利，筋骨之强，上食埃土，下饮黄泉，用心一也。……是故无冥冥之志者无昭昭之明……故君子结于一也。”荀子之所谓“一”，是一心一意，专心致志之意，这是学中的心无杂念之状态，这一点和庄子是相同的。不同之处在于，庄子所一之志在于道，而荀子所一之心在于学，故荀子谓之“学一”即“学也者，固学一之也，一出焉，一入焉，涂巷之人也”（《荀子·劝学》）。其二，坐忘。心斋之后，是坐忘的工夫。所谓坐忘，就是“堕肢体，黜聪明，离形去知，同于大通”（《庄子·大宗师》），这是入于精神自由之阶段。人的精神忘却聪明甚至将身体都统统排除在其外，无思无念，不含任何事物，达到离开“形体及心知”，与“大通”协和相似，便可以入于道的第二阶段。庄子为何在体道工夫上提出离形去知，对此，东方朔先生曾给出三点解释：在庄子的思想中，圣人要体悟的是道，而道是不能以人的名言来加以把握的，此其一；其二，世人所谓的知或智，若有其意义的话，在庄子看来，乃为大盗创造了条件；其三，在庄子看来，推崇知智还必引致天下大乱[①]。当若如是，则庄子是从个人之修养与社会之危害两个方面考虑而离形去知，而这恰恰是荀子所不赞许的。

庄子弃知而化道，荀子求学而化道。荀子《劝学》篇中曰："神莫大于化道"，又说："积善成德，而神明自得，圣心备焉。"意思是说人之透过积学教化，即可使道德智慧达到最高境界——"通于神明，参与天地矣"（《荀子·儒效》）。荀子认为人生而蒙昧，在心性未熟之时、知识未充之际，如果任其自生自长，则惠施邓析之属必流于奇词怪说之惑，苏秦张仪之流必趋巧言令色之诞，既不知所止，又不能合于文理而归于治。故荀子认为应以学为经而使世人知礼义之道。其言："学之经，莫速乎好其人，隆礼次之。"（《荀子·劝学》）此即荀子学以化道与庄子去知体道之不同工夫路径。当然，庄子亦曾言："无思无虑始知道，无处无服始安道，无从无道始得道。""精神生于道。"（《庄子·知北游》）"生"当为"化"，从体道的过程来看，精神由道而化成，是有据可依的。

另外，庄子还提出"愚"而化道。庄子在《天运》篇中将其描述为："愚故道，道可载而与之俱也。"老子也讲"将以愚之"。就老子本意看，愚与他所主张的"返朴归真"应是具有相同意义的用法。"朴"即未经加工之原木。所以，"将以愚之"是主张使人回到上古时期性格淳朴的

① 东方朔：《荀子的"所止"概念——兼论儒家"价值优先"立场之证成》，《河南社会科学》2011年第1期，第67页。

程度，庄子之愚与老子所言愚同义，意指若人能质朴无杂念，不断提升自我，便能使自然与道同一，同道而行，即庄子所谓的大道。行文至此，也就是说，庄子“愚”的目的是追求人性的质朴状态，而荀子求知，则以性之质朴为出发点。我们前文已论，荀子以血气心知为质朴，也就是人之初的未经开化的状态，而在社会当中，人之情欲已过多改变人之情性的本初状态，人心知蒙蔽，情欲趋恶，故而荀子寻求外在的礼义，使其作用于过多的情欲之上而化之。对于心来说，荀子言“虚壹而静”，保持大清明的情境，对于情欲来说，则近尽而合理，如此，个人成善，社会平治，而如此状态也是一种质朴清明，只不过已是经历个人之“曲得其宜”的艰难历程而已，故荀子谓不复返其初矣。故此，荀庄以朴同为目标，但由于学术路向不同，一则心内体道而归朴，一则心外学道而归仁，这是荀庄化道工夫之差异。

四、荀子之积化与禅宗之渐修

荀子的渐化思想，主张由渐而化，由积而化，故而叫作积渐或积靡[1]，也就是一种渐进的缓慢的修行方法，是化之工夫，积渐也是化之动因。其化之方式亦如中国禅宗史上之渐修。从达摩以来，禅宗的修行法就强调渐修以实现道德境界的层次性。禅宗之北宗，如智洗、神秀、保唐、宣什门下，多用渐修的方式致悟，牛头宗、天台宗也用渐修，渐渐磨去烦恼污染，使佛性渐渐显现。达摩的壁观，在形式上也是渐修。神秀的禅修，也是渐修，《楞伽师资记》称其为“禅灯默照”。如何默照？惠能称之为“看心看净”：看心，是内观自心；看净，是观自心的清净本性。神秀这样讲看心看净：“看心若净，名净心地。若卷缩身心，舒展身心，放旷远看，平等尽虚空看。”“看净，细细看，即用净心眼，无边无涯除远看。”（《大乘无生方便门》）

看心看净是一个长期的修行过程，因此被称为渐修，也即“时时勤拂拭”。

在荀子看来，人在修养方面是有小人、君子、圣人这样的道德层级上的区别的，但君子和小人由于具有相同的“质”“具”，在道德上都有成圣的可能，因而，荀

① 继“化”之后，庄子亦提出“积”的问题。庄子外篇《天道》中云：“天道运而无所积，故万物成；帝道运而无所积，故天下归；圣道运而无所积，故海内服。明于天，通于圣，六通四辟于帝王之德者，其自为也，昧然无不静者矣。”“运”即“化”，属于天地万物自然化均的生命本性；此处的积，有“积滞不化”的意思，故成玄英疏：积，滞也，蓄也。而荀子之“积”有积累滋长之意，这和庄子之“积”义相反，故此说明。

子讲“君子之与小人，其性一也”（《荀子·性恶》），也就是人与人之间是平等的。而禅宗也讲人的价值和尊严在于性，而佛性是人人都本来具有的，“当知愚人智人，佛性本无差别，只缘迷悟不同，所以有愚有智”（《坛经·般若品》）。而在成人成佛的方法上，两者都主张渐化、渐修。如宗密举了一个登高的例子：“如登九层之台，足履渐高，所见渐远”（《禅源诸诠集都序》卷下一），即所谓“欲穷千里目，更上一层楼”。这种例子，神会也举过：“即如登九层之台，要藉阶渐”（《神会和尚禅语录》）。对此，董群先生指出：渐修的方法，在禅宗的伦理体系中，它更多的是个道德修行的方法，即使是作为养身方法，也是强调和养德相结合的，以养德为基础的[1]。故而此“渐”和荀子所谓“积”义相近，都有所用工夫渐深之意。故荀子在《劝学》篇中云：“积土成山，风雨兴焉；积水成渊，蛟龙生焉；积善成德，而神明自得，圣心备焉”，只有所积，才能“真积力久则入”，终乎为圣人。如禅宗所云“勤拂镜尘，渐悟心性”（《大钞》卷三之下，《续藏经》第一辑）。另外，禅宗和荀子都重视渐化中心之修养的层次性。神会将其修行过程归纳为“凝心入定，住心看心，起心外照，摄心内证”（《答崇远法师问》），把心修分为入定、看净、外照、内证四个层次。荀子则根据心所具有的虚、壹、静三种功能，把心化德分为三个步骤：第一，将须道者，之虚

① 董群：《禅宗伦理》，浙江人民出版社2000年版，第180页。

则入。所谓“将虚道者”，是指初学求道的人，人心具有虚之包容力，一个初学求道的人，应本着虚心包容的精神，不断温故知新，累积经验，成就广博的学识，这是心知道的第一步，故曰“之虚则入”。第二，将事道者，之壹则尽。所谓“将事道者”是就学而行道的人而言。人之借由认知而累积丰富的经验与广博的学识，此等经验学识，事实上只是人之用于处世行事的概念或观念而已，其必经由统整调适的工夫，使之成为有系统有条理的深度的认知，因而能够成就专精的知识，此为知道的第二步，所以说“之壹则尽”。第三，将思道者之静，静则察。所谓“将思道者”，是就学而体道，迈入圣贤境地的人而言。荀子把心譬喻为槃水，槃水正错而勿动，则清澄照物，可以见须眉而察肤理，人心也是如此，外不受“耳目之欲，蚊虻之声”的干扰，内避免“意识错觉”作祟，则此心自能达到闲静而思的境地。心静而思然后可以解心之蔽而养心之诚，使人守仁行义，体常尽变，因而足以决定然否，判断美恶，所以说“之静则察”。

可见，无论是禅宗还是荀子，在心的修养上都讲层次性，主张要渐渐达到更高的境界。不同之处在于，禅宗的心之本质为清净，而不净是因为烦恼污染，使心的净性不能显现。故关于心性的净与染，佛教说：心性本净，客尘所染。或者可以进行伦理式的表述“心性本善，客恶所染”。我们说虽然荀子和禅宗的心性论基础不同，一个为性善，一个为性恶，但是在人之所以为恶的思维上，两者是相近的，禅宗认为人之所以为恶，是因为后天之烦恼，而荀子认为人之所以为恶，是因为后天情欲之流弊，如惠能所说，人之心如云遮蔽一般，故需要在心上做拨云见日的工夫，而荀子也认为要在心之上进行解蔽，虽然手段方法不同，但结果可谓“异曲而同工”。关于如何去蔽，禅宗尤其是北禅对于下根众生，讲看心看净，主张通过这种方法使心专精不动，守一不移，一于道德本体，不离于此，“其心欲驰散，急手还摄来”（《楞伽师资记》）。因为心中杂念较多，通过看心看净，使人心凝聚收敛于一境，渐渐消除杂念，久而久之，自然有所收益。北禅之看心看净的渐修工夫和荀子不同，因为禅宗之心本有净，故只需看，但荀子之心本有虚，由于欲望扰导而不一，故而不静。所以荀子主张治心养心，使人祛除心之欲望之扰，保持心之大清明的状态，则心自然可化性起伪，以完成美善之人格。和禅宗净心不同的是，荀子通过“虚壹而静”而致“大清明”的工夫，此心不再是不含理之心，而是具有主体性之道心；不仅仅是判断是非的认知心，而且足以“疏观万物而知其情，参稽治乱而通其度”（《荀子·解蔽》），仁智全体大用，全体显露的圣心，因此，此大清明之心，上体于道而下贯于性，以化其性而为善。

第四节　“成人之道”之教育思想

荀子论教育之原理，皆自人类本能言，如耳目口心之爱好，皆“感而自然，不待事而后生之者也。夫感而不能然，必且待事而后然者，谓之生于伪”（《荀子·性恶》）。所谓“必且待事而后然者”，一为礼义之教，二为习俗积靡的影响。荀子说：“注错习俗，所以化性也。”（《荀子·儒效》）进行教育，要坚持圣王所制之礼义之化，道德主体之强学思虑，师法君师之化导。荀子教育思想之归趋在于成人，使人皆出于善，合于治，并推之君子、圣人，即“师法之化，礼义之道，然后出于辞让，合于文理”（《荀子·性恶》），使其化恶为善，如此成人过程荀子谓之“化性起伪”。故而荀子思想以性恶论为中心，他的教育思想以“化性起伪”为枢轴，贯穿其中的是积学成善、礼乐教化、君师教导的成人之道。

一、积学成善：学以成人

荀子的教育思想，非常重视积伪。如他所说：“积善成德，而神明自得，圣心备焉。”（《荀子·劝学》）其教育思想主张开展德操教育，以使人做到言行一致，这就需要积伪而不息，如此便可使人达至通于神明而参乎天地的状态，终身为善，日臻于圣人。因而从积伪的内涵来体察，其所蕴含的是为学之道理。“故木受绳则直，金就砺则利。君子博学而日参省乎己，则知明而行无过矣。故不登高山，不知天之高也；不临深谿，不知地之厚也，不闻先王之遗言，不知学问之大也。”（《荀子·劝学》）荀子秉持性恶说，自然不承认人性中含有任何善的成分。人心由于具有“可知之质，可能之具”，因此，必须务学求本，自强不息，才能超越人性中固有之材性，变化气质，日趋至善，长迁而不复返其初，除恶就善而达于至治至善的目的。性恶论认为教育应当由外力所致，人之材质也不是先天注定而不可移，而是由后天的人为的功力来决定的。真积力久，随之而化，安于积习，自然不复其初。与“木直中绳，輮以为轮，其曲中规，虽有槁暴，不复挺者，輮使之然也”（《荀子·劝学》），是同样的道理。

荀子教育思想的基本出发点在于认识人性善恶之由来。要由恶而善，变化气质，归于正理平治，必须仰赖知以导行，由知而行，又必须隆礼务本，审察参验，博学日新。学问广博，知识自然明澈；知识明澈，行为自然正常；由于行为正常，然后化性起伪而归于至善。积善不息，持之以恒，自然就能使人之才学超越人的本性。人性虽恶而不知礼义法度，但是由于学问的陶冶，知识的化导，便能除恶而就善，以实现正理平治的社会。他说：“吾尝终日而思矣，不如须臾之所学也。……君子生非异也，善假于物也。”（《荀子·劝学》）荀子在此取譬设喻反复阐明为学之重要。君子与小人的本初人性并没有什么差等，而后天之所以产生如此之人生分际，在于后天的为学之有无，学而时习，以礼定分，以义制行，便成为君子，反之则成为小人。所以对于成人之道来说，我们探究其所以然之道理，在于化性起伪，伪起而不复返其初之结果。

可以说，荀子认为教育之本质在于化性起伪，化性起伪是改变人先天之恶性并施之礼法逐渐成善之过程。而关于教育之价值方面，荀子认为主要是增进智慧，提高政治和经济地位。“我欲贱而贵，愚而智，贫而富，可乎？曰：其唯学乎！彼学者，行之，曰士也；敦慕焉，君子也；知之，圣人也。”（《荀子·儒效》）在此，荀子强调了教育对人的发展所具备的作用。他认为君子：“所以异而过众者，伪也。……凡所贵尧、禹、君子者，能化性，能起伪，伪起而生礼义……所贱于桀、跖、小人者，从其性，顺其情，安恣睢，以出乎贪利争夺。”（《荀子·性恶》）荀子特别指出：“干越夷貉之子，生而同声，长而异俗，教使之然也。”（《荀子·劝学》）可见，荀子认识到后天的学习与教育是成人的关键。荀子从多角度论证“涂之人皆可以为禹”，是对孔子“有教无类”以及孟子“人皆可以为尧舜”思想的继承和发展。对于教育的社会价值，荀子指出：“不富无以养民情，不教无以理民性。……立大学，设庠序，修六礼，明十教，所以道之也。”（《荀子·大略》）所谓“六礼”，是指冠、婚、丧、祭、乡和相见六个方面的礼节。所谓“七教”，是指父子、兄弟、夫妇、君臣、长幼、朋友和宾客七个方面的教育。可见，荀子极为重视教育的社会价值在成人方面所起的作用。

荀子认为为学成人之目的是“终乎为圣人”。“终乎为圣人”这一学习目的，并非为荀子首先提出，而是自孔子以来儒家学者所共同提倡的。荀子说：“圣人者，道之极也。故学者，固学为圣人也，非特学为无方之民也。”（《荀子·礼论》）荀子的圣人思想已经打破传统的亲亲、贤愚、贵贱的等级局限，因为“涂之人百姓，积善而全尽谓之圣人”（《荀子·儒效》）。荀子的通过学习而成圣的人人平等的教育思想，对后世影响深远。明清儒学思想家所提出的“圣人可学而至”的思想便是对荀子“然而亦所以成圣也，不学不成”（《荀子·大略》）教育思想的发扬。

而如何成为圣人？荀子主张求知而力行。因为知是行的主义，行是知的实践。他认为能够达到“明觉精察，真切笃实”的程度，才是知行合一的最高境界。他说：“学恶乎始？恶乎终？曰：其数则始乎诵经，终乎读礼；其义则始乎为士，终乎为圣人。真积力久则入，学至乎没而后止也。故学数有终，若其义则不可须臾舍也。为之，人也；舍之，禽兽也。”（《荀子·劝学》）荀子在这里反复阐明为学之途径与做人之目标。“其数则始乎诵经，终乎读礼”是就为学的途径与方法而言；“其义则始乎为士，终乎为圣人”是就做人的目标与意义而言。而如何达到这样的目标，实现人生之理想？荀子认为最有效的途径在于行上，即专勤精进，以求其贯彻而已。“真积力久则入，学至乎没而后止也”，他这种笃实刚健、奋发求进的决心，是学者成人所应达到的基本要求。为学必须要做到“发愤忘食，乐以忘忧”。因为人性是恶的，必待礼而后分，学而后化，日就月将，才能由恶而善，变化气质而归于至善。

为学而成人之境界在于全尽与能粹。“伦类不通，仁义不一，不足谓善学。学也者，固学一之也。一出焉，一入焉，涂巷之人也。其善者少，不善者多，桀、纣、盗跖也。全之尽之，然后学者也。君子知夫不全不粹之不足以为美也，故诵数以贯之，思索以通之，为其人以处之，除其害者以持养之。”以上是荀子所以教人之准绳，也是学以成人之目标与境界。“生乎由是，死乎由是，夫是之谓德操。”（《荀子·劝学》）一个善于为学的人，必然能够贯通伦类，做到仁义纯一，完成全、尽、粹之三者而后已。他的基本为学之方法，在于诵数群书，使其积累贯通，成为全粹的学问，进而思虑通达，设身处地，取法古人，守法力行，以期达到全、尽、粹的地步，这是为学者成人所向往的目标境地。

二、礼乐教化：化以成人

荀子的教育思想认为实现德操之熔铸，成人之理想，道德人格之完善，必须具备礼乐的基本工夫。因为人的外在的规范是礼，内心的陶冶是乐，故而礼乐成为儒家用以修身治国所不可缺少的基本要素。荀子将礼乐视为教育的重要一环。依荀子说，礼乐教育是用以约束情欲，改正情欲生活冲动的[1]。因为人在日常生活中，对颜色、声音、饮食、衣服等，都有极复杂而多方面的欲望冲动。如荀子云：“故说豫娩泽，忧戚萃恶，是吉凶忧愉之情发于颜色者也。歌谣謸笑，哭泣谛号，是吉凶忧愉之情发于声音者也。”（《荀子·礼论》）面对如此多方的吉凶忧愉之情，如何化凶为吉，化忧为愉，使之合于礼义规范，那就非要借重礼乐教化不可。

就“礼”的教育意义来看，荀子《礼论》篇中说：“凡礼，始乎棁，成乎文，终乎悦校。故至备，情文俱尽；其次，情文代胜；其下，复情以归大一也。”礼所要教导人的是，借由礼的表达，使其情文俱尽，而情胜文或是文胜情均非中道，其最下的是情质而礼无、意诚而礼疏。这也正是孔子所说的：“质胜文则野，文胜质则史，文质彬彬，然后君子。”（《论语·雍也》）礼文如果不是要表达其情，则就会失去礼本身所具有的意涵，透过礼传达其情，自有其分际，荀子说：“礼者，以财物为用，以贵贱为文，以多少为异，以隆杀为要。文理繁，情用省，是礼之隆也；文理省，情用繁，是礼之杀也。文理、情用相为内外表里，并行而杂，是礼之中流也。故君子上致其隆，下尽其杀，而中处其中。”（《荀子·礼论》）意思是，借

① 黄公伟：《孔孟荀哲学证义》，幼师文化事业公司1975年版，第489页。

由财物来表达情意，以文饰来分别，以异制来表上下，礼文的隆简以恰当为贵。君子就是能掌握什么时机该表达什么样的礼，使其不失时宜的人，而人学习礼的过程，就是要学习在适当的场合与时机下，透过礼合宜地表达其情，达到所谓“文质彬彬，然后君子”的境界，这也就是荀子所谓“礼”所具有的教育意义。

就“乐”的教育意义来看，荀子认为人生来就具有情欲，要想培养德操，修养人格，必须以礼制分，以乐和性，使情欲获得正当的调剂。这样做是因为音乐有启发美感、陶冶德性的功用。正当的音乐，既不会纵恣淫乱，又可激励人的善心，使人宣泄情绪，使社会复归于正理平治，还可以陶冶情性，化感人的性灵，进而培养崇高的人格。荀子在《乐论》篇中云：“夫声乐之入人也深，其化人也速，故先王谨为之文。乐中平则民和而不流，乐肃庄则民齐而不乱。民和齐则兵劲城固，敌国不敢婴也。如是，则百姓莫不安其处，乐其乡，以至足其上矣。然后名声于是白，光辉于是大，四海之民莫不愿得以为师。是王者之始也。”荀子反复阐发音乐的功用，认为其与礼同样重要。礼约束于外，乐约束于内，感人功深，化人敏速，使人的性情归于中和，而不流于偏激。“乐中平则民和而不流，乐肃庄则民齐而不乱”，音乐不仅能陶冶人的性情使人归于善，而且能使百姓民族“莫不安其处，乐其乡”，悉心接受教化，铸成完善的人格与完美的德操。

荀子透过对于礼乐字义的重新探讨，从人性的角度出发，探讨礼节欲、乐导情所能发挥的“化性起伪”的教育功用，主张去重新看待礼乐，在礼崩乐坏的时代中，赋予礼乐重振的崭新生机。荀子说：“先王之道，礼乐正其盛者也。”“穷本极变，乐之情也；著诚去伪，礼之经也。”（《荀子·乐论》）故在面对同异之辨，吉凶之趋避时，需用乐以发和，使欲合于中；需用礼以节人，使欲不至于滥。此“管乎人心”之教，在求“美善相乐”。此荀子突出了礼乐教化人性的基本功能。乐主美，礼主善，故曰“美善和乐”。礼乐教育给人以由外而内的陶冶，荀子云：“礼者，节之准也”（《荀子·致士》）。故“先王贵礼乐而贱邪音”（《荀子·乐论》）。

在荀子的诠释中，礼乐全然褪去了巫觋色彩，他还对祭祀文化进行理性化的合理解释，进而构筑出情文俱尽的礼乐文化。荀子也勉励在上位者能修其礼，正其乐，使人人能接受“乐行而志清，礼修而行成”（《荀子·乐论》）的良好礼乐教育陶冶，则民和睦而天下顺焉的景况，将不再只是遥不可及的理想。荀子对于礼乐存在意义的重新审视，对于礼乐教育陶冶人之情操的重视，提供了我们思维的一丝线索，为我们开启了教育的另一扇窗[①]。

三、君师教导：教以成人

荀子说：“学莫便乎近其人。《礼》、《乐》法而不说，

① 苏婺霁：《荀子礼乐教育思想之研究》，《哲学与文化》2002年第7期，第664页。

《诗》、《书》故而不切，《春秋》约而不速。方其人之习君子之说，则尊以遍矣，周于世矣。故曰：学莫便乎近其人。"（《荀子·劝学》）荀子强调"习君子之说"，主张要深切体会五经所描绘的人和事，把五经的论说化为感性形象，并力图使其所反映的道义精神在一种生动的文化教养环境中进入人的内心，达到沦肌浃骨的效果。

他说："礼有三本：天地者，生之本也；先祖者，类之本也；君师者，治之本也。"（《荀子·礼论》）"国将兴，必贵师而重傅……国将衰，必贱师而轻傅。"（《荀子·大略》）他把君师提高到与天地同等重要的地位，认为君师是国家的根本，能否尊师重教在一定程度上决定国家的治乱兴衰。与此相似，孔子曾说："君子之德风，小人之德草。草上之风，必偃。"（《论语·颜渊》）孟子言："一正君而国定矣。"（《孟子·离娄上》）董仲舒则确信："仁义礼智信五常之道，王者所当修饬也。五者修饬，故受天之佑，而享鬼神之灵，德施于方外，延及群生也。"（《汉书·董仲舒传》）

中国古代教化理论把君师自身道德的完善和道德教化作为施教育民的关键。这种"君子之德风，小人之德草"的治道，显然是伦理感召式的德教之道，其通过身教来体现教育要求，使受教者在潜移默化中接受熏陶。孔子曰："其身正，不令而行；其身不正，虽令不从。""苟正其身矣，于从政乎何有？不能正其身，如正人何！"（《论语·子路》）孔子将德化治道寄托在君子自身的修为上，强调上下君民在伦理道德感应上的良性互动。而荀子以礼作为师法之化之德纲。荀子认为："上无君师，下无父子，夫是之谓至乱。"（《荀子·王制》）又云："人无师法，则隆性矣；有师法，则隆积矣。"（《荀子·儒效》）如果没有师之教化，人的恶性就会随意而行，有了师之教化，日积月累，就能化导本性，改恶为善，君师若能修正其身，那些欲正其身者便会模仿其样，并依附于他。故荀子言："上者，下之师也，夫下之和上，譬之犹响之應声，影之像形也。故为人上者不可不顺也。"（《荀子·强国》）

因而，荀子说："君者，仪也；民者，景也。仪正而景正。君者，槃也；民者，水也。槃圆而水圆。""君者，民之原也，原清则流清，原浊则流浊。"（《荀子·君道》）"上明而下化。"（《荀子·解蔽》）"上好羞则民暗饰矣，上好富则民死利矣。"（《荀子·大略》）。对此，久保爱注：槃与瀊同，沐浴器也[①]等。上述言论都旨在强调君子自身的端正正是民德归厚的先决条件。在荀子看来，君师是否具有优良的道德，是民众德性是否涵厚的关键因素之一，只要人们还存在着对优良伦理生活的追求，君师就应当自觉修养自己的德性品质，"夫师以身为正仪，而贵自安者也"（《荀子·修身》），否则，"简礼贱义者，其国乱"（《荀子·议兵》）而"天下去之"。

可见，荀子君师之化主要是想依靠"在上位者"的表

① 王天海：《荀子校释》，上海古籍出版社2005年版，第539页。

率作用，带动群众遵守社会规范，矫治社会风气，纯清礼风民俗，即“主者，民之唱也；上者，下之仪也”。荀子强调“主者”和“上者”自身垂范的必要性，“上宣明则下治辨矣……上公正则下易直矣”（《荀子·正论》）。孔子对周礼传统的继承，侧重的是礼的内在形态的功能，这为身处乱世的生命提供了精神超越之路，在人格塑造过程中起着引领作用。依赖于主体道德自觉，荀子强调只有通过外在的师法教导，才能解决社会发展过程中的因人性之恶而出现的各种纷争，才能培养人格高尚的经国之才，实现社会人伦秩序的稳定，进而凝化于心形成自己的德性。诚如李景林所言，“儒学的文化意义是‘教化’，其在哲学思想上亦特别注重一个‘化’字。这个‘化’的哲学意义，就是要在人的实存之内在转变、变化的前提下实现存在的‘真实’，由此达到德化天下，以至参赞天地之‘化’育的天人合一”①。但是，师法之化之功用还在于施教客体之内心选择。荀子言：“世俗之为说者曰：‘尧、舜不能教化，是何也？曰：朱、象不化。’是不然也。尧、舜，至天下之善教化者也。”（《荀子·正论》）

朱，指丹朱，是尧的儿子；象是舜的弟弟，二人都因顽劣而著称。荀子认为，人们的先天禀赋一样，在同样的自然天性的基础上，有的可以被培养成尧、舜那样的人，有的也可以堕落成桀、跖那样的人，这要看后天的教育熏

① 李景林：《教化的哲学：儒家思想的一种新诠释》，黑龙江人民出版社2006年版，第5页。

陶和个人的道德修养。荀子曰："情然而心为之择谓之虑。心虑而能谓之动谓之伪。"又说："故治乱在于心之所可，亡于情之所欲。"（《荀子·正名》）尧、舜虽然善于教化，但在其教化之下丹朱和象还是恶性难改，这不是尧、舜之过，而是由于朱、象逃避不愿接受教化。丹朱和象恶性难改的根本原因在于其在现实世界内心无所"自止"，随心所欲，逐情逐欲，而忽视自身的德性修养，作恶是他们自身心内选择的结果。故而荀子说："然而朱、象独不化，是非尧、舜之过，朱、象之罪也。"（《荀子·正论》）

论述至此，我们也许会明白荀子所论教育的本质是什么，这是一个从古至今人类所面临的道德教育难题。现代学者关于教育的本质最有影响的观点之一是教育就是对人的多样性的尊重和个性的培养，笔者认为，这样的观点本身就是对于教育精神及其教育本质的极大误解。对此，黑格尔认为："教育的绝对规定就是解放以及达到更高解放的工作。"[1]黑格尔批评了关于把教育作为对人的质朴本性进行腐蚀的观点，以及把教育仅仅看作满足个人需要的功利性思想，在精神的高度上认为教育的本质就是个体与外在的实体的统一。其实，荀子对于教育本质的探讨为我们理解黑格尔关于教育的论述，尤其对于我们理解教育的本质提供了更好的注脚。可以说，荀子的教育思想始终处在

① 黑格尔：《法哲学原理》，范扬、张企泰译，商务印书馆1961年版，第202页。

个体的欲望的冲动与成人成圣的激烈的矛盾冲突之中，而这种冲突决定了他认为教育的本质就是把人从本初的自然质朴的冲动中解放出来，从而获得与外在的礼义规范具有一致性的普遍精神，这就是说，人通过外在的礼的规则的约束而成为一个普遍性的存在，这种普遍性是与社会所提倡的价值观相统一的精神，如此，对于个体来说，才能获得一种精神的教养，使人的主体道德主观性获得了一种普遍的性质，所以说，教育的本质或根本任务不是培养人的个性，而是通过学以成人、化以成人、教以成人的曲折的化性起伪的过程而获得一种与人的本质相一致的教养。“教育就是要把特殊性加以琢磨，使它的行径合乎事物的本性。”[①]在荀子的教育思想中，他时时刻刻以学来培养德性、以礼来涵养性情、以乐来陶冶情操，这也是黑格尔所谓的对于人的特殊性进行如琢如磨的解放的过程，并以仁为最终的实体归依，荀子所谓“仁义礼，三者皆通”便是如此。教育的目的绝不只是提供生活的技能，更不只是实现人的主观欲望，而是将人从自然生物性和个别性中“解放”出来的神圣事业，这才是教养的真谛[②]。可以说，荀子学以成人的教育思想对于我们今天理解教育的本质，解决现代教育中存在的矛盾具有重大的参考价值。

① 黑格尔：《法哲学原理》，范扬、张企泰译，商务印书馆1961年版，第203页。

② 樊浩：《现代教育的文化矛盾》，《北京师范大学学报》（社会科学版），2005年第4期，第25页。

第三章

礼义之谓治

——荀子德性政治思想

荀子继承孔子“为政以德”的德治思想，把德性作为君主为政之基础，将修身以德作为君主从政之始，以礼义为治之则，礼法为治之方，注重德在政治领导上的作用，肯定礼作为政治规范和政治秩序的意义，强调“君者，仪也”，主张在上者应矫治社会风气，淳清礼风民俗，遵守社会秩序，并起表率作用，描绘了一幅整体性的德性—政治—规范—秩序图景，实现了礼义之谓治的伦理政治一体化。

第一节　修身为善政之始

先秦儒家重视道德与政治的关系，把修身立德作为圣人君子为政之始基。自孔子以来就有关于德性与政治的一系列讨论，“为政以德”纠正了西周以来“政以正民”的传统，在此基础上荀子提出了“仪正而景正”（《荀子·君道》）的观点，把君主之修身立德与以礼分施紧密结合起来，强调了君主修身为本、道德领率、伦理责任和政治治理的相互关联，突出了君主德行对臣下和民众的影响和与其之间的伦理互动，把礼为中心的伦理关切贯穿于君主的政治实践始终，把政治措施放在以德性为根基的善恶判断中加以把握，把政治的实践归功于君主之美德。

一、人污而修之者

据《荀子引得》统计，荀子言“修”或“修身”达100余次，有修身、修德、修饰、修正、修养之义。荀子所言修多为修养、修身、修德之义。何为修身，荀子言：“君子治治，非治乱也。曷谓邪？曰：礼义之谓治，非礼义之谓乱也。故君子者，治礼义者也，非治非礼义者也。然则国乱将弗治与？曰：国乱而治之者，非案乱而治之之谓也，去乱而被之以治；人污而修之者，非案污而修之之谓也，去污而易之以修。故去乱而非治乱也，去污而非修污也。治之为名，犹曰君子为治而不为乱，为修而不为污也。”（《荀子·不苟》）

杨倞注曰：案，据也。修，人有污秽之行，将修为善。于此，修，洁也[1]。这里荀子把“治治”与“治乱”，“去污和修污”联系起来进行类比论述。“治治”在于礼义之谓治，也就是以礼义为准则以去国乱，“修污”在于“去污”而易之，所谓“易”，就是荀子所谓的渐化之义。李滁生云：言国乱就不能治理了吗？答道：国乱而去治理，不是依据旧乱而加以治理的意思，乃是去掉旧乱，而后加以礼义之治。其言在于以礼义治国的叫作“治”，非礼义治国的叫作“乱”，所以君子是以礼义治国，如荀子在《议兵》篇中所说“隆礼贵义者，其国治；简礼贱义者，其国乱”，譬如人有污秽之行，而欲修洁为善，乃应

① 东方朔：《荀子》，上海世纪出版集团2010年版，第23页。

先去除污秽之行而易之以修洁，所以荀子言“去乱而非治乱，去污而非修污”。

荀子所言“污”乃是人之身污，荀子对身关注较多，而孔子则对“己”给予更多关注：“子路问君子。子曰：‘修己以敬。’曰：‘如斯而已乎？’曰：‘修己以安人。’曰：‘如斯而已乎？’曰：‘修己以安百姓。修己以安百姓，尧、舜其犹病诸！’”（《论语·宪问》）孔子在这里取《大学》里修身平天下的路径，指出修己在明明德，安百姓在于亲民，强调个人的德性修养对于政治行为的影响。及至荀子所言身污多指身之过欲而言，荀子认为自然欲望或自然身体本身并没有善恶，其所言饥而欲饱，寒而欲暖，劳而欲休以及目好色，耳好声等皆是人之自然身体本身所具有之情性，是人之生理或心理本能，而这样的本能其实并不能称之为“污”，那么，荀子所言“污”是什么？荀子认为人自然身体的生而好利、生而嫉恶、生而有耳目声色之欲，若纵顺这些官能欲望让它自由发展，则会使欲望本身缺乏理智，不知节制，导致“欲多而物寡”，即所谓“食欲有刍豢，衣欲有文绣，行欲有舆马，又欲夫余财蓄积之富也；然而穷年累世不知不足，是人之情也”（《荀子·荣辱》），遂引发争夺、残贼，终致“犯分乱理而归于暴”，这就构成社会之恶了。因而可以说，荀子在此所说的“污”是就身之过欲而言。如何“修污”？荀子在《不苟》篇中只提到要“去污而易之”，关于其理据，荀子没有明说，只是认为在国家治理方面要依礼而治，也就是要“治礼义者”。其实综合荀子《劝学》《修身》《礼论》诸篇，荀子所言修身之理据多在礼言。荀子曰：“故礼及身而行修，义及国而政明，能以礼挟而贵名白。”（《荀子·致士》）所谓“礼及身”，也就是以礼而修身，和前面“治治与治乱”一样，荀子试图实现从“自然之身”向“礼义之身”的过渡。在《劝学》篇中，荀子揭示了通过文化学习，以礼义美身的修身标准，即发展人格、美化身体，可以使小人为君子，超凡入圣，荀子还指出“道德之极”的状态就是“身、礼一体”的“礼义之身”。荀子言：“君子之学也，入乎耳，箸乎心，布乎四体，形乎动静。端而言，蝡而动，一可以为法则。小人之学也，入乎耳，出乎口。口耳之间则四寸耳，曷足以美七尺之躯哉！古之学者为己，今之学者为人。君子之学也，以美其身；小人之学也，以为禽犊。”（《荀子·劝学》）

学习活动是使“自然身体”转化的必要活动。真正的学习活动是“为己”“美其身”，也即将“自然的身体”向“礼义之身体”进行转化，“自然的身体”犹如“禽兽”之躯，需要读礼之“真积力久则入”之为学工夫，以入乎耳，着乎心，布乎四体，形乎动静方为君子，并达到“美其身”之功效，如果不是终乎读礼，入乎耳而出乎口，则如何美七尺之躯哉？于此，荀子所谓“美身”乃是针对身、心整体的改善与美化言，“君子之学”的目标正是指向内心，并表现为身体及其行动合乎礼法之上，即所谓“君子知夫不全不粹之不足以为美也”（《荀子·劝学》），意为身、心整体表现完全合乎“正道”才是“美”。荀子强调读礼的内容是为了美身。礼的内容包括众多的礼文规范，“学数有终，若其义则不可须臾舍也”（《荀子·劝学》）。荀子的态度显然是强调要深入学习礼的内在意义——礼义。所谓“《礼》者，法之大分，类之纲纪也”（《荀子·劝学》），所谓“法”是指具体的规范，属于“法之数”，“礼”则是指“类之纲纪”，是规范的统类，是具体的规范原则，属于“法之义”的层面。荀子认为，学习必须“以圣王为师，案以圣王之制为法，法其法，以求其统类”（《荀子·解蔽》），即强调要深入于“礼义”，以礼义统类为核心而吸纳《诗》《书》的主要精神，内化于“美其身”的生命意义，“笃志而体”“大其所隆”，经过不断地以礼法“矫饰其情性”“修洁其污身”，经“真积力久”而把礼法精神内化于心，外化于行，以实现“正其身”，故荀子云：“礼者，所以正身也”，“凡用血气、志意、知虑，由礼则通”，“食饮、衣服、居处、动静，由礼则和节”，“容貌、态度、进退、趋行，由礼则雅”（《荀子·修身》），礼之对身体的通、节、雅的功效最后所要达到的是“行礼要节而安之若生四枝”（《荀子·儒效》）之自由之美，即“礼义身体”的阶段，成为“坐于室而见四海，处于今而论久远”（《荀子·解蔽》）的存在，并溯为“备道全美”之圣人。

在哲学领域，身体现象学异军突起。“身体现象”的着眼点是身体之为身体，换言之，身体是如何显现的，身体给予我们的“源始现象”才是身体现象学的主题[1]。在荀子思想中，身体现象表现为身污—心虚—识（道）—学（礼）—安（情）—美（身），从而构建了“身污—礼义”的道德哲学体系。身污所表现的自然状态与礼义所表现的道德状态始终处在矛盾之中。身的性情欲望向外自然扩展，内存着不道德的可能性，甚至隐含着恶的趋向，荀子虽然不把身等同于非道德，但是他对欲望的发展始终保持足够的警醒，认为应通过礼义对情进行涵养与节制、规约，使身心达到伦理上的造诣，也就是说把外在的礼义精神变成内心的德性。“故君子务修其内而让之于外”（《荀子·儒效》），“修其内”在于礼义精神在心中的沉淀和内敛，也就是成为君子的内心之德，而“让之于外”表现为德性与德行的外在统一，“让”是礼之精神在世俗社会的外现，成为处理人我之间关系的伦理法则。

二、闻修身，未尝闻为国

“请问为国？曰，闻修身，未尝闻为国也。君者，仪也；民者，景也。仪正而景正。君者，槃也；民者，水也。槃圆而水圆。君者，盂也，盂方而水方。君射则臣决。楚庄王好细腰，故朝有饿人。故曰，闻修身，未尝闻为国也。”（《荀子·君道》）

① 陈立胜：《“身体”与“诠释”：宋明儒学论集》，台湾大学出版中心2012年版，第15页。

李滌生云：仪，仪表，日晷。景，即影字[①]。本段言君为民仪，故以修身为要。“为国”，即治国。修身、治国皆君主为政之事，然孰轻孰重，荀子言：“闻修身，未尝闻为国也。”其并不是说治国之道不重要，其重点在于强调君主修身立德对于国家治理之重要性。就如荀子所列的譬喻，君主与臣民之间关系是“仪正而景正”“槃圆而水圆”“盂方而水方”，君主之德性直接影响臣民之素质。因而，荀子在此并不是要否定君主在治国时有能力方法的重要性，其重点在于突出修养道德、培养德性在治国理政中的优先性。荀子“闻修身，未尝闻为国”“仪正而景正”的观点是对孔子“为政以德”思想的继承和发展。孔子回答问政时，也是以修身完成人格之名为出发点，其云：“为政在人，取人以身，修身以道，修道以仁。”（《中庸》第二十章）孔子清楚地指出了政治与成人的关系，简单地说，其认为政治处理的是人的问题，而成为一个人最重要的是成就仁德，于是政治与人便合二为一。孔子甚至直接点明应“为政以德”，认为政治之事，必须以道德为本，这样才能成就一个良善的政治，所以孔子把施行德政的国君比作北极星，他们能受到众星的环绕与拥戴，亦即天下人皆能向往归之。孔子将政治问题道德化，认为国君如果行德政，并且人人都能修身养性，社会自然就会没有征伐，安和乐利的社会就是建立在道德基础上的。荀子也强调正身以正民，修德以导民，追求道德德性对于整个社会

① 李滌生：《荀子集释》，台湾学生书局2000年版，第270页。

的引导作用。何谓仁人之善政？荀子认为治乱得失在于君主以其知虑治民，以其仁厚安民，以其德音化民，则仁人在上，百姓贵之如帝，亲之如父母，如孔子所谓“北辰拱之”如出一辙。君主何以修养德性、导民化民而成为人民效仿之典范？荀子言：

> “凡奸人之所以起者，以上之不贵义，不敬义也。夫义者，所以限禁人之为恶与奸者也。今上不贵义，不敬义，如是，则下之人百姓皆有弃义之志，而有趋奸之心矣，此奸人之所以起也。且上者，下之师也，夫下之和上，譬之犹响之应声，影之像形也。故为人上者不可不顺也……此君人者之大本也。”（《荀子·强国》）

这段话主要讨论了奸人之所起的原因在于在上者不贵义、不敬义而导致在下者仿效在上者，产生了弃义之志，趋奸之心，故而荀子认为君主治国在于慎修礼义之则，敦务忠信之德，此乃为政治国之大本。荀子其言继承了孔子以德化民之主张。孔子认为教化人民是德治的最好方式，在上者须从自身做起，方能起到“上行下效”“风行草偃”的效果。季康子问政于孔子。孔子对曰：“政者，正也。子帅以正，孰敢不正？”（《论语·颜渊》）“其身正，不令而行；其身不正，虽令不从。”（《论语·子路》）孔子对于为政之事，提出“君君臣臣”的原则，认为有德者方可为君王，强力主张道德的政治。在孔子看来，道德并非空泛的口号，而应化为可见的义行。孔子深信有了可见的道德行为，必能形成无可抵御的感召力量。君王的道德行为，不唯对臣下如此，对普通百姓亦然。孔子认为君王不应仅体认本身的德性，更应恪守道德标准以行事，实施德政是君王应尽的义务。比如对于臣下，君王不但要凭其智慧来“知人”，以“举直错诸枉”（《论语·为政》），能“使臣以礼”，能以其仁心力避“居上不宽”（《论语·八佾》），以宽厚代替苛求或挑剔，还要能“养士以惠”。对于百姓，君王则要能尽其养民、教民、治民之责任，养民不外裕民生、轻赋税、惜力役、节财用等事；教民必将循着“己立立人”的原则修身立德，先求以身作则，再求以道诲人；治民则要把握好“道之以德”的大方向，务求扩大教化之功能，如此定能达到天下归仁之理想。整体看来，孔子德政思想的施行，不能不依赖于君王的仁心与智慧。荀子也在此意义上言在上者倘若能以身作则，贵义敬义，则在下者必然起而效尤，若没有遵循礼义以修养德性，将导致社会秩序流于争乱。所以依据德能安伦尽分，人之欲求便能得到合理的满足，财货器物亦不致匮乏，使“欲必不穷于物，物必不屈于欲”（《荀子·礼论》），主安于上而民调于下，社会秩序和谐，政治秩序稳定，百姓致力于礼义而趋心向善。“礼及身而行修，义及国而政明”（《荀子·致士》）正是此义。荀子主张人君治国，务昭圣德于天下，反对“主道利周”之说。“主道利周”乃重君之术，主张人君用权术统御人民，其用谋周密阴险，故荀子斥之为俗说。他认为人君之道在于“利明不利周，利宣不利幽”，因为“上者下之本也”（《荀子·正论》），所以人君应有宣明、端悫、公正之德才能服民、驱民、使民，成就人民之易直、治辨之行。因而，虽然荀子认为礼义为治国之始，但他更强调人君之道为治之本源。他说：“故械数者，治之流也，非治之原也；君子者，治之原也。官人守数，君子养原，原清则流清，原浊则流浊。故上好礼义，尚贤使能，无贪利之心，则下亦将綦辞让，致忠信，而谨于臣子矣。”（《荀子·君道》）

荀子于此表示，与其致力于治之流的器物制度，欲凭借符节契券、探筹投钩、衡石称平等以实现社会的公平正义，不如君王本身崇尚礼义以养原，以达到化民成俗之功效。孟子也认为德化人民，比采取良好的行政措施更为重要。孟子言：“善政，不如善教之得民也。”（《孟子·尽心上》）孟子认为，善政也许能得到经济实效，但人民可能流于物欲而致使社会陷入混乱，善教却能唤起人民内心的良善本能，使人民自发发挥善良德行，人与人之间就可和谐相处，人民和政府之关系也可维持平衡，如此政治才可良久。荀子也是在此意义上强调君主应能够正本清源，不谋权私，倾覆贪利，这样不仅能使臣下百吏辞让忠信而谨守职分，百姓也能谨修礼义无须器物规范而自然公平信实；君主崇尚礼义，尚贤使能，则“赏不用而民劝，罚不用而民服，有司不劳而事治，政令不烦而俗美”（《荀子·君道》）。任事自动自发而无怨无忧，不仅能城固兵强，而且能使四方来归，一切皆在“不待”“不用”中自然完美，这正是孔孟儒家的德治境界，荀子谓之“尽伦尽制”。

在道德与势位的关系上，荀子主张道义是施政成功、保有天下的重要条件，认为君主的安危荣辱莫不取决于道义，或者说是礼义之道，故处胜人之势、行圣人之道都在于君主有道，道义才是“天下莫忿”的“积美之源”。故用国者取之有道，义立而王，信立而霸，权谋立而亡。荀子言：“文王载百里地而天下一，桀、纣舍之，厚于有天下之势而不得以匹夫老。故善用之，则百里之国足以独立矣；不善用之，则楚六千里而为仇人役。故人主不务得道而广有其势，是其所以危也。”（《荀子·仲尼》）这句话的意思是有道义为人主之本质优势，即使只有百里之地，善用之也可深得民心，近悦远来而称王天下；人主不务得道而广有其势，但由于暴虐而失民心，虽有千里也可称为危也。

三、荀子“修身以政”与郭店楚简中德治思想之比较

郭店楚简中的德治思想和荀子“修身以政”的思想一脉相承，既重视修身以政，也重视教化成德，突出了尊德明伦在国家治理中的作用，而其修身和教化德治思想的人性论基础和荀子的自然之性也极为相似，可以断定，郭店楚简中的《性自命出》《成之闻之》《缁衣》《六德》《尊德义》《忠信之道》《穷达以时》《五行》《唐虞之道》等儒家文献是荀子思想的重要来源，或者说荀子吸收了郭店楚简

中的相关思想进而形成了自己的思想体系。

其一，关于情性之界定。无论是荀子还是郭店楚简，其修身教化理论皆从情发，以情立论。《性自命出》篇云："牛生而长，雁生而伸，其性使然。""道始于情，情生于性。始者近情，终者近义。""喜怒哀悲之气，性也。"

《性自命出》的开篇就定义了情性概念及其相互关系。把喜怒哀悲之气定为性，性为生之自然之性，这在荀子的《性恶》和《正名》篇中也多有论述。《性恶》篇中言："凡性者，天之就也，不可学，不可事……不可学、不可事而在人者，谓之性。"《正名》篇中言："性者，天之就也。"其实，喜怒哀悲之气皆为情，或曰情气，是性接外物之显现，故说情生于性。性与情乃是生命之本真状态的呈现，是生之谓性的分命题之一。这里的喜怒哀乐之气的性即为荀子所谓的情，荀子言："性之好恶喜怒哀乐谓之情。"（《荀子·正名》）荀子此处情所含内容和郭店楚简是一致的，而关于情之产生原因，荀子认为是性之质，楚简认为是情生于性，其本质上是相同的，皆为性之外显。无论是荀子还是楚简都认为性和情是人的生理或心理本能，本身无所谓善恶。那么，善恶何来？《性自命出》言："好恶，性也。所好所恶，物也。善不善，性也；所善所不善，势也。"好恶，荀子谓之"情"，指喜好与嫌恶。《左传·昭公二十五年》言："喜生于好，怒生于恶。"《孟子·告子上》言："人性之善也，犹水之就下也。""告子曰：'性无善无不善也'。或曰'性可以为善，可以为不善。’”善不善，性也，并不是说性为善或不善，而是说人之性有向善或向恶的可能，诚如孔子所谓的“性相近，习相远”，这才引出下面这句话“所善所不善，势也”，善或恶由势所引导而出，何谓势？即情势。《孟子·公孙丑上》：“齐人有言曰：‘虽有智慧，不如乘势。’”意思是说，善或不善关键在于后天情势的发展，而这和荀子的思想也极为相似，我们在前面已经论述，荀子重视“欲”，人的饥而欲食等情性发展，由于人的欲望没有节制而导致“欲多而物寡”的情况，产生争夺、残贼造成对社会秩序的危害，荀子认为这是恶，而善是社会之正理平治。荀子的善恶判断是随着“欲”之发展而定，这就是《性自命出》所言的“所善所不善，势也”。

其二，关于心性关系。荀子和郭店楚简都把心作为思考之器官，目的在于以心取物或心以征知，并在礼义的规约下产生符合人伦的情感。《性自命出》云：“凡性为主，物取之也。金石之有声也，弗扣不鸣；人虽有性，心弗取不出。”“凡人虽有性，心亡定志，待物而后作，待悦而后行，待习而后定。”

古代以心为思维器官，荀子在《解蔽》篇中言：“心者，形之君也，而神明之主也。”《尚书·舜典》云：“诗言志。”凡人之性为主，必然凭借外物使之发形于外，譬如金石之有声，金石虽然能够发出声音，但如果没有乐师的演奏就不可能奏出美妙的音乐；再如人之有性，人虽然有性，如果没有心的帮助就不可能产生符合人伦礼义之情。因而，心与性之关系表现在性必为心之所取，而后才能作、行、定。对于心之所志的官能，荀子谓之“征知”。荀子在《正名》篇中言：“心有征知。征知则缘耳而知声可也，缘目而知形可也，然而征知必将待天官之当簿其类然后可也。”如何知物识物，郭店楚简认为要心有所志，荀子认为要心有所虑，荀子说：“性之好、恶、喜、怒、哀、乐谓之情。情然而心为之择谓之虑，心虑而能为之动谓之伪。”（《荀子·正名》）荀子认为，心要对性情进行择虑然后才能动伪，而郭店楚简也认为心对性有所志才能后作、后行、后定，这里的作、行、定就是荀子所说的伪，是心之所虑、所择、所志的结合，心不能独行，必须待物、待悦、待习。楚简和荀子都认为，性情的外在表现，有待于心的思辨作用，要在性与物相接之后才能发挥出来，故荀子说“说、故、喜、怒、哀、乐、爱、恶、欲以心异”（《荀子·正名》），楚简也认为，对于情性之导向须以心“役”。简书《五行》云：“耳目鼻口手足六者，心之役也。”韦昭注：役，营也。七体，七窍也。谓目为心视，耳为心听，口为心谈，鼻为心芳。可见，不仅在性情概念的界定上，荀子的思想和楚简所蕴含的思想类似，在心性关系上荀子和楚简也都主张以心治性，虽然心以征知和心所志役的话语体系不同，但是都在情所外显的物上用功，其义一也。

其三，关于教化成德。楚简和荀子皆认为人有成德成圣的可能性，同时具有向善的素质。《性自命出》言：“四海之内，其性一也。其用心各异，教使然也。”意思是：凡物都有不同于他物的特性，四海之内人之性是相同的，并无坚毅与软弱之分，但之所以用心各异，是因为后天的教所使然。上句中所言“性一”“各异”“教使”，展示了楚简教化成德的致思路径。性中本无德，但是“性一”决定了人人都有成人成圣的可能性，但经过教化而使人心各异，也就让人呈现不同的德性状态。荀子也曾言：“凡人之性者，尧、舜之与桀、跖，其性一也。”（《荀子·性恶》）但是为什么会有如楚简中所说的人心各异，或善或恶的区别，楚简认为是教化所致，荀子也说：“干、越、夷、貉之子，生而同声，长而异俗，教使之然也。”（《荀子·劝学》）和楚简一样，荀子也认为人之性先天没有不同，但是出现后天的长而异俗，是教化所致。如何教化？楚简和荀子都重视学习尤其是学礼的重要作用，把《诗》《书》《礼》《乐》作为“四教”内容。楚简重学，在开篇就三次提到学习，把学习作为定性、使性、养性的重要方式。简书《性自命出》言：“凡人虽有性，心亡定志，待物而后作，待悦而后行，待习而后定。”“养性者，习也。”

荀子在《劝学》篇中也把学习作为成就君子圣人人格的重要途径。荀子之学，以礼为归，目的在于使人成为君子圣人，达到德操能定能应之成人境界，并提出了“学不可以已”“积善成德”“学数有终”“全之尽之，然后学者”等为学观点，经过“真积力久”之功最后达到“天见其明，地见其光”之境。而这一“真积力久”“积善成德”

的过程荀子谓之“积靡”，郭店楚简谓之“动之”“逢之”“交之”“厉之”“出之”“养之”“长之”，通过环境或习俗对人的情性产生日滋日成的影响，使人的心灵情感不知不觉产生变化，日积日渐而成忠信之德。故简书《尊德义》云：“养心于慈良，忠信日益而不自知也。”而荀子在《性恶》篇中也提出：“身日进于仁义而不自知也者，靡使然也。”通过“习俗移志，安久移质”的教化过程，涵养人性，涵化气质，让人之德性养成于无形之中，可以说，荀子的“注错习俗”与楚简的“习以养性”有异曲同工之处。对于学习内容、礼之作用、教化目的，《性自命出》言：“诗、书、礼、乐，其始出皆生于人。”《礼记·王制》言：“乐正崇四术，立四教，顺先王诗、书、礼、乐以造士，春秋教以礼、乐，冬夏教诗、书。”荀子在《劝学》篇中言：“学恶乎始？恶乎终？曰：其数则始乎诵经，终乎读礼。”相较于郭店楚简，荀子更注重对礼的学习，因为在荀子看来，诗书记古代故实，而未必切合时用；春秋词约而旨远，亦难于速解，故隆礼以正经纬蹊径，如以诗书为之，则犹如以指测河，以戈舂黍，不切实际而不得要领。而礼乐之作用，在于可以养情节情，生德于中。简书《性自命出》云：“教，所以生德于中也。礼作于情，或兴之也。当事因方而制之，其先后之序则义道也。或序为之节，则度也。致容貌所以度，节也。”何谓“教，所以生德于中”，关键在于礼在情上作为，以礼制情，以礼节欲，以礼饰容。楚简云“礼因人情而为之”（郭店楚简《语丛一》），荀子也认为礼出于人的感情，谓之礼之所出在于“称情而立文”（《荀子·礼论》）礼乐教化之目的在于加深真心真情，通过礼乐之疏导而节制化正人情。这正如楚简《尊德义》所言“德者，且莫大乎礼乐”。

其四，荀子之修身以政与郭店楚简中相关思想之比较。楚简中包含的关于儒家德治、道治的内容十分丰富，其认为心性的修养为德治的本源，所言教生德于中，认为教包含成人文典之教和礼乐文化之教，由于教以人道为本，又具有教化的作用，所以它成为君主治国之重要手段。楚简德治观中有一个重要的命题就是“尊德明伦”，尤其认为对于德性的追问，是君主统治合法性的一个重要基础。《性自命出》云：“未言而信，有美情者也。未教而民恒，性善者也。未赏而民劝，含富者也。未刑而民畏，有心畏者也。贱，而民贵之，有德者也。贫，而民聚焉，有道者也。”

这句话里，“有德”指的是有德性，谓道德品质高尚，能身体力行。“有道”指的是有道德，谓能行人道，体察民情，能身体力行。治民者未许诺而得到人民的信赖，这是有美情的人；未施教化而使人民有常心，这是性善的人；未行赏赐而人民勉力，这是有福的人。他不做官，而人民尊敬他，这是有德的人；他没有财富，而人民聚集其周，这是有道的人。楚简在此层层递进，探讨君主为政之道在于有德尤其是有道，倘若有德，则贱民而贵之，若有道，则民虽贫而聚之，譬如孔子所谓的“譬如北辰，居其所，而众星共之”，荀子也认为倘若君主养原，好礼义，无贪恋，尚贤使能，则庆赏不用而民自勉，刑罚不用而民自服，百官不劳而自治辨，政令不烦而风俗自美，百姓事业忘其劳，寇难忘其死，城郭不待整而固，兵刃不待砺而劲，敌国不待以力征服而自屈，四海之民不待命令而归一。荀子在此描绘了一幅君主以德治国四海归一的王道景象，王道甚大，而远方之民也必怀附而从之。

楚简在阐述德治内涵时，特别强调君民、上下的信任关系。《成之闻之》言：“行不信则命不从，信不著则言不乐。民不从上之命，不信其言，而能含德者，未之有也。”此言强调君民之间相互信任的重要性，也是德治的内涵之一，而且与统治者成德与否有着非一般的关系。在楚简看来，取信于众方为德，对信德的强调也成为春秋以来孔孟儒家着力发扬的观念之一。荀子也非常重视君民之互信，提出了“信立而霸”的观念。荀子在《王霸》篇中言：“德虽未至也，义虽未济也，然而天下之理略奏矣，刑赏已诺信乎天下矣，臣下晓然皆知其可要也。政令已陈，虽睹利败，不欺其民，约结已定，虽睹利败，不欺其与。”治国何谓以信而霸？信乃不欺，德虽未善，义虽未济，但是治理天下之道，在于把信之纲颁布于天下之人，则百姓之刑罚庆赏，一诺一已，一许一拒，让百姓晓然知君主之不欺，利害可见，不欺人民，盟约已定，不欺友邦。如此，攻则兵强，守则城固，敌国畏服，政令齐一，上下相信，而四邻不敢与之相敌。故以信自济耳，可谓“信立而霸”。

楚简和荀子在处理君民、上下关系时，都强调君主施行德治的重要性，注重君上的言行举动和德性修养。《尊德义》言：“下之事上也，不从其所命，而从其所行。上好是物也，下必有甚焉者。夫唯是，故德可易而施可转也。”德，德政，善教。《礼记·内则》曰：“降德于众兆民。”郑玄注：德，犹教也。上之所好，下必从而甚之，这是民德可易的条件，但是此条件的善恶导向取决于君主之所好所恶。《缁衣》篇中也表达了同样的观点：“下之事上也，不从其所命，从其所行。”意为：臣下侍奉君主，不是服从其命令，而是观察其所行，故君主之好恶不能不慎重，因为他是“民之表也”。楚简中言君主谓“民之表”，在荀子思想中君主为“民之仪”，“仪正而景正”，在修身以政方面，他主张君主“谨修饰而不危；其应变故也，齐给便捷而不惑；其于天地万物也，不务说其所以然，而致善用其材”（《荀子·君道》），认为君主心术仁厚方能兼服远近而不被忧困。

和孔孟一样，荀子的政治伦理思想关注德性与政治，认为君主的人格修养和德性培养为政令的实施提供了价值和精神上的指引，并为为政过程的正当性作了内在的担保，荀子对君主的修身高度重视，认为君主应从“仪正而景正”出发教化人民，引导百姓，不断追求道德纯备、智慧甚明的道德境界，形成德化万民、从服受化的德治前景。而荀子修身以政、礼乐教化的德治思想无论在性情之概念，心性之关系，教化成德之路径方面还是修身以政之观念方面都与郭店楚简的德治思想一脉相承，可以说，荀子的人性、心性、修身、教化、德治思想深受楚简中所包含的儒家观念的影响，楚简中所包含的儒家思想非思孟学派应当无疑。

第二节 礼义为善政之则

在荀子礼的研究方面，学者出了多部专著，用力甚深。佐藤将之著有《参于天地之治：荀子礼治政治思想的起源与构造》（台大出版中心 2016 年版）、《荀子礼治思想的渊源与战国诸子之研究》（台大出版中心 2013 年版）、《荀学与荀子思想研究：评析·前景·构想》（台湾万卷楼图书 2015 年版），李哲贤著有《荀子之核心思想：礼义之统及其现代意义》（文津出版社 1994 年版），杨秀宫著有《孔孟荀礼法思想的演变与发展》（文史哲出版社 2000 年版），陈飞龙著有《孔孟荀礼学之研究》（文史哲出版社 1982 年版）；陆建华著有《荀子礼学研究》（安徽大学出版社 2004 年版），他从价值、发生、本质、认识、解蔽等几个方面介绍礼的功能，认为荀子的礼主要是政治制度，兼具道德规范和宇宙之道等双重属性。相较陆建华的研究，高春花探讨了礼的价值、礼法关系、礼乐关系，更侧重于礼的修养教化论。本节主要从礼之所起、礼之所施、礼之所用三个方面探讨礼义在治国理政中的价值。修身以政主要着眼于政治主体即君主，在个人方面的修为，对民众进行化导以达到上行下效、仪正景正之效果。但面对着人欲之私、欲多而物寡的社会现实，则需圣王制定礼义以节人之欲，给人以求，以分定名，以义辨理，在社会人群中以礼义确立人伦、社会、政治原则和秩序，实现群居和一、义分则和的公平社会。

一、礼之所起也

在荀子的思想体系中，其欲构建群居和一、正理平治的公平社会，荀子谓之“至平”。而这样的社会的建立基于对人之欲的考察。我们在前面探讨荀子善恶观念的时候曾提到，荀子是根据人欲的发展之结果对社会的安危来界定善恶，“正理平治”之谓善，“偏险悖乱”之谓恶，而“化性起伪”在于对人欲进行矫治而使人之性由趋恶而向善，如此，和孟子的仁心、仁人至仁政不同，荀子更倾向于从人欲之发展来考虑社会政治问题，主张以“节人之欲”来实现社会由乱到治，人伦有序，群居和一。那么在礼之起源也就是国家制度的来源上，荀子和孔孟的思路也明显不同，其所言礼的内涵和意义发生了显著的变化。据韦政通先生考据，据现存的古籍看，礼字首先出现于《尚书·尧典》中，《洛诰》《尧典》中称“岱礼”“西礼”[①]。

① 韦政通：《荀子与古代哲学》，台湾商务印书馆1992年版，第189页。

《洛诰》是周公摄政时的文献，其认为周公制礼有两个目的，一是为了维护血缘宗法等级制度，礼具有政治意义；二是为了事神祭祀，礼具有宗教意义，而祭祀鬼神之礼或称为礼仪。荀子的礼显然和以上两者不同，因为荀子曾在《王制》篇中言：“虽庶人之子孙也，积文学，正身行，能属于礼义，则归之卿相士大夫。”很显然，荀子所追求的并不是宗法等级社会，而是庶人、卿相、士大夫能够以礼义为中心而“积文学，正身行”的公平社会，如此礼在荀子思想中具有“经国定分”之作用。就礼之内容来看，其以仁义为本，即是“礼义”；就其形式而言，则是客观之行为规范或国家治理之法则，荀子称“礼义法度”，传统称为“礼制”。由于圣人与王者肩负治理天下之大任，圣人能“化性”，能“起伪”，“非至强莫之能任”“非至辨莫之能分”“非至明莫之能和”，故能生发制礼之心，创生法律制度，也能创生“礼制”。故荀子云：“故圣人化性而起伪，伪起而生礼义，礼义生而制法度。然则礼义法度者，是圣人之所生也。”（《荀子·性恶》）那么圣王为什么要创生礼义，这才是荀子礼论的关注点和落脚点。礼义之所以生起，目的在于调节人之欲求，使欲求相持而长。荀子在《礼论》篇中云：“礼起于何也？曰：人生而有欲，欲而不得，则不能无求；求而无度量分界，则不能不争；争则乱，乱则穷。先王恶其乱也，故制礼义以分之，以养人之欲，给人之求，使欲必不穷于物，物必不屈于欲，两者相持而长，是礼之所起也。”

由于人性之自然欲求无度量分界会产生争夺，争夺无法解决，故需要从人性之外对人之情欲进行控制，也就是需要圣人制礼义以分之，来调节人之欲望而避免社会混乱，使欲与物两者相持而长，保持平衡。荀子在此为我们描绘了一幅由乱而治的图景，不得而有求，求而有争，争而乱穷，可以说，荀子认为国家制度由争而起，由乱而治。荀子在此描述了国家政治起源之前的自然状态，由此才引出圣王之治："故为之立君上之势以临之，明礼义以化之，起法正以治之，重刑罚以禁之，使天下皆出于治，合于善也。"（《荀子·性恶》）而近代西方政治思想家在讨论政治起源时，多假定在政治发生之前，有一自然状态。霍布斯认为，在此一时代中，无一使人们皆有所畏惧之普遍权力，彼等乃生存于一被称为战争之状态中；且此种战争，乃是每一个人对抗每一个人。且人们之生命系孤独、可怜、淫腐、野鄙而短暂。墨子也描述了政治起源前的天下乱世："天下之百姓，皆以水火毒药相亏害。至有余力，不能以相劳；腐列余财，不以相分；隐匿良道，不以相教。天下之乱，若禽兽然。"（《墨子·尚同上》）墨子认为在自然状态中，由于人之思想观念和礼法习俗各不相同，而导致相互斗争、残害，以至于社会一片混乱，与禽兽社会无异，要结束此混乱状态，必须设置政长，建立政府。

虽然荀墨在国家起源上的主张相似，但在止争措施上，荀子重分，墨子尚同。何谓分？荀子认为，人类依赖于群体合作才有生存发展的可能，为防止破坏群体秩序，必须规定每个个体在群体中的角色身份，也即通过正名而明贵贱，别同异，使贵贱有等，同异有别，“宇中万物生人之属，待圣人然后分也”（《荀子·礼论》），进而确立每个个体在群体社会中的权利与义务。因此，礼义之功能在于可以节制个体由人性发展而争、乱、穷导致的社会恶果，维护个体与群体之权利与义务的对应关系，诸如父子之亲，男女之别，君臣上下，朋友有信，皆因名分确立，人伦有序，因此分的作用是确定个体在群体中的名义与实质上的权利与义务，即名实关系，再由名实关系建立个体与群体之间的人伦秩序和社会政治秩序。在社会经济生活中，分的本质不是墨子所说的尚同，而是荀子所说的由“维齐非齐”之等差，进而实现对人欲的控制和去乱止争。故荀子言：“夫贵为天子，富有天下，是人情之所同欲也。然则从人之欲，则势不能容，物不能赡也。故先王案为之制礼义以分之，使有贵贱之等、长幼之差，知贤愚能不能之分，皆使人载其事而各得其宜。”（《荀子·荣辱》）这句话主要有四个方面的内涵，而且这四方面是递进发展的：人情同欲，欲多而物寡，礼义而分，各得其宜。荀子所说的“分”在此包含三层意思，即贵贱之等的社会身份，长幼之差的人伦之别，知愚而分的能力之异。分所表现的差等意蕴非常突出，所以国君一旦确定礼义之等级职分，则主相、臣下、百吏应各司其职，各守本分，天下国家依礼运作，纵使有礼制未逮之处，百姓犹受国君教化，不敢逾越本分、违背法则，此即治国之征验。故杨倞注曰：以有分义，故能治天下①。分以礼为原则，礼以分为载制，义以分为本质，礼、义、分三者融合而使人各尽其分，各尽本能，从而使谷禄、多少、厚薄皆有所称，这就是荀子理想中的公平至平社会："农以力尽田，贾以察尽财，百工以巧尽械器，士大夫以上至于公侯，莫不以仁厚知能尽官职。"（《荀子·荣辱》）可见，荀子认为去乱止争的关键是等差之分，也就是在社会政治治理上要做到"斩而齐，枉而顺，不同而一"（《荀子·荣辱》），也就是"维齐非齐"。荀子《王制》篇言："分均则不偏，势齐则不壹，众齐则不使。有天有地而上下有差，明王始立而处国有制。夫两贵之不能相事，两贱之不能相使，是天数也。势位齐而欲恶同，物不能澹则必争；争则必乱，乱则穷矣。"李滌生云："分均，谓贵贱相等。偏，高亨读为辩，治也。"②如果人人分位平等，没有贵贱差别，则势位齐，但是随人欲之发展必会造成物不能满足欲求而有争乱的发生，在此，天地之数，人伦之事皆有差等才能天下治，等差制度也成为荀子国家治理之特色，否则，如依墨子之"兼爱""尚同"所表达的绝对平等主义，将自然的不平等视为平等，实际上将会造成更大的不公平，墨子之兼爱和孔子之仁爱有根本不同之处。孔子所言仁爱有差等，而墨子所言兼爱无差等，孔子讲恕，推己及人，由爱

① 东方朔：《荀子》，上海世纪出版集团2010年版，第95页。
② 李滌生：《荀子集释》，台湾学生书局2000年版，第166页。

自己，推而爱他人，由爱自己之亲人，推而爱他人之亲人，总是由亲及疏，由近及远，即“老吾老，以及人之老；幼吾幼，以及人之幼”（《孟子·梁惠王上》）。墨子讲“兼”，主张爱人如己，爱人之亲如己之亲，泯界限，去差等，故“视人之国，若视其国；视人之家，若视其家；视人之身，若视其身”（《墨子·兼爱中》）。墨子认为“爱”无远近之分，无亲疏之别，不赞成儒家差等之爱，故墨子斥之曰“别士”“别君”，认为差等之爱是祸乱之源。儒家也不赞成墨家之兼爱，故孟子斥之曰“无父”，以为其是人伦之敌，在儒家看来，墨家无差等之爱之下，人与己不分，亲疏远近，一视同仁，如此，则必待人如己，待人之亲如己之亲，于此平时言而行之，并无不安，然若遇饥年凶岁，则会如梁启超所云：“二老饥欲死，其一吾父，其一人之父也。墨子得饭一盂，不能‘兼’救二老之死，以奉其父耶？以奉人之父耶？”[①]

其实，世间万物，人伦之事，皆有所别，荀子谓之需要“度量分界”，才能形成良好社会秩序，故荀子在《非十二子》篇中批评墨子“上功用、大俭约而僈差等，曾不足以容辨异、县君臣”，荀子主要批判墨子之“僈差等”，因为如此则君臣不能相事，物事不能相辨，会扰乱社会的等级秩序，导致人伦失范、社会失序，“在荀子看来，由

① 梁启超：《先秦政治思想史》，天津古籍出版社2003年版，第141页。

此将导致社会的无序化，这也是其批评的实质指向”[1]。“僈差等”所导致的社会政治失序让荀子重视以礼之分来确立人与人之间的名分、界限，以名分明确君臣上下之间的责任和义务，以界限确立物事之间的区别和原理，如此才能“容辨异、县君臣”，倘若如墨子所谓“有见于齐而无见于畸”，会泯灭物事之间的界限差别，社会政治秩序将难以建立。

二、礼义之谓治

孔子学说言仁，孟子学说言仁义，言仁义推及政治而提出仁政。荀子的礼治思想，由于受到当时社会环境的影响，以礼义为基础，是先言贵贱有别，养欲给求，而后施以政治行为的合理裁制，以解决人类之纷争和动乱，然后以礼明分调节制衡，使人类皆安伦尽分，群居和一，社会至平。礼在政治方面的效用在于政治之始基，也为治乱之关键。荀子言：“礼义者，治之始也。”（《荀子·王制》）“礼义之谓治，非礼义之谓乱也。”（《荀子·不苟》）

在此，荀子为什么把礼和义连起来合用作为治理之始？或者说礼义是一个概念还是包含礼和义两个概念？陈大齐先生早在20世纪70年代就对之进行考察，他认为，荀子以发扬礼义为中心主张，荀子所说的礼与义，是一件事的两面，礼为其表而义为其里，有时举外以赅内，则单

① 杨国荣：《荀子的规范与秩序思想》，《上海师范大学学报》（哲学社会科学版）2013年第6期，第8页。

说一个礼字，有时举内以赅外，则单说一个义字，有时双举内外，则合说礼义二字，名虽有三，其实则一①。韦政通先生也认为，义在许多地方为礼所取代，荀子把义和礼看作可以互换的最高价值②。周德良对礼与义之关系进行了系统之探讨，他认为，礼指广义之礼，义则指义理本质，礼与义具有形式与内容之对应关系，礼、义乃是一体之两面，荀子合称礼义，则可以包含一切正当行为与义理本质③。上述三位学者之阐发皆认为礼与义乃是一体两面，可以互换，礼为表，义为理。而佐藤将之教授则提出不同的看法，他认为，在许多地方，义是与礼被一起使用的，但义仍能被理解为一个自足的道德价值。即使荀子将义和礼连同使用，义仍为一个自足的道德价值，而非附属于礼的概念，礼义这一复合词，可被诠释为礼与义，而非礼之义④。

关于义与礼之关系，在相关的典籍里面已经有了不少讨论。如《礼记·礼运》云："治国不以礼，犹无耜而耕也；为礼不本于义，犹耕而弗种也。"义，为礼之本，而不是礼之文，具有道德理性的特征，其与礼之关系，在

① 陈大齐：《孟荀二人所见人的特长与其中心主张》，《孔孟学报》1971年第21期，第31—42页。

② 韦政通：《荀子与古代哲学》，台湾商务印书馆1992年版，第5页。

③ 周德良：《荀子思想理论与实践》，台湾学生书局2011年版，第99页。

④ 佐藤将之：《参于天地之治：荀子礼治政治思想的起源与构造》，台大出版中心2016年版，第329页。

《淮南子·齐俗训》里面可得到确证，其中言：“义者，循理而行宜也。”这里的理为礼之理，也就是人伦物事所需遵循的规则规范，义，依礼而行并表现为行为适宜、适中、适合。礼，可以义起，礼之所起，也必须以义为依据。因为礼的目标，是要让人的行为具有意义和价值，就价值本身来讲，既不能求之于社会事实，更不能求之于历史事实，而只能追溯当下之人的合理合宜的意识，也就是人的道德理性，这才是价值之理据，而人之所以能够遵礼循礼，就在于他本然的自觉的合理意识，这种意识即生活当中面对行为选择时的合宜之意识，谓之义，义就是人事之当为和事理之当然，有了义作为人之准则，能够为人之行为提供价值依托，人就能主动地依理而行，遵循事理之当然，行人事之当为，“所以，循礼而行，也就是由义而行”[①]。荀子说：“隆礼贵义者，其国治”（《荀子·议兵》），这里把义和礼分开论述，可见义和礼各有其义，各有价值。

在“人有气、有生、有知，亦且有义，故最为天下贵也”（《荀子·王制》）中，“义”表示人之为人的本质规定，在“义者循理，循理故恶人之乱之也”（《荀子·议兵》）中，“义”表现为一种理性思考的合理性原则，这种合理性原则可以用来限制不合理性的恶与奸，也可用来调适人之欲求与外在世界的关系，礼离开了义，就如耕而

① 刘述先编：《儒家伦理研讨会论文集》，东亚哲学研究所1987年版，第49页。

弗种一样，只有通过义，人才能辨“贵贵、尊尊、贤贤、老老、长长”（《荀子·大略》），荀子谓之义之伦，义当和礼相连时具有辨的内涵，荀子义辨互用，辨即是分，遇君即修君臣之义，遇乡则修长幼之义，遇长则修弟子之义，而此理性的表现即是当下合理的表现，即义，也是合乎礼的行为，因此义之作为本质的合理性内涵与礼相结合意味着礼的实施有了新的检视的标准，礼之分也有了依循的权衡。事实上，以义为质在春秋时期就已经流行，那时，许多人认为义为礼提供价值支撑，两者结合有其必然性。如在《左传·桓公二年》中，师服就提出了“义以出礼”观念，这与孔子所主张的“君子义以为质，礼以行之”（《论语·卫灵公》）相暗合，不过，孔子将政治层面的义内化为道德修养，而在荀子看来，义是礼之本质，表达了义之精神，为人们践行礼的行为提供了道德理性的指导。依礼而进行人伦分辨，于是有了理性的名分观念，上以明贵贱，下以别同异，荀子在《非相》篇中曰：“故人之所以为人者，非特以其二足而无毛也，以其有辨也。……故人道莫不有辨。辨莫大于分，分莫大于礼，礼莫大于圣王。”荀子在此展示了辨—分—礼—圣王之间的关系，圣王制礼，制礼在于明分，明分在于以礼分施，确立名物制度性质内容，在社会层面上，则在于明于职分或人之本分，如此“圣人士君子之分具矣”。明于职分则需辨明人伦社会之理，明确各自的界限，使人之行为能够顺从本性和情欲以维系人伦社会之作用。因而，礼之展现在分，分以辨为施行，辨是人们明贵贱、别同异之能力，人们依靠“辨”认识人与禽兽之别，认识父子之亲，认识礼义文理，因而，在荀子思想中，辨即具有义的内涵，礼之贯彻施行在于人们具备道德理性和等级名分之标准，故荀子言：“人何以能群？曰：分。分何以能行？曰：义。”（《荀子·王制》）荀子言辨即为别义，言辨言分，即在别异定分，在辨分群中，分以尤为重要，包括伦常、地位、才能之别，社会分工分业，以及政治之分职。荀子之重群、重分、重义，由百王累积之典宪，以言礼义之统[①]。人之所以能群，在于有分，由分而和，人群才能进行合作，才能胜物，而人群之职分、伦分、分工、分配之所以可行，则在于有义，孔孟的义基本上是属于人格的一部分，是人之所以为人的内在道德禀赋，荀子的义是一种外铄的行为规范，在孔孟的思想中，义与仁关系密切，在荀子的思想中，义与礼关系紧密，这种义，可以依礼而裁制行为之结果，荀子是从礼的脉络中把握义的来源问题的，义也必指向用以调和群体生活的外在规范，故而通过义，人群能辨别裁制万物，故分、义是一体两面，两者是礼义法度之特征，也是维系人类文明进化发展之基础原则[②]。

故可知，在荀子礼学系统中，礼、义、分、辨四个概

① 蔡仁厚：《孔子的生命境界：儒学的反思与开展》，吉林出版集团有限责任公司2010年版，第89页。

② 周德良：《荀子思想理论与实践》，台湾学生书局2011年版，第99页。

念相互关联，相互涵摄，分与义关系密切，分与礼也相一致。分是礼的主要作用。《荀子·乐论》说：“礼别异。”分正是礼之所别，礼有分的作用，使得人伦关系别出亲疏尊卑，也划定了进退举止的分际界限，礼有分的作用，才使得个人能有知愚能不能的分别，才能使人从事适当的职业，处在合适的地位，进而人尽其能；礼因有分的作用，进一步达成奖善惩恶，使人以身份之别调适物质欲望。分是圣人依先王之制而创设出的礼义法度的外在表现，故荀子说“推礼义之统，分是非之分”（《荀子·不苟》）。分之作用，在于为社会中的每个个体确立在群体中应尽的义务、名分，做到“以礼分施，遍而不偏”，以礼义之分建立维护政治之伦理秩序。而孟子的思想以仁义为本，在政治上提出了乌托邦式的政治理想，表现出以仁心行仁政的道德政治化倾向，我们谓之由道德而政治。《孟子·离娄上》言：“尧、舜之道，不以仁政，不能平治天下。今有仁心仁闻而民不被其泽，不可法于后世者，不行先王之道也。”

在治道方面，孟子由不忍人之心推展为不忍人之政，并把这种社会政治理想寄托在传说中的尧、舜之治上。仁政自是以不忍人之心见于国家治理上，此就是以仁心而施政，能实现此种仁政的自是古代的圣王，此先王所行之道便是王道，而仁政理想由于缺乏现实操作性无法推行。荀子由政治而言礼义，认为礼义之所出正在于去乱止争，从物与欲之紧张达到隆礼之合理性和合法性。“君子处仁以义，然后仁也；行义以礼，然后义也；制礼反本成末，然后礼也。三者皆通，然后道也。”（《荀子·大略》）意思是：首先通过“仁、爱”制定“礼、义”，在百姓中推行，使礼义可以约束欲望，也使人们的欲望符合礼义。这样，就可以从人们的好恶情感层次上治理，所以荀子说“仁义礼乐，其致一也”。荀子又谓“礼宪”：“《礼》者，法之大分，类之纲纪也”（《荀子·劝学》），所言礼正是经国家、正社稷、序民人的治理规范和原则，礼就具有国家平治之作用，礼义在社会秩序的建构中居于核心地位。在治国层面上，提出“礼之于正国家也，如权衡之于轻重也，……国家无礼不宁”（《荀子·大略》），“国之命在礼”（《荀子·强国》），认为礼义是社会治乱之标准，“礼义之谓治，非礼义之谓乱”（《荀子·不苟》）。荀子所言绳墨、规矩、权衡表达的是把礼之理化为具体的国家治理制度，以重建社会政治秩序，使百官以下及至庶人，皆能修己而安于本分，有能力者得其职，社会移风易俗，百姓向善，作奸犯科不复出现，如此则可收“不视而见，不听而聪，不虑而知，不动而功”（《荀子·君道》）之治理效果，以实现“推礼义之统，分是非之分，总天下之要，治海内之众，若使一人”（《荀子·不苟》）之政治目的。

三、礼者养也

上文我们探讨了“礼义之谓治”中分、义在国家治理中的作用。荀子认为，分、义可以使群居和一，可以悬以君臣，可以使人群居，可以去乱止争，明以定分，经人伦，序民人，定社稷，于此荀子承认分、义在治理国家中的枢要地位。但是，从整个荀子学说来看，欲使礼义之治真能起到去乱止争，正理平治之效果，正名定分的策略手段尚不可完全自足，还需要加以养欲给求的措施，才能尽全其功。故荀子在《礼论》篇中言：“礼起于何也？曰：人生而有欲。欲而不得，则不能无求；求而无度量分界，则不能不争；争则乱，乱则穷。先王恶其乱也，故制礼义以分之，以养人之欲，给人之求，使欲必不穷于物，物必不屈于欲，两者相持而长，是礼之所起也。故礼者，养也。”

对于这段言论，我们在前文论礼之所起时已经作了详细介绍。其文字由设问所组成，包含三个方面的内涵：礼之源起，制礼以分，礼者养也。礼之源起在于人之欲求不得而引起的争、乱、穷之社会境况；制礼以分在于先王恶其乱而为之，以养人之欲，给人之求；礼者养也在于先王通过礼分而实现欲必不穷于物，物必不屈于欲，两者相持而长的公平社会，既然礼之分能起到这样的作用，分在现实生活中通过定名分，定职分，定伦分，使社会人群都能依礼而作，安伦尽分，上下有序，如此则从制度上有效防止争乱穷的发生，人们在群居和一的社会环境中发展生产，富国教民，人之欲得养，人之求得给，可以说，荀子在此所言的“养人之欲，给人之求”是经过分之后而达至的治平社会之效果。故而，和分一样，礼之养也就成为荀子实现礼义之治的基本特征。因此，分、义只是制度上的保障，养欲始为积极的工夫，单凭分尚不足达到至善的境界。因为人欲有私，趋恶则乱，必须从“养欲给求”上着手准备方可。荀子在《荣辱》篇中言：“凡人有所一同，饥而欲食，寒而欲暖，劳而欲息，好利而恶害，是人之所生而有也，是无待而然者也，是禹、桀之所同也。”欲食、欲暖、欲息是人之为人之基本情性，好利恶害也是人之常情，是人之生即有之性，这些都是凡人与禹、桀之所同，是维持人之生存之基本需求。但是人之性，“生而有好利”“生而有恶害”“生而有好声色”，这些欲求是难以止尽和满足的，正所谓“虽为守门，欲不可去，性之具也；虽为天子，欲不可尽”（《荀子·正名》）。礼的目的在于止争息乱，为达正本清源，养人之欲，以给人以求，使物与欲相持而长达到动态的平衡，不因社会整体资源的匮乏而使欲望无法满足，也不因欲望的发展造成社会整体资源有匮乏之虞。欲只有多寡之分，而无善恶之别，尽欲的结果只会导致争乱穷之祸乱，礼之所以能养欲，正是由于依礼所建立的道德人格可以顺导规范人欲，以养人情。在此，荀子的礼之养既有欲求的合理满足，也有对欲的规约之义，这和孔子的礼“俭”“约”思想一脉相承。林放问礼之本。子曰：“大哉问！礼，与其奢也，宁俭；丧，与其易也，宁戚。”（《论语·八佾》）对于林放提出的“礼之本”的问题，孔子没有在奢与俭的两端强调中庸，也没有在易与戚的两极中强调过犹不及，而是强调如何去践行以勉人节俭、节约而勿奢侈。约在论语中有“穷约”之义，是和“奢泰”相对的概念，《论语·述而》有“约而为泰，难乎有恒矣”。孔子回答林放所言礼之本，就是与“奢泰”相对的俭约之义，因而文节过盛，转而强调质朴，而荀子也是在此意义上由孔子的约俭转而强调要礼养，养是对欲而言，而欲都是人之情性，因而荀子的“养”有俭约、节制、文饰之义。荀子认为“养”是礼的重要作用，分与养两者，也成为礼治主义不可或缺的重要环节。荀子《礼论》篇言：“故礼者，养也。刍豢稻粱，五味调香，所以养口也；椒兰芬苾，所以养鼻也；雕琢、刻镂、黼黻、文章，所以养目也；钟鼓、管磬、琴瑟、竽笙，所以养耳也；疏房、檖貌、越席、床笫、几筵，所以养体也。”

因为人的欲望是先天具有的，不能根除，也不能放纵发展，只有在合理的情形下，设法予以适当的培养，才能使其纳于正轨，不致流于铤而走险，威胁到社会的安宁秩序。由于口、鼻、目、耳、体五官的表现是人与外界相接触的最直接的欲望的体现，而且“目好色”“耳好声”“口好味”“心好利”“骨体肤理好愉佚”，皆是人之情性，感而自然，是不待而然的存在，情者乃性之质，欲乃不可去，就需要礼义来进行适合的涵养、节制，以期养目、养口、养耳、养鼻、养体，虽然欲不可尽，但依礼节之可以近尽，把人之欲望调适在合理的规范内，以维系社会的政治秩序。荀子谓：“孰知夫礼义文理之所以养情也！……

故人一之于礼义，则两得之矣；一之于情性，则两丧之矣。”（《荀子·礼论》）凡举日常生活之衣食住行都须符合规范，尤其要关注抽象精神之“养信”“养威”“养安”，提醒人们要在“养财”“养心制情”“养生”之际要专一于礼义，而不是放纵性情，如此性情与礼义方可两得，否则，礼义与情性则会两丧，荀子在此以礼义反性情，强调礼义对性情的“矫饰”“扰化”之功。“凡语治而待去欲者，无以道欲而困于有欲者也。”（《荀子·正名》）若治欲则不以礼而行，放纵人的欲求，日积月累，终成争乱不宁的现象，欲不可去；而以礼导欲矫治人之情性，则欲可去可化，日久则有功。可见，荀子所谓的礼义养心制情乃是礼对情的导、矫、化，而不是“纵情性”“忍情性”。我们知道，在《非十二子》篇中，荀子对这两者进行了严厉的批评，即“纵情性，安恣睢，禽兽之行，不足以合文通治”。所谓“纵情性”即顺着人情之自然冲动、追求享受任其发展而不知节制，如此则与禽兽没有分别，不能“合文通治”。其中文指礼之文饰，有节、制之义；通治，指礼义之治，也就是礼宪制度。“不足以合文”也就是在礼仪之形式上不合礼制，表现野而质，孔子所谓“文质彬彬，然后君子”其实是就礼之文而言。而且，儒家论礼皆由情出，由之节文，这是一贯之传统。郭店楚简《语丛二》言：“情生于性，礼生于情。”《礼记·礼运》云：“故人情者，圣王之田也，修礼以耕之。”《礼记·坊记》引孔子之语说：“礼者，因人之情而为之节文，以为民坊者也。”礼一方面是“因人之情”，另一方面也要用它来制约人情，否则必然会导致天下大乱。荀子在此把“纵情性”与“合文治”相联系，正是突出了以礼义的理性原则对人之纵情性的冲动的限制、引导和规约，以此在情性自然与礼义规范之间实现动态的平衡，而“通治”则凸显了荀子对政治秩序建构的重视，倘若人之情性没有礼的规范引导，将会导致社会失序，而任凭自然情感之欲望冲动，整个社会难以达到有序之状态。“纵情性”表现为人之欲发展之过，“忍情性”则是人之欲发展之不及，过与不及都不是礼所追求的目标，故荀子把批判的矛头对准了和礼之规则不合的相关理论，为礼义分、天下治的理论出场进行学理上的铺垫。故荀子的礼之养既不是孟子所倡导的寡欲，也不是老子所呼唤的绝欲，更不是纵欲和忍欲，而是以礼为导的节欲、饰欲、制欲。他说：“故欲过之而动不及，心止之也。心之所可中理，则欲虽多，奚伤于治！欲不及而动过之，心使之也。心之所可失理，则欲虽寡，奚止于乱！故治乱在于心之所可，亡于情之所欲。……欲虽不可去，求可节也。……道者，进则近尽，退则节求，天下莫之若也。”（《荀子·正名》）

在荀子心目中，“欲过之”与“欲不及”都不是合适的养欲方法，合适的养欲方法在于欲过之或不及的时候“心止之”或“心使之”，以让人之欲求合于“心之所可”，人之欲望虽不可去，但可由“心之所可”之理性认知而节求之。按照道来行事，能够满足欲望的时候就尽量满足，不能满足的时候就尽量节制欲望，天下没比这更好的原则了。如此，通过心以知道，以道导情，则人之所欲皆合于中理，加之以礼分欲，则可达成正理平治的作用。可见，荀子既重视礼对情性之养，也重视对欲望之节。荀子言："先王圣人安为之立中制节，一使足以成文理。"（《荀子·礼论》）"礼者，节之准也。"（《荀子·致士》）"夫义者，内节于人而外节于万物者也，……内外上下节者，义之情也。"（《荀子·强国》）

何谓节之作用？姜尚贤认为"因为礼是节的准则，所以荀子有时称礼或是称礼义，其实礼义都有节的作用。所说的节，含有限禁与适当两种意义"[①]。就"礼者，节之准"来说，礼本就具有节之功能，礼既合乎仁义，又能规范人之行为，立中制节，以达到节之目的。限禁者，使过与不及都归于中，情太过，以礼限禁之，情不足，礼亦限禁之，使其达于"以成文理"。就人之欲而言，对欲望不加以适当的节制或限禁，则会引起争乱，不合中理，凡天下之事及于万物，皆以义为本，以义分欲节情则成大治。"凡礼……至备，情文俱尽；其次，情文代胜；其下，复情以归大一也。"（《荀子·礼论》）荀子认为，最完备的礼含有情文两者，两者兼顾，相为表里，才是礼之中道。礼能够"节情与制文"，借着表现于外的文，用以节情，情有余，则文饰以损之，情不足，则文饰以益之。"两情

① 姜尚贤：《荀子思想体系》，复文图书出版社1990年版，第202页。

者，人生固有端焉。若夫断之继之，博之浅之，益之损之，类之尽之，盛之美之，使本末始终，莫不顺比，足以为万世则，则是礼也。”（《荀子·礼论》）荀子在《礼论》中以三年之丧为例，说明了礼在面对人生两端之文饰与粗恶，声乐与哭泣，恬愉与忧愁时，能够“续长补短”，断之继之，博之浅之，益之损之，类之尽之，盛之美之，以礼来节制行为进退，然后符合中理达至合宜的程度，不会产生有过之而无不及的流弊，通过礼之损益，使君子“送死有已，复生有节”。

从以上分析可知，面对着人欲之发展对社会造成的危害，荀子以礼义作为治之始基，着力解决争乱穷的社会治理困境，以分、养、节作为国家治理之手段，分之本质在义，以礼分施的目的是使义的道德理性在实践中得以落实并为其提供价值担保，以分来定名而以义安伦，从而让社会人群依礼而作，安伦尽分，但礼之分仅仅从伦理、制度上为生产发展、教民养民提供保证，欲使社会群居和一，正理平治，还需要礼之养来养人之欲，给人之求，如此把礼运用得当，心可中理，立中制节，不仅个人立身处世之欲望得以调理，社会政治秩序也得以维系，正理平治之公平世界也得以建立，进而个人与整个社会、国家都能达到秩序井然，生生不息，进而实现政之大化的清明景象。

第三节　礼法为善政之方

荀子在国家治理方式上，主张以德性为治理的价值归依，以礼分为治理的基本手段，故其言仁义礼三者皆通，其本质是以仁德为本，礼为行为规范和典章制度，义为落实礼治实践具体措施的道德理性，以圣人君主之道德教化而把外在的礼则变为主体自身内心的道德法则，教化之目的就是荀子所言的以善先人，也是郭店楚简所说生德于中，让个人内心自觉遵从外在的典章制度、人伦之理和社会规则，而实现个体之善和社会之善的统一，进而维系社会秩序和政治秩序的稳定，所以，荀子礼治之特色也就在于德性、伦理和教化的三者合一而治，礼治也即德治。在具体治理实践中，虽然礼为道德之极、人道之极、强国之本，但由于人性趋恶之特点，礼尚不逮者必以法禁之，荀子遂援礼入法，以礼为本，以法为辅，隆礼重法，开启了秦汉以后德法并重的治国模式。

一、礼法之源起

荀子重礼，在行文中常常将礼法并称或连用，如“礼法之枢要”（《荀子·王霸》），“隆礼至法则国有常”（《荀子·君道》），“生礼义而起法度”（《荀子·性恶》），礼在荀子那里是治理国家之总纲，君主修身之规则，社会稳定之枢要，可以说礼的范围和作用无所不包，那为什么还要引入法的观念，这就涉及礼法的起源及其作用和功能问题。荀子《正论》篇言：“世俗之为说者曰：‘尧、舜不能教化。是何也？曰：朱象不化。’是不然也。尧、舜，至天下之善教化者也，……然而朱、象独不化，是非尧、舜之过，朱、象之罪也。尧、舜者，天下之英也；朱、象者，天下之嵬，一时之琐也。今世俗之为说者不怪朱、象而非尧、舜，岂不过甚矣哉！夫是之谓嵬说。”

柏拉图在《理想国》中所描绘的“洞穴之喻”的故事告诉我们现实和理想之间的矛盾，那么荀子在此提出“朱象不化”的故事其义又何指？尧、舜乃天下善教化者，然独朱、象不化，亦非尧、舜之过，而在于朱、象纵性情，养恣睢，是当时偶有的怪民、小人。故尧、舜并不是不善教化，而是朱、象顺人之情而不服教化，“朱象不化”之喻让人们不断反思孟子性善理论及其道德教化的不足，以证明礼法存在的必要性及政刑对人矫治的不可或缺性，正如荀子批判孟子的性善论时认为，倘若人先天具有善性，扩而充之，那么何须圣王教化？没有圣王教化，“朱象不化”现象又如何解决？以“朱象不化”来针对孟子的性善论，这是荀子“朱象不化”之喻的一个考量，这是其一；其二，“朱象不化”也从理论上道出了法刑存在之缘由。在荀子思想中，圣人、贤人甚至小人和怪民，都是政教之对象，也都有被教化的可能，但是，在现实生活中，会出现“可以而不可使”（《荀子·性恶》）的情况，也就是可以为圣人，但是怪民天性趋恶，顽劣纵情，化而不可为圣，则法刑之用因势因情而出，荀子既称途之人皆可教而为禹，又说尧、舜善教而“朱象不化”，其义之喻指“治之经，礼与刑”，“朱象不化”为隆礼重法和德法并重理论的出场作了学理上的铺垫，其理论基础在于荀子的性恶论。就因为在现实中人性趋恶，有的人可得而教之化之，则用之以礼，有的人则教而不化则治之以法，在政治治理手段的选择上，荀子既考量礼义教化，又主张法刑并行，他说：“故古者圣人以人之性恶，以为偏险而不正，悖乱而不治，故为之立君上之势以临之，明礼义以化之，起法正以治之，重刑罚以禁之，使天下皆出于治，合于善也。是圣王之治，而礼义之化也。”（《荀子·性恶》）荀子基于性恶说，人之性情的发展而无节，会导致对社会的偏险而不正，悖乱而不治，如此，他提出四个方面的治国之策：立君上之势以临之，明礼义以化之，起法正以治之，重刑罚以禁之，审此四者，一方面为礼法提供明证，另一方面也成为法正、刑罚之理由。荀子提出隆礼重法并不是否定礼义教化或者丹朱不需要教化，而是合其“行称陈，守其银”的说法，礼法难以矫正朱、象，则导之以刑，但必须依循法陈，行有所限[1]。

荀子提出了“立君上之势以临之”的思想，并且把它作为一种治理方式放在礼义教化、法正行禁之前，反映了

① 杨秀宫：《孔孟荀礼法思想的演变与发展》，文史哲出版社2000年版，第198页。

荀子“有治人，无治法”的思想，不管教化还是法正，都需要人以施之，所以首先确立君主之势，而这里的势，不是有的学者所理解的权势[1]，更不是法家所理解的法势，韩非认为，国君因其君位，连带而有此一地位之权力。权力无法全力发挥或权卑力弱皆无以治事。国君如何才能将拥有的权力发挥到极致，这有赖于行法用术。故韩非的为君之道首先是拥有势，把持住既有的势，然后从势的中心点出发，努力去创造更壮盛的势——连用公开的法和深藏于胸的道术，用尽一切手段去造势，使君主专制更绝对化，使中央集权更绝对化。法家的管子认为君主保持势的重要性在于害怕臣子的压制，故曰“人君失势，则臣制之矣”（《管子·法法》），把“势”作为维护君主权威的基础，而慎到把势位作为使权臣屈服的关键，“势位足以屈贤矣”（《慎子·威德》）。法家的“势”就是荀子在《强国》篇所言的“暴察之威”，这恰恰是荀子所反对的，因为“暴察之威”在于严刑峻法，其结果必是百姓致畏，嬴则敖上，此应“非劫之以形势，非振之以诛杀”。荀子所主张的是“道德之威”，所谓道德之威在于修礼义，分义明，赏不用而民劝，罚不用而威行，以道德之威治国则可实现“胜人之道”，荀子《强国》篇言：“然则得胜人之势

① 宋惠昌先生认为，荀子所谓“势”的核心内容，是与政治等级相应的权力、地位及其所形成的影响力，其中，权势是其实质。参见宋惠昌：《论荀子“隆礼重法”的政治哲学》，《邯郸学院学报》2016年第4期，第64—69页。

者，其不如胜人之道远矣。夫主相者，胜人以势也；是为是，非为非，能为能，不能为不能，并己之私欲，必以道夫公，道通义之可以相兼容者，是胜人之道也。”此句中“胜人之道”其义谓“夫公，道通义之可以相兼容者”，和上文所论君主之势在于礼义之化一脉相承，都在说明荀子之治理思想以礼化为主、法正为辅的治理形态，这就是荀子所言君上之势，它本身即包含了礼义之道德教化和法正以禁所形成的合力，这种合力即荀子所谓的君上之势。如果君主在礼义以化、法正以治、刑罚以禁三方面做好，则能使天下皆出于治，合于善。

我们言荀子的政治策略的时候也多从这三方面加以说明。荀子的势为道德之势，或道德之威，以势来加强以礼为主的统治，日本学者菅本大二对此评论：“在重视‘势’这一点上，可说是荀子引进法家的‘势’，然而荀子进一步将之利用于加强自己‘礼’的理论”①，可谓一语中的。荀子基于其性恶论而强调礼法并重，礼刑并用，因而性趋恶论就成为荀子隆礼重法思想的理论来源之一，这主要是针对历史和社会现实的关照和思考，这是其一。

其二，荀子隆礼重法思想与稷下学者有着千丝万缕的联系。据白奚考证，礼法结合是稷下学术的一个普遍特点，这种政治理论在稷下不断丰富和深化，为荀子进行理

① 菅本大二：《荀子对法家思想的接纳：由“礼”的结构来考察》，佐藤将之、张哲挺、卢彦男译，《国立政治大学哲学学报》2003年第11期，第130页。

论总结提供了丰富的思想资料[①]。礼法结合的模式发端于稷下，经由《黄帝四经》、慎到、尹文、管子到荀子，逐渐形成了礼治为主、法治为辅的治国模式。荀子经常将礼法连用或对举，如“礼法之枢要”“礼法之大分”“礼义生而制法度”等，礼与法也成为荀子治国理政的重要部分，但礼法之间的地位并不相同，礼治教化为本，法治是礼治思想的衍生，是对礼治的重要补充，“《礼》者，法之大分，类之纲纪也”（《荀子·劝学》）。荀子礼法并治的思想虽然在一定程度上受慎到相关思想的影响，但其在《非十二子》篇中也对慎到进行了批评：“尚法而无法，下修而好作，上则取听于上，下则取从于俗，终日言成文典，及纠察之，则倜然无所归宿，不可以经国定分；然而其持之有故，其言之成理，足以欺惑愚众。”荀子批评慎到法的观点在两个方面：一是尚法而无法，二是不可以经国定分。荀子认为慎到虽形式上标榜法，但实际上制作法的标准不是根据法义，而是根据在上者的旨意或者迎合世俗大众的偏好取向，如果没有从稳定社会政治秩序的本身出发来制定法，必然导致终日言成文典，但实际上无所归宿，其法对社会治理没有作用，故不能经国定分，以度量分界来治理国家。虽然慎到和荀子一样也重视分，如他说“故治天下及国，在乎定分而已矣”（《吕氏春秋·慎势》），但是慎到的分，由于没有礼的规范，法义的支持，故理论

① 白奚：《稷下学研究：中国古代的思想自由与百家争鸣》，生活·读书·新知三联书店1998年版，第278—283页。

没有所指之对象，虽表面上看起来言之有理，但实际上却言之无据，足以欺惑愚众，而这也是荀子要批判的。因而，荀子批评慎到"不可以经国定分"，和荀子批评墨子"僈差等"一样，其仍把"规范与秩序"作为为学立义以解决社会问题的根本宗旨。尹文子则具体提出了"仁、义、礼、乐、名、法、刑、赏"之八条目，其中"仁、义、礼、乐"是属于德治内容，"名、法、刑、赏"是属于法治内容，礼法结合在尹文子的学说就较为完备。管子的思想中，既重视法治的作用，也重视礼的教化重要，在礼法关系上，主张"法出于礼"（《管子·枢言》），"教训成俗而刑罚省"（《管子·权修》），这和荀子的礼刑思想是一致的，荀子也主张"礼所不行，势必以刑辅之"（《荀子·性恶》），和管子一样，主张礼义教化，反对"不教而诛"，但和管子不同的是，管子思想以法治为主，而以礼义教化为辅，而荀子则正相反，认为礼是本，法是礼之实施的一个手段，故荀子有"《礼》者，法之大分"之言。

其三，亦即和稷下法家的不同之处，荀子在礼法之外增加了"以类举"以补法之不足。荀子在《王制》篇中言："有其法者以法行，无法者以类举，听之尽也。"对于此处的类，熊公哲言，荀子言礼，有法有类。所谓类，原是用作救济法教所不及，闻见未至的[1]。李滌生言，法有

① 熊公哲注译：《荀子今注今译》，重庆出版社2009年版，第155页。

明文规定的，以法处理；法无明文规定的，以同类事物之共理推断处理[1]。李滌生把此处的类作共理讲，也就是法之理，或者说是荀子所言的法义，是和法度相对的概念，法度是条文，法类则是法义或是法理。荀子此言为礼法有之，以法行之，礼法没有以类行之之义。由于荀子主张“《礼》者，法之大分，类之纲纪”，因此类的原则是礼，指的是圣人明通而类的能力，圣人因类而制礼，因礼而法，因法而生法度、法数，以统相属，以类相推，才能以一知万，以近知远。这就是圣人的“听政之道”。荀子重视统类、推类、通类，“无法者以类举”，使荀子的礼法思想能够在复杂的环境下触类而补，应时而动，因势而为，保证了礼法之间损益的张力，这是稷下法家的礼法思想所不具备的特质。故而，荀子批判吸收稷下法家的思想，而形成了自己的理论特色。虽然他的思想中法治主义浓厚，但仍然力主儒家的王道政治，“隆礼尊贤而王，重法爱民而霸”是荀子重要的政治主张，其“隆礼重法”的治国模式是在传统儒家思想的基础上进行的儒法的融合和超越。

二、隆礼而重法

就荀子所言礼法关系来讲，是法从属于礼，还是礼统合法，或者是礼衍生法，以及荀子的法与稷下学者所言法之间的关系，学者也有相关的研究。陈大齐认为，“法度

① 李滌生：《荀子集释》，台湾学生书局2000年版，第164页。

出于礼义，礼义出于君子”[①]。佐藤将之从“《礼》者，法之大分，类之纲纪”出发梳理礼法关系，得出结论，他认为“从法的角度来解释分的意思就会是统合，他倾向于将大分的意思解释为礼对法伟大的统合作用”[②]。菅本大二言，荀子“认为在现实统治上不可忽略‘法’的实效性，进而确立其‘礼’之思想，即以离孔子的论说深远的‘法’为‘礼’的一部分”[③]。杨秀宫认为，“法的设立实为了辅佐礼乐教化，使人民的行为有所准据，而不逾矩。或说荀子所谓的礼，则如广义的法”[④]。并对礼法构成说进行了辨正，认为礼和法的对照，只是礼作为原理、原则和法作为行动规则的区别，并不是质性的差异。综合以上几位方家思想来看，佐藤将之是统合说，也就是认为礼以分来统合法，菅本大二认为礼是法的一部分，陈大齐认为法出于礼，杨秀宫认为礼衍生法，这三位方家所表达的意义极其相近，无非是礼为本，法源于礼的意思。

笔者以为，礼和法在学理上的确是法从属于礼，但是在具体的操作上，礼和法的作用和功能各不相同，礼法各

---

① 陈大齐：《荀子学说》，中国文化大学出版部1989年版，第204页。

② 佐藤将之：《参于天地之治：荀子礼治政治思想的起源与构造》，台大出版中心2016年版，第391页。

③ 菅本大二：《荻生徂徕〈读荀子〉与“礼”——自荀子之“礼”至徂徕之“道”》，《陕西师范大学学报》（哲学社会科学版）2017年第3期，第139页。

④ 杨秀宫：《孔孟荀礼法思想的演变与发展》，文史哲出版社2000年版，第152页。

有其实效，否则，也不会有荀子提出“丹朱不化”引出法正刑罚以矫正人性。第一，从法之源头上说，荀子认为礼为法之大分，也就是说，礼衍生了法，法是礼在社会生活中的延伸，是把礼以法数的形式规定下来，变成人们必须遵守的法则，故荀子说“非礼，是无法也”（《荀子·修身》）；第二，从礼法表达次序来看，凸显了礼先于法，荀子言“隆礼至法，则国有常”（《荀子·君道》），“礼义生而制法度”（《荀子·性恶》）；第三，从礼法之适用范围看，荀子认为“由士以上，则必以礼乐节之；众庶百姓，则必以法数制之”（《荀子·富国》）。为什么士以上以礼乐节之，众庶百姓以法数制之？杨倞注：君子用德，小人用刑[①]。李滌生言：此亦礼不下庶人，刑不上大夫之义[②]。这句话可以从德刑关系来理解，荀子主张德必称位，位必称禄，而士以上在古代都是有位之人，有位之人即有德之人，而荀子又提倡贵贱有等，长幼有差，从人性发展来看，有位之人只需礼乐教化即可，但是对于士以下之庶人，荀子对他们道德人格评价不高。他认为这些人“以从俗为善，以货财为宝，以养生为己至道，是明德也”。“不学问，无正义，以富利为隆，是俗人者也。”（《荀子·儒效》）“彼众人者，愚而无说，陋而无度者也。”（《荀子·非相》）可以说，相较于士以上阶层，庶人的道德品质、人格次第皆处低等，人性趋恶，甚至有乱之可能，故

① 东方朔：《荀子》，上海世纪出版集团2010年版，第105页。
② 李滌生：《荀子集释》，台湾学生书局2000年版，第201页。

而需要法数制之，所以从这一方面看，并不是李滁生所谓的“礼不下庶人，刑不上大夫”，而是基于人性趋恶做出的价值预设和秩序设计，既突出了礼之等差功能，又强调了在礼法关系上礼乐之教化作用，凸显了教化对于法数、刑罚的优先性原则，这也是对孔子德刑关系的继承和发展。

孔子所主张的是构建一个礼治的社会，从“道之以政，齐之以刑，民免而无耻；道之以德，齐之以礼，有耻且格”（《论语·为政》）言说中，我们可以看出孔子将德教与刑政相比较，凸显了德礼的优先性，由于孔子以仁说性，故孔子看重的是德礼和规范性的法正和刑罚对于人行己由耻的影响，重德轻刑是孔子基于人性对社会现实的客观反映所提出的主张，强调了人内在的德性比外在的法正更具优先性，又肯定了人自身的自律力更甚于客观的约束力。孔子主张“道之以德，齐之以礼”，其本意并非反对刑、讼、法、正，而是主张以礼的精神教化百姓，从而使礼教先于法治而减少刑讼。孔子言：“听讼，吾犹人也。必也使无讼乎!”讼判案要以公平作为准绳，在上者如果能以礼义感化人民，使大家亲爱不争，就能从根本上排除他们诉讼的想法，在上者可以以此作为理想的政治目标。孔子重德而轻刑，尊礼甚于崇法，认为教化先于法正，“季康子问政于孔子，曰：‘如杀无道，以就有道，何如?’孔子对曰：‘子为政，焉用杀？子欲善而民善矣！’”（《论语·颜渊》）。孔子还认为，“君子怀德，小人怀土；君子怀刑，小人怀惠”（《论语·里仁》）。荀子对孔子“君子怀刑”之立场盛赞不已，事实上无论是孔子还是荀子，在国家治理上，都重道德，明礼义，但并不反对以法正、刑罚矫治社会，但各有侧重，孔子主张教化为主，重德轻刑；而荀子主张德教为先，明德慎罚。

在郭店楚简中论刑罚的文字不多[①]，但都和荀子的思想非常接近。在礼法起源方面，楚简《六德》篇言：“作礼乐，制刑法，教此民尔，使之有向也，非圣智者莫之能也。”这里的“向”指性之趋向，其义是说圣与智使礼乐、刑法得以成；作礼乐，制刑法，教化民众使之生活有方向。而荀子也曾在《性恶》篇中言“明礼义以化之，起法正以治之，重刑罚以禁之，使天下皆出于治，合于善也，是圣王之治，而礼义之化也。”楚简把礼乐和刑法作为圣人教化民众的手段，而荀子是把礼乐和刑法的作用进行明确区分，认为礼在化，法在正，刑在罚。依据郭店楚简的判别，我们是否也可以把荀子所主张的法刑作为教化民众

① 美国学者顾史考认为，郭店楚简儒家著作多强调重礼轻刑之说，礼与乐，正是所以彰明君上之德，而君上之明德，亦正是所以导率民欲而使之向方（参见顾史考：《郭店楚简先秦儒书宏微观》，上海古籍出版社2012年版，第89页）。梁涛先生考察了《坊记》里面的礼刑关系，认为子思之所以要对孔子之言进行补充、发挥，显然是因为社会的剧烈变革，使其已意识到重礼轻刑的理想已难以实现了。《坊记》中的礼、刑思想是属于子思而不是孔子（参见梁涛：《郭店竹简与思孟学派》，中国人民大学出版社2008年版，第248页）。笔者以为，荀子主张明德慎罚，这是他的礼刑说的基本立场，就礼方面重视教化，就刑方面作为礼的一个补充，礼乐教化，赏罚结合，这是荀子治世的基本思路。

的手段呢？

在刑罚之策略上，郭店楚简重赏刑，在儒家著作里只有荀子对刑赏罚劝进行较多强调，这反映了无论是楚简还是荀子，在吸收了法家思想中的刑赏论后都形成了教化为主、刑赏罚劝为辅的礼法体系。楚简《尊德义》言：“赏和刑，祸福之基也。……刑罚，所以□举也。杀戮，所以除怨也。”赏，奖赏。《说文》：赏，赐有功也。《礼记·月令》：赏公、卿、诸侯、大夫于朝。郑玄注：赏，谓有功德者，有以显赐之也。奖赏与惩治乃祸福之根本，因此人们不敢检举、揭发。有罪者被杀戮，因此可以杜绝他们轻藐国家政法，赏与刑都必须遵从其道。这是楚简把赏和刑联系起来的具体论述，荀子也经常将两者连用、对举。荀子言：“雕雕焉县贵爵重赏于其前，县明刑大辱于其后。”（《荀子·议兵》）“赏不当功，罚不当罪，不祥莫大焉。”（《荀子·正论》）在此楚简和荀子都主张刑罚要公正合理，赏罚要公正无私，相辅为用，有赏而无罚，则不足以惩戒，有罚而无赏，则不足以举勤勉之实效，故“渐庆赏，严刑罚，以戒其心”（《荀子·富国》）。以赏进贤能，以罚斥不肖，才能消除风俗险诈，百姓疑虑，故赏罚能发挥劝善作用，使百姓齐一，国家得治。

关于刑赏之作用，楚简《缁衣》言：“政之不行，教之不成也，则刑罚不足耻，而爵不足劝也。”所谓“刑罚不足耻，爵不足劝”，正如荀子《正论》篇所谓“凡刑人之本，禁暴恶恶，且征其未也”。刑为惩之末，政教不成，则刑不得已而为之，这也承续了孔子“齐之以礼”“有耻且格”的观念，是“礼及身而行修”的大化之道。由此可见，荀子和楚简都以礼义教化为本，赏庆刑罚为末，刑罚奖赏是补礼乐教化不足之工具，自然之先教化后刑罚，以达改恶从善，教化人心之目的。故荀子在《宥坐》篇中言：“不教其民，而听其狱，杀不辜也。”[1]楚简《性自命出》言：“未赏而民劝，含富者也，未刑而民畏，有心畏者也。”《广雅·释诂三》言：“含，宽也。”就刑赏之功能讲，赏在于勤民而劝，刑在于心惧而畏，但这不是君子怀刑之目的，真正的目的是“未赏而民劝”“未刑而民畏”，我们联系楚简的上下文来看，楚简中所说的目的在于“未教而民恒”，也就是通过自身的修养而达致心善，民畏刑惧不如心自畏之，从心所欲不逾矩，正如荀子《富国》篇所谓：“忠信均辨，说乎赏庆矣；必先修正其在我者，然

① 陈登元认为，荀子主以赏罚并行，使恶者有所戒惧，善者有所鼓励矣。慎子谓孔子云：“有虞氏无赏无罚；夏人以赏，殷人以罚。”此语原不足信。然人心日下，而法之需要日亟，即非孔氏之言，亦近于理。今荀子主赏罚并进，则较慎子所引，尤为精进，而视刑名家言，又为宽厚。此荀子之所以为荀子也（参见陈登元：《荀子哲学》，上海三联书店2014年版，第88页）。杨大膺认为，荀子书中的法字，虽不是指刑法说的，然而荀子确是主张用刑罚，裁制人民的行为，补救礼义感化的不足的（参见杨大膺：《荀子学说研究》，山东文艺出版社2018年版，第86页）。民国时期两大方家对荀子刑罚观的研究可谓精进，深为理解荀子思想宽厚仁爱的品格，其实，荀子的刑罚观以德教为本，刑罚为辅，赏庆为张，既继承了孔子的刑名思想，又吸收了稷下学者的法治思想，开启了礼法治国的新的模式。

后徐责其在人者，威乎刑罚。三德者诚乎上，则下应之如景向，虽欲无明达，得乎哉?”其意为：忠信公平，比奖赏财物更得人心；严于律己，宽以责人，这比严刑峻法更能服众。做到了这三点，则天下百姓必然如影随形、如响随声般地追随响应，即使不想显赫通达，可能吗？如荀子言：“政令教化，刑下如影。”（《荀子·臣道》）无罪不罚，罚必当罪，这是刑罚的根本原则，故此荀子反对滥用刑罚和以族论罪。他说：“赏不欲僭，刑不欲滥。赏僭则利及小人，刑滥则害及君子。若不幸而过，宁僭无滥；与其害善，不若利淫。”（《荀子·致士》）荀子认为赏不当功便是僭，罚不当罪便是滥，僭和滥都是不当的施政措施，但不幸而过，“宁僭无滥”，因为僭的害小，滥的害大，即使有不当之赏，也比滥罚为佳。所以施政者要审慎选择，勿枉勿纵，罚得其当，否则，有违立法宗旨。可见，荀子虽主张“治则刑重”，但反对滥用刑罚，更反对“以族论罪”，并斥之为乱世之行。荀子言：“乱世则不然：刑罚怒罪，爵赏逾德，以族论罪。”（《荀子·君子》）

三、有治人，无治法

荀子注重以礼义作为建构良好国家秩序，实现社会善治的根本方法，认为唯有透过礼义的道德价值，形成人伦之理，生德于教化之中，才能实现个人至善和社会至善，才能达成正理平治的社会理想。故而在治人与治法的关系上，荀子虽然重视法治，把法作为治之端，但他更主张发扬儒家的伦理传统，更重视治人，荀子从其天人之分的天人观和人性趋恶的人性论出发，认为治人是治法之本源，由治人生礼义、制法度，矫饰化导而归于善，合于治。荀子言：

> “有乱君，无乱国；有治人，无治法。羿之法非亡也，而羿不世中。禹之法犹存，而夏不世王。故法不能独立，类不能自行。得其人则存，失其人则亡。法者，治之端也；君子者，法之原也。故有君子，则法虽省，足以遍矣；无君子，则法虽具，失先后之施，不能应事之变，足以乱矣。不知法之义，而正法之数者，虽博，临事必乱。故明主急得其人，而暗主急得其势。急得其人，则身佚而国治，功大而名美，上可以王，下可以霸；不急得其人，而急得其势，则身劳而国乱，功废而名辱，社稷必危。故君人者，劳于索之，而休于使之。《书》曰：‘惟文王敬忌，一人以择。’此之谓也。”（《荀子·君道》）

王先谦云：无治者，法无定也，故贵有治人。李滁生言：国之治乱，由于人为，不由国之本身。荀子认为“有乱君，无乱国”，治道的思想是以君主自身的德性修养为出发点。“有治人，无治法”，就其狭义而言是指君主自身的德性修养比法令规章更加重要，就其广义而言则是君主能够任人唯贤。故而，“有治人，无治法”并非否定法的重要性，而是强调君主道德或德性对于法治的优先性，因为法毕竟是“治之端”，是经国定分的重要手段，这涉及道德与法治的关系问题，因为君主是“法之原”。之所以说君主是“法之原”，是因为就礼法关系而言，前文已经提及，礼是法之大纲，类之纲纪，虽然说“礼义者，治之始也”，但是“君子者，礼义之始也”（《荀子·王制》）。君主或圣王是礼义的创制者，所以从法、礼、君主的逻辑生成过程来看，其逻辑指向必在于君主之治或人治，徐复观对此评价说：“在荀子的礼治下，人君是管分之枢要，百姓赖人君以生存，加以礼的藩饰是一级推上一级，推到人君那里，在荀子的描述中，真够堂皇伟大，于是人君的地位，至隆至高得神话起来了。”[①]就国家而言，荀子认为礼乃“治辨之极”，国之命在礼，但礼作为治国施政的准绳和权衡，还是需要君主的操作，故其又言“无君子则天地不理”，而“天地不理，礼义无统”（《荀子·王制》），如此君主就是管理国家之枢要，而君主治国能够做到“身佚而国治，功大而名美”（《荀子·君道》），以礼之政教而实现正理平治，这样荀子在礼治的框架下所建构的是君主明分使群、以礼分施的德政结构，在这样的结构下，人治重于法治，道德重于法律，这是儒家的一贯传统。但是主张法治主义者却极力反对儒家的人治主义，他们所持的态度和理由如下：“夫严家无悍虏，而慈母有败子。吾以此知威势之可以禁暴，而德厚之不足以止乱也。……为治

① 徐复观：《中国思想史论集续篇》，上海书店出版社2004年版，第302页。

者用众而舍寡，故不务德而务法。……故有术之君，不随适然之善，而行必然之道。”（《韩非子·显学》）

韩非认为，德厚不足以止乱，道德之善，只存于少数人，况且面对天下滔滔之势，非德厚可以遏制，而威势可以禁暴，用法可以止非，不务德而务法，实为“为治者”之当然选择，荀子主张德治，但并不弃法，韩非作为荀子弟子，举悍虏、败子、为善、为非、禁暴、止乱、适然、必然之说，不过是为其摈弃道德而倡法治建立说理的论据。“故有道之主，远仁义，去智能，服之以法，是以誉广而名威，民治而国安，知用民之法也。”（《韩非子·说疑》）以仁义治国与以法治国，其可能造成之结果，相去有如天壤。韩非忠谏“有道之主”知所取舍，道德与法、术、势的政治之间，乃相离日远。韩非分析比较利弊苦乐，要圣人用法而弃仁，他认为“法”与“仁”的质性，乃彼此不相容，以法治国，则必须舍弃仁义，即“明主之治国也，众其守而重其罪，使民以法禁，而不以廉止”（《韩非子·六反》），完全是“寄治乱于法术，托是非于赏罚，属轻重于权衡”（《韩非子·大体》）。将廉耻、仁义等道德规范的价值逐渐逐出治国之道的范围之外，使道德与法治截然分离。韩非主张法治主义，并非不知道推行法治在人，但是，他唯一的信条就是法是客观存在的准则，所以要去除主观主义好恶而以法为治乱典范。

和韩非的法治主义不同的是，荀子所言法是一种伦理规范[1]，在荀子看来，法和礼一样都是社会教化的重要手段，而不是完全客观的法令，故其所言法，具有伦理的性质，在理论上为礼，在实践的操作中表现为具体的法义、法度和法数。法义为法之法理，法数为法之条文，法之数必须依靠法之义来制定，以表现法义之精神。而君子是法之本源，“不知法之义，而正法之数者”，遇事则必趋于混乱，无所适从，君子只有兼通法理，才能知先后之施，应临事之变，“身佚而国治，功大而名美”；否则，即使礼法完善，但君子不知统类，固执不知应变，则必“身劳而国乱，功废而名辱”，君子乃道法之总要，得之则治，失之则乱，“故有良法而乱者有之矣；有君子而乱者，自古及

① 黄公伟认为，荀子把德治抛开走入法治的界域，此等法治观是功利的国家形式，非道德的治术，荀子由礼治转折到法治上（参见黄公伟：《孔孟荀哲学证义》，幼师文化事业公司1975年版，第501页）。如果真如黄公伟所说，荀子思想是非道德的治术，那等于抛弃了礼义、忠信、仁爱等儒家概念，和韩非主法弃德思想无异。事实上，荀子思想以德为本，教化为纲，礼法兼治而臻于至善，我们需要在把握荀学的整个思想体系的基础上去理解荀子思想，故荀子所言有治人无治法也并不是主张要废弃法治，而是把视域转向人治或君主之治上，以君主自身的德性修养而导化天下，以礼义分施、明分使群而管理天下，因而，荀子的政治哲学其本质就是礼治或者说是德性政治，我们不能仅仅因为荀子重法就把他归入法家，或者如有的学者言荀子为“儒法”或“法儒”，荀子言法总是和礼义教化联系在一起，故而法本身即具有伦理的性质，而不是韩非废弃仁义的冷冰冰的刑法令条，这是笔者在此所必须申明的，否则，真的如荀子所说而偏于一隅了。这正如美国学者罗思文所指出的，荀子社会哲学的中心观念就是礼——合理举止、行为方式、礼仪、道德观念和品行的规范（参见克莱恩、艾文贺编：《荀子思想中的德性、人性与道德主体》，陈光连译，东南大学出版社2016年版，第11页）。

今，未尝闻也”（《荀子·王制》）。

法之所以“不能独立”“不能自行”，在于未得其人去推动，故君子“急得其人”掌握“法之义”而理贯“法之数”，一类行推而济法于穷尽，而收尽情合理之成效。所以荀子主张议法，“故法法而不议，则法之所不至者必废”（《荀子·王制》）。荀子认为法义必须由议而来，如此法义才能兼容并赅，无有不适。因而，“有治人，无治法”，一方面可以说，君子是礼法的创制者，无君子则法不能独立，类不能自行；另一方面君子能够知通统类，故能行一而知万，掌握法之义而通权达变，以义应变，才能明分使群，以礼分施，自然是“赏不用而民劝，罚不用而民服，有司不劳而事治，政令不烦而俗美”。这就是君子“劳于索之，休于使之”的无为而治的至约之道。

从以上分析可以看出，荀子的礼法并不同于法家之法，其所言之礼法以义为本质，也就是“公义”，与《商君书·画策》“圣王者不贵义而贵法”思想不同，荀子的礼法也是圣人“积思虑，习为故”而创制，与《管子》“生法者君也”也有不同的意义，再者，在法的施行方面，法家认为人从属于法，法为主，人为客，荀子却认为“有治人，无治法”，如果没有贤能之治，徒具礼法是无法施行政治治理的，这和法家的观点也是格格不入的。法家对人君的要求是术、势，而荀子对人君的要求是德性，其所追求的理想是正理平治之公平世界之建立，因而可以说，荀子的礼法思想是基于其性趋恶的人性论，并以之推出圣人礼乐教化、法正刑罚的政治治理观念，其本质还是以礼为本，以法为辅的德性政治模式，既不同于孟子的仁政学说，也不同韩非子的法治理念，而是综合了稷下学者、孔子、郭店楚简的礼法、礼刑、刑罚、刑名思想进行了新的塑造，既注重对人德性的涵养，又重视对人外在行为的约束，从而迎合了战国末期七国争霸，杀人盈野，人心趋利的社会现实，为秦之统一和汉以后阳儒阴法礼法结合治国模式的开启奠定了学术基础。

第四章

明分使群

——荀子群分政治思想

在国家治理方面，荀子既重视君子自身的美德对民众的影响化导，又主张以礼分施，对社会人伦进行教养，其治国策略既注意汲取稷下法家的法治理念，更侧重“有治人，无治法”的道德之治，强调了君子在治理国家中的德性导向、实践主体、施政决策和价值引领作用。荀子认为，君子在面对正理平治之前的人人趋恶、争乱而穷的自然状态，应以规则和秩序建立公平正义有序社会，以正名而始辨社会之名实、正各家之奇说，别同异，明贵贱，为建立正理平治的社会而厘清思想领域之混乱，在此基础之上立天人之分，性伪之分，人禽之分，人群之分，在这过程中既含别同异之物事之辨，又含明贵贱之价值教导，安伦尽分、谲德定次、尚贤使能而实现各尽其宜、群居和一的群分政治理想。

第一节　明分使群

群由分而各得其宜，分由礼而落实治理，礼由圣王所出，荀子的明分使群思想所构建的是君主明分的政治架构，在社会物事人伦之间确立各自的名分，明确各自的义务，在农商士贾、诸侯大夫之间明确各自的职分，“谲德而定次，量能而授官”（《荀子·儒效》），从而以分一群互动保持整个社会治理和谐有序，谓之群居和一，社会至平。

一、人君者，所以管分之枢要也

分是中国哲学思想发展史上非常重要的概念，其义包含辨别、分配、划分、分类等，分字在有的学术语境中又可读作“份”，代表了人与群体的关系之调和，人的行为当有之理分，并借之追求良好政治、社会、价值秩序之建构。从分的思想发展脉络来看，孔孟少言分，韩非寡言分，商鞅、管子多言分，在孟子思想中，分字共出现5次，其出现的段落和意义既有“分与”“分配”之义，如“分人以财谓之惠”（《孟子·滕文公上》），也有“分别”之义，如“无分于上下乎”（《孟子·告子上》）。孟子所言的“分田制禄”中的“井田”划分，包括公、私田的界定，都是周礼时代为维护人民生存，避免因争而乱的具体措施。就今人而言，孟子所言分，与朱熹所言“理一分殊”所厘析的天理流行成就万物之理的内涵不同。从文本来看，荀子所言分之义和先秦法家思想存在某种程度的契合或关联，商鞅以为要扭转“民众而无制”（《商君书·开塞》）的现象，必须有“名分已定，贪盗不取”（《商君书·定分》）。在《商君书·定分》中，所言在于法令明，名分定。法家所谓“分”，即“法以定分”，目的在于为法制立论，以法律治理而实现社会秩序之安定。而《管子》中所蕴含的思想多言分，其所言分之内涵亦多和荀子接近。诸如“均地分力，使民知时也”，分在此有公平、平分之意。“圣人之所以为圣人者，善分民也。”（《管子·乘马》）其意为将民分作士、农、工、商来管理，使民各守其分，其中分有职分、名分之义。“上下有义，贵贱有分。”（《管子·五辅》）这是管子从社会人伦之角度来论证分之内涵。可以说，荀子思想中的“分”既吸收孟子分配、分别之义，更多的是汲取了稷下法家商鞅、管子思想中的“分”之义，但荀子把分与礼、群相结合，致思路径上从法家的分以定法向儒家的分以定伦进行了逆转，从而构建了以分为中心的政治伦理体系。故对君主来说，其治国首先在于明分。

荀子在《富国》篇中言：“而人君者，所以管分之枢要也。”人君是掌“管分”之关键人物，而分则是正理平治之关键原则。储昭华对荀子的分进行了系统地梳理，认为分包含“划分、区分、区别、分辨、分配、分界、职分、分工、关键、分歧、名分”[①]等11个内涵，笔者在拙著《荀子“分”义研究》中也曾对分的道德哲学内涵进行系统的解读，另外，陈大齐[②]、佐藤将之[③]、内山俊彦[④]、

① 储昭华：《明分之道：从荀子看儒家文化与民主政道融通的可能性》，商务印书馆2005年版，第131—133页。

② 陈大齐：《荀子学说》，中国文化大学出版部1989年版，第169页。

③ 佐藤将之：《参于天地之治：荀子礼治政治思想的起源与构造》，台大出版中心2016年版，第133页。

④ 内山俊彦：《荀子：古代思想家的肖像》，株式会社评论社昭和51年版，第115页。

韦政通[1]、东方朔[2]、潘小慧[3]等方家也注意到分与礼、群等概念之关系，其实，分的基本内涵包含两个方面：一是指分别、区分事物或名号称谓之类别，如君子小人之分，禹桀之分等，此分之内涵，与荀子的别有相同的意义。内山俊彦在探讨荀子群分理论时认为此处的分就是分别、区别之义。另一层含义指的是人分之后的所含之性质、内容，具有名分、职分、伦分之义。分的这两层含义主要从实然与应然两个方面揭示分之主旨，主要围绕伦理政治而展开，基于规范与秩序之寻求。

荀子言：“故知者为之分别，制名以指实，上以明贵贱，下以辨同异。”（《荀子·正名》）这里的明和别其实指分义，其意为：所以，为了避免分不清贵贱，区分不了同异，明智的人对事物进行区分，制定出各种名称来指代它们，上则为了明确贵贱等级，下则为了辨别同异。为何要别同异、明贵贱，原因是别同异可使实然之分位得到界定，所谓实然的分位，主要指的是物事之名称及其职分，包括荀子所谓的天人之分，性伪之分，夫妇之分，人禽之分，农、贾、百工、士大夫之分田、分货、分事、分职，这些皆就分之名称或职分而言；而明贵贱则可使应然的理

① 韦政通：《荀子与古代哲学》，台湾商务印书馆1992年版，第27—34页。

② 东方朔：《合理性之寻求：荀子思想研究论集》，台大出版中心2011年版，第36—37页。

③ 潘小慧：《荀子以“君—群”为架构的政治哲学思考》，《哲学与文化》2013年第9期，第23—37页。

分得以分清，则喻志与行事之目标可达至。明贵贱实质在于分人之差等，以确立名在人伦事务中的价值分位及人伦关系。荀子言："礼者，贵贱有等。"（《荀子·富国》）"曷谓别？曰：贵贱有等。"（《荀子·礼论》）荀子以贵贱为别，其贵贱乃是价值上的同异，如父子之亲、君臣有义、荣辱之分、义分则和、长幼有差等，"荀子之用同异二字，有时用作广义，故不赘说贵贱，有时用作狭义，故兼说贵贱"[①]。物之实之状的同异既别，而其价值之高下贵贱，亦随之以明，同异别而贵贱明，志无不喻，事得以成，此即荀子之言所以为有名之目标。荀子之正名主张乃是针对名实相乱之情形而来，名实相乱，是非不明，社会政治因而失序，荀子希望王者兴起，在新旧名之因革制作中，依据名实相符之原则，或沿用旧名，或使用新名，以使名归于正，而社会秩序也得以重建。荀子对当时的用表面名称惑乱正名的言论，如"见侮不辱""圣人不爱己""情欲寡""牛马非马也""山渊平"等进行了批判，因为这些学说重名辩，轻实用，甚而流于诡论，尤其是名家学说更善于卖弄文辞，立异说，往往不顾是非曲直，混淆名实，而无益于治道。

荀子提出"别同异，明贵贱"之真正目的，在于"以正道而辨奸"，使"邪说不能乱"，以达正理平治，解决名实相怨的问题，即成"名定而实辨，道行而志通"，进而

① 陈大齐：《荀子名学发凡论稿》，《文史哲学报》1951年第2期，第45页。

实现“迹长功成，治之极也”（《荀子·正名》）的治理目标，换言之，荀子提出“别同异，明贵贱”的目的在于点出制名或名学之真正旨趣所在，也即以伦理政治之要求为归依。“则荀子论‘名有固善’之言，亦可得而解。”[①]笔者之所以着力论述荀子之正名思想，在于说明荀子的政治哲学始终围绕“别同异，明贵贱”而展开，既是伦理的又是政治的，是德性伦理政治的结合，而“别同异，明贵贱”的基本特征是以分为中心，既是区分名实之同异贵贱，又是通过心以征知的认知功能而确立社会物事之职分，人伦之名分，让君子在治理实践中能够使民“悫则易使，易使则公”（《荀子·正名》），这是谨守名约之功。

沿着“别同异，明贵贱”的思路，荀子在天道和人道上强调“明于天人之分”，也即要明确天人之职分，揭开天的神秘面纱，让人类的视域转向礼义之道的政治治理上；提出“性伪之分”，还原了性的生之谓性的传统，剔除了孟子性中的道德性，而导出圣人君子对民众之政治教化、化导；提出“荣辱之分”，并把它作为君主安危利害之常体，主张为国家治理确立“公义胜私欲”的价值取向；提出“以礼分施”，提出礼为原则、分为方法、义为价值归依的礼分义相结合的治理之策；提出“人禽之辨”，辨即是分，也就是“人禽之分”，在于突出人之所以为人的价值性，凸显了人的道德理性在成人成治中的作用，明

① 唐君毅：《荀子正名与先秦名学三宗》，《新亚学报》1962年第2期，第1—22页。

确了人类的发展、人文化成及君子的道德修养的具体的人格等次，奠定了其美德政治的德性基础；提出“礼法相分”，明确了“有治人，无治法”，确立了道德在君主治理国家中的作用，延续了孔子道德政治的儒家传统。从“别同异，明贵贱”开始，到“天人之分”“性伪之分”“荣辱之分”“以礼分施”“人禽之辨”，再到“礼法相分”，荀子始终以分为中心，明辨天人、性伪、荣辱、礼分、人禽、礼法之各个概念，并对这些概念进行系统的探讨和分析，并坚定不移以礼作为价值归依，仁为德性沉淀，义为道理理性并为君主治理进行价值辩护，可见，在荀子那里，其认为礼义之道的价值寻求贯穿社会治理以实现社会之公平正义和正理平治，是君主在国家治理中的一以贯之之道。

而荀子在各个领域中关于分的思想最终要落实到其群分理论上，也就是君主的“明分使群”，以实现社会的真正公平，这是荀子“别同异，明贵贱”的正名思想在社会政治领域发展的必然结果。荀子言：“人何以能群？曰分。”（《荀子·王制》）这里的分还是延续了正名“别同异”和“明贵贱”的意涵，就“别同异”来讲，荀子的思考逻辑在于把人和牛马进行比较正名，即“力不若牛，走不若马，而牛马为用，何也”（《荀子·王制》），并以人能群指出人和牛马之区别。而就人何以能群而言，荀子言分，其所言分专指人的各阶层之职分和社会人伦之名分，系指人对应社会之群体所负之伦理责任和道德义务言，当然也包括圣人君子对民众之政治教化责任。如《非相》篇的“圣人士君子之分具矣”，《性恶》篇的“合于犯分乱理”。荀子重视分在维系社会人伦中的作用，认为安伦尽分是君主治国的基本特征。荀子的“以礼分施”说提出君臣、父子、兄弟、朋友、夫妇之间的相互关系，人伦关系不同，所对应的人伦之理也不同，人伦之理不同，则君臣、父子、兄弟、朋友、夫妇各自所承担的道德义务也不一样，故而伦动而分定，认为分是人伦之间的本分，是不可逾越之界限。并且荀子把人伦之分作为人之异于禽兽的根本特征。他在《非相》篇中说：“人之所以为人者，……以其有辨也。”人之所以为人，人与禽兽的最大分别，在于有辨，辨即是分，分莫大于礼，所以人之所以为人在于以礼作为分，在人伦关系上则以礼而分父子之亲，男女之别，也就是以礼确定父子、男女之间的伦分或名分，明确各自的权利和义务，才使社会有序，而“礼莫大于圣王”，分以礼而行，圣人则治理而分，以分为伦理义务，以分为施政纲领。荀子学说强调分之作用，在于确立每个个体在社会人伦中的权利与义务，促使个体与群体之间产生紧密的联系和互助，达到群体和谐的目的。社会上的各种物事，百工百技，都需要分而尽其职，安其伦，士大夫分职而行，诸侯国守其封地，三公决议天下大事，天子垂拱天下，莫不以分而治之，故“天下莫不平均，莫不治辨，是百王之所同也，而礼法之大分也”（《荀子·王霸》）。圣王、国君之职在于掌握天下之名分或职分，以礼规定诸侯、大夫、社会百工之职分，以礼规定社会人伦之间的权利与义务，使每个人在自己所处的社会关系中或社会事务中皆本其分，尽其能，使社会安伦，事务有序，国家得治，从而实现“分不乱于上，能不穷于下”（《荀子·儒效》）治辨之极的公平理想。故而说人君是管分之枢要。

从以上分析可知，荀子从正名始分，别同异，明贵贱，奠定了其政治伦理思想的学术路向，面对人欲之私，思想混乱，价值失序，荀子始终以礼义作为圣王君主治理社会的原则，以区别社会上存在的诸如天人、人性、礼法、人群等各个概念，并在社会人伦之间确立名分、职分，维护社会人伦之稳定，避免人欲之争乱，百姓皆尽分安制，人载其事，各得其宜，此即君主以明分规范人伦秩序，以使公道达，公义明，以实现“职分而民不探，次定而序不乱”（《荀子·君道》）。治国之道以谨于分，君主及至庶人皆以隆正为准，个体和群体之间自行约束，谨守分位，规范每个人在政治上的权利与义务，让国家走向分而有礼。

二、君主能群

荀子认为社会治理的总的标准是礼，而要解决社会由于争乱穷带来的混乱，以及改变社会治理之前的自然状态，要以分为君主治国之枢要，以分作为社会“明分达治”的治辨之道，无分则是社会祸乱之源。荀子在《富国》篇中言：“人之生不能无群，群而无分则争，争则乱，乱则穷矣。故无分者，人之大害也。”这句话从逆向反思来说明分对于社会治乱的重要性，天下之大害在于无分，而无分则造成争乱穷，人要有分，必先合群，所以合群是人之所以为人的特性之一。何谓群？孔子曾言：“鸟兽不可与同群，吾非斯人之徒与而谁与？”（《论语·微子》）这里孔子把人之所以为人定义为不可与鸟兽为群，把人之本质和鸟兽之群明显区别开来，很显然，荀子是汲取了孔子以道德理想涵盖人的思想。从同群的角度来说，孔子认为人当然不能和鸟兽相譬，人之同群关键在于为仁由己的道德自觉，在于对现实社会强烈的责任感和使命感，在“天下无道”“礼崩乐坏”的社会状态下，人不应该把自己交给上帝或鬼神来管理，而应在“天下无道”之时能够尽人以事天，知其不可为而为之，而使“天下无道”恢复“天下有道”，可以说，孔子在此言群寄托了他的济世理想，而荀子所言群的本质是以分而建的社会政治组织，凸显了人之区别于动物的族性，更是人之所以为人的向善的实体，它是以礼为原则而构建的涵括了不同职分之人的共同体。群的存在必须要分，分是群存在的前提和必要条件。从这句话我们也能看到，荀子是从社会由乱而治的角度对群与分的关系进行界定的，荀子的群分说是建立在寻求规范与秩序社会的基础之上的。

荀子在《王制》篇中言：“人能群，彼不能群也。”荀子此处的群为合群之义，其义当为源于孔子。孔子在《论语》里面数次论群，且都是“同群”之义。孔子言：“君子矜而不争，群而不党”（《论语·卫灵公》），孔子认为人是社会中人，总是处在一定道德社会人伦之中，并遵循一定的道德规范和原则，而君子和人相处时，总是庄重谨慎却不与人争，合群团结却不结党营私。晚明大儒刘宗周在其《论语学案》中言：“群者，油油与人。”这是君子持世之行为准则。对人伦关系的处理凸显了君子主体人格的彰显，又是道德修为的延伸，如果孔子所言“欲立立人”“欲达达人”的忠恕之道强调的是个人品性修为的话，“矜而不争，群而不党”则是人伦相处的合群之道和基本原则。但是如果仅强调“矜而不争，群而不党”，也即只重视个人的修为，这显然并不是孔子本意，孔子反对“群居终日，言不及义”（《论语·卫灵公》）。孔子认为，倘若君子只知道与人合群但是整日说不出符合礼义的话，只知道要小聪明，这样的人是“难矣哉”！因此在群己之间个人行为的判断标准并不是“群而不党”，“群而不党”仅仅是个人修为之准则，但是如要促进社会的良性发展，在人群关系中其言行必须考量整个社会的和谐，也就是必须上升到礼义之本，以自己人格的力量带动整个群体的进步。可见，孔子从“群而不党”而言及“言不及义”，和其“己所不欲，勿施于人”之理念若相合契，言行合群但不及义也不是“施于人”之所求。孔子的群己观更多强调的是以个人的修为促进群体的发展，而荀子则发展了孔子群的思想，更强调由分而群的理念，这是他的理念和孔子所不同的地方。荀子由群出发，认为群而分，分而礼，礼而圣王，圣王制礼，以礼分群，群定而分定，分定则国定，如此建立君主所主导的群分政治架构。荀子认为要建立这样的群分政治架构的前提是人禽之辨。荀子言：“人之所以为人者，何已也？曰：以其有辨也。……故人道莫不有辨。辨莫大于分，分莫大于礼，礼莫大于圣王。”（《荀子·非相》）陈大齐认为：“人之所以为人之特长，一为有辨，二为能群，综合言之，则礼义一事而已。”[①]在荀子看来，人之能群，是人与禽相区分的重要特征。所谓有辨，即父子有亲，男女有别，这是荀子从社会人伦方面来说的，辨是人的认知能力，其本质是义，荀子谓之义辨，因为义本身就是道德理性的潜能，以义辨物，才能别人伦社会之理，明贵贱等差之别，有辨的范围甚广，礼义之所至则辨之所及，辨定要有所依据，辨莫大于分。分的标准是礼，社会人伦皆是依礼而展开，礼是人道之极，荀子对礼非常重视。荀子将群与分、义并论，言：“分何以能行？曰：义。”义成为分可以行的价值依托，义既是人之所以为人之德性，也是人在社会人伦当中的道德义务，还是在政治生活当中人们所应遵循的道德准则，其本性就是让人的分之行为适宜适中，此处的义蕴含中庸之道，能够使人君之分在现实践履中不过不及，符合礼义之道，故这里的义所具有的道德理性的特质和孟子所言羞耻之心的内涵截然不同。荀子认为禽兽与人之别就在于缺乏分、辨、义、

① 陈大齐：《孟荀二人所见人的特长与其中心主张》，《孔孟学报》1971年第21期，第31—42页。

礼四个条件，依大齐先生所言，其实即礼义一个条件，因为分、辨在范围和本质上都为礼义所含摄。荀子言人道有辨，辨而能群，人经过辨而识群的社会规范、人伦之理及人事职分，由辨而分，分而识礼，辨就既是闻见之知之辨，又是德性之知之辨，因而辨就包含了正名里面所言的别同异、明贵贱之内涵。

荀子《礼论》篇言："天能生物，不能辨物也；地能载人，不能治人也；宇中万物生人之属，待圣人然后分也。"其意为：天能产生万物，却不能治理它；地能养育人，却不能治理人；世界上的万物和人类，必须依靠圣人制定礼法，然后才能各得其位。荀子在不同层面对分与礼之间的关系进行探讨，认为人之合群有序即在于分，分是社会有序稳定的前提，其使社会的伦理政治关系之稳固得以保障。而分的本质就是区别、差异，分以等差恰恰成为荀子构建群分政治的理论特色。君主治理之道在于管分之枢要，而管分之重点在于政治权力之划分，以及官职与职责的适才适所，于是他主张以分建立政治上的等差秩序，进而建立和谐的群道关系和政治关系。

荀子《礼论》篇又言："君子既得其养，又好其别。曷谓别？曰：贵贱有等，长幼有差，贫富轻重皆有称者也。"杨倞注曰：称，谓各得其宜。别是依名分而分，君子之构建政治秩序之要领在于贵贱有等，长幼有差，使每个人在国家中既有本然之职分，也有相对应的义务和权利，既是称，也是分。国君要区分上下等级之差序等次，以确保政治运作顺利，达到治国之目的，使社会明于分职，然后社会才能有序。从政治分级之观点看，长幼之差，贵贱之等，甚至贤愚才能之高下，都需要礼义来别其差异，“谲德而定次，量能而授官”（《荀子·儒效》），由每个人的德能而决定相应的官职，赋予其不同的政治责任和道德义务，然后以责任之轻重和德能之高低来分配财物，使人载其事而各得其宜，而尽人伦之道，实现良好人伦秩序，此乃维护群居和一之道之基本方法，而依此等差之方法，个体在社会当中各尽所能，并依工作能力而得到相应的酬劳，此称为“至平”。

依荀子言语来看，公平社会之建立在于人伦等次之别，在于社会人伦都以礼来别次序，谲德而量能，尚贤而使能，在于“斩而齐，枉而顺，不同而一”（《荀子·荣辱》），而不是“分均则不偏，势齐则不壹，众齐则不使”（《荀子·王制》）。从社会政治领域来看，分均的本质是等差之分，否则则不偏，势齐其本质在于非齐，否则将会不壹。如果社会分均、势齐、众齐，则上下等级、左右次序、贵贱之等、贫富之别都将趋于一致，导致社会成员没有差别，名分相对不能隶属，权力相当互不相让，地位相同互不役使，这样，追求至平社会的理想也将不复存在，和谐有序的状态也将难以维系。荀子言：“有天有地而上下有差，明王始立而处国有制。”（《荀子·王制》）他认为，自从有了天地就有了上和下的差别，荀子从天地之间的形而上的层面指出等差秩序存在的根源，其目的在于引入社会秩序的“明王有制”，就是等差秩序之建立，从天数与人伦之对应中探寻政治秩序建立的形而上原理，他认为国君治国，必制礼义法度以分之，区分个人与群体之界限，以明确各自的职分而治之，此即是养天下之根本道理。荀子言：“先王恶其乱也，故制礼义以分之，使有贫富贵贱之等，足以相兼临者，是养天下之本也。”（《荀子·王制》）

从群与君的关系来看，君主存在的合理性并不在于君权神授，而在于君主自身的德性、德能和对社会人群、组织架构的合理建构，通过对社会的有效组织管理以及对人伦秩序的合理塑造，以礼而分，义分则和，一则多力，君主通过礼分和分义而致社会和谐，国强民富，人民安其居，国家和其一，而达至“序四时，裁万物，兼利天下”（《荀子·王制》）之正理平治的“至平”社会。

三、君主善群

基于“君者，国之隆也”（《荀子·致士》）的尊君意识，荀子认为君主治道在于明分达治之群道，以德音为民之表率化性起伪，政化人民，由于君主能够明分使群而生养人民，既能作之师，又能作之君，是保障群居和一至平社会之完成的“治之本”，从而担负常养人民“如保赤子”的政治责任。而君主要完成群居和一公平社会之理想，在大政方针上就要提出“善群四统”之措施。荀子《君道》篇言：“道者，何也？曰：君道也。君者，何也？

曰：能群也。能群也者，何也？曰：善生养人者也，善班治人者也，善显设人者也，善藩饰人者也。”荀子在此以三个设问引出主题，道者为君之道，君之道在于能群，能群在于君之四善：“善生养人”“善班治人”“善显设人”“善藩饰人”。“善生养人”者，重农抑商工，以增加生产，禁止盗贼，铲除奸邪，安定民生，即以“省工贾，众农夫，禁盗贼，除奸邪”的政策措施，使百姓皆能“衣暖而食充，居安而游乐，事时制明而用足”（《荀子·君道》），是所以生养百姓之道也；“善班治人”者，了解治国具体事务烦琐，知道非一人之力足以胜任，于是精心组织设置官职，设三公总天下之事，诸侯国设相理一国之事，设大夫专领一官之事，士谨守其职，莫不循法守度而公平无私，是所以治理百官之道也；“善显设人”者，论德之大小而定其位次，量能而授其官职，皆使各任其事，各得其当，上贤者使之君三公之位，次贤者使之为诸侯，下贤者使之为士大夫，使臣下百吏皆依其智愚贤不肖得其高低分位，于适宜的分位中发挥才德智能而完成任务，此为显设之道也；“善藩饰人”者，修整衣裳，黼黻文章，雕琢刻镂，各种衣着用具，皆有分位之高低而有尊卑贵贱等差之别，在“德必称位，位必称禄，禄必称用”（《荀子·富国》）的荣誉鼓舞下，“莫不骋其能，得其志，安乐其事”（《荀子·君道》），如此即可明分使群而达于正理平治，此为藩饰之道也。

荀子“善群四统”之说是君主明分思想在群道之治中

的具体落实和展开，“善生养人”在于君主依农工商之分位而增加生产，以安民生；“善班治人”在于君主依三公百官之分位而设分其职，治理百官；“善显设人”在于君主依德能之分位，尚贤使能；“善藩饰人”在于君主依贵贱之分位，等差其用。“安民生”“治百官”“尚贤能”“差其用”是君主善群治国的主要职责。其中，第一统的生养，属于社会民生问题，第二统的班治，是关于国家设官分职之事，第三、第四统是为国家建立用人制度之标准。君主能行此四统则庶民百官得以亲、安、乐、荣，自然能长治久安；反之，则百官庶民离心离德，天下去之，国君成为孤立无援之“匹夫”。

四统中之“生养”是“班治”“显设”“藩饰”的基础，“善生养人”是为君之基本道德义务。因为君主安位的关键在于民之安政，譬如马惊骇于驾，唯有镇之以静，同理，人惊骇于政，唯有抚顺其意。马受惊则车子不稳，民受惊则君位不牢，故在君民关系上荀子主张“君者，舟也；庶人者，水也”（《荀子·王制》）。荀子君舟民水之比喻旨在说明君主是否能安其位在于民众是否服从统治，因而，如何能够让民众服从统治就成为君主应考虑的现实政治问题。在此，荀子提出了“莫若惠之”之平政爱民主张：“选贤良，举笃敬，兴孝弟，收孤寡，补贫穷，如是，则庶人安政矣”（《荀子·王制》）。“选贤良，举笃敬，兴孝弟”是为四统之显设，“收孤寡，补贫穷”是为四统之生养，前者属于价值层面教的问题，后者属于物质层面养的问题，社会治理要兼顾教与养，这是君主治世的基本路径。

就教的方面而言，“选贤良，举笃敬，兴孝弟”皆需以礼义作为基本的准则。但荀子认为“今人之性，固无礼义”（《荀子·性恶》），必待强学而求之，思虑以积之，礼义法度皆来源于外，需要君主师法之化而勉力矫伪。“笃敬、孝弟、选贤”，不行于礼则不知辞让而悖于情性，经过师法之化，礼义之导才能出于辞让而合于治。而“收孤寡”“补贫穷”又是从以政裕民和赈济矜寡两个方面解决生养问题。荀子生养之道以民生为本。其在《富国》篇中提出的轻田野之税，平关市之征，省商贾之数，罕兴力役，无夺农时都是生养民生的具体措施，认为倘若在上者以法取之于民，在下者又有礼节自制，则“裕民而民富，民富则田肥以易，田肥以易则出实百倍”（《荀子·富国》），如此则民富厚如山丘之积。“王者之法：等赋、政事、财万物，所以养万民也。”（《荀子·王制》）规定好赋税等级，管理好民众事务，管理好万物，都是为了养育亿万民众，而要使百姓安乐之，不但要利民蓄民，还要使百姓生活富足。惠民在富民，这是君主生养之道之一。此外，惠民也表现在君主赈济贫瘠，赒恤鳏寡。孤寡贫穷者为社会的弱势群体，需要君主在具体的政令制度上予以保护，荀子认为要反对“重田野之税以夺其食”（《荀子·富国》），政令制度的实施要考虑“虽孤独鳏寡，必不加焉”（《荀子·王霸》）。即使面对聋、哑、瘸、断手和发育不全之“五疾”之人，恤而收之，因其材而授之事，任用其身而使其衣食无缺，这样人民才能安其职分养而蓄之，这是君主之德，也是王者之政。可以看到，荀子的惠民思想既注重礼义教化的精神层面的引导，也重视赈济贫瘠、赒恤鳏寡的物质方面的保障，在荀子看来，教与养是平政爱民、惠民安民不可或缺的两个方面，是君主稳定社会、施政安位的重要前提。

善生养人在于增加生产，教民养民，这是“省工贾，众农夫”方面的具体举措，同时也要做到“禁盗贼，除奸邪”，以维护社会的公平正义。荀子所要建立的理想社会是“朝无幸位，民无幸生”（《荀子·王制》）的公平社会，在这样的社会里生民富有而知足，农贾以货财让，风俗美而百姓羞拾遗，尤其是荀子把“盗不窃，贼不刺”作为彰显理想社会公平正义的重要理念，主张为百姓生产创造一个有利的环境，故荀子将“禁盗贼，除奸邪”和“省工贾，众农夫”并列，作为“善生养人”的一个重要举措，把教而诛、刑与赏作为君主“善生养人”的一个重要补充。君主设“司寇”，明确其职责为“防奸除邪”，主张将教、诛、赏、刑结合以面对“奸言、奸说、奸事、奸能”，以“赏不用而民劝，罚不用而威行”（《荀子·强国》）作为道德之威，反对“罚不当罪”“刑不称罪”等违反公平正义原则的事，批评商纣“为炮烙刑，杀戮无时”（《荀子·议兵》）之滥杀无辜，主张“职而教之，须而待之”（《荀子·王制》）的礼义教化之道，并将其作为“禁盗贼，除奸邪”之根本。

荀子《王制》篇言：“君者，善群也。群道当则万物皆得其宜，六畜皆得其长，群生皆得其命。故养长时则六畜育，杀生时则草木殖，政令时则百姓一，贤良服。圣人之制也。”李滁生言：群道，即治道，亦即礼义。言国君若运用治道恰当，则万物皆得其宜，六畜皆得其长，众生皆得安其性命。群道不仅是社会人伦之道，在空间上更指向更广阔的万物、六畜和群生；群道也不仅是人群生养之道，在时间上也随礼之损益在养长、杀生、政令方面应时而动，空间和时间之域正构成了人与自然和谐共生之命运共同体，群也在空间和时间的交错之中实现了天道和人道之统一，群道也成为尽生尽养、尽伦尽制之圣人之制也。

荀子以分为君主治国之枢要和社会“明分达治”的治辨之道，认为群的存在必须要分，分是群存在的前提和必要条件。荀子是从社会由乱而治的角度对群与分的关系进行界定的，其群分说建立在寻求规范与秩序社会的基础之上。荀子欲建构的政治体系是以君主为政治主体的群分政治架构，这样的政治架构显示了人伦以分、群体以义、组织以差的政治伦理理论特色。君主之群道不仅是社会有序运行之道，在时间和空间上具有更广阔的存在视域，并指向人与自然和谐有序的命运共同体，在天道和人道的内在统一中体现了群道依礼而行的自然法则和多样治理效应。

第二节　分以定群

荀子思想的特色在于以分的思维方式来处理社会人伦关系问题，而这种思维方式具有鲜明的理性特征，《荀子》一书用分的思维路径对人类世界之人伦关系各个方面进行具体阐述，并用“辨”“别”“等”“度”“界”“养”“饰”等来表示分的含义，把这些内涵贯穿于他的天人、人性、人群等特定的概念之中，而其价值旨归在于使伦理有序、社会至善，并进而处理人德规范、人伦之理中存在的各种冲突和矛盾：道德与自然、伦理与存在、知识与道德、义与利、荣与辱、德与福、德与得，而在化解这些矛盾的过程中，分的内涵也更加丰富。根据储昭华的分析归纳有：日常具象意义上的分解、分割、划分之义；作为名词的区别、差异之义；作为动词的区分、分别、分析之义；分辨、判别之义；分配之义；分界，确立限度、界限之义；职分之义；分工之义；纲领、要领、关键之义（常以复合词“大分”的形式出现）；分歧、纷争之义；等级、名分之义等十一种[①]。

① 储昭华：《明分之道：从荀子看儒家文化与民主政道融通的可能性》，商务印书馆2005年版，第130—133页。

一、分：群之存在基础

《论语》中用分的思维方式去分析非常丰富社会问题。分的思维方式内在地渗入并潜移默化影响人们的行为，成为早期经典儒家的思维方式。荀子认为，当分的自我意识转向人与人所构成的人群时，便体现为对人我、贵贱、亲疏的辨别与区分，这是人不同于一般生物的本质特征的更高体现，即“有辨”和“能辨”。“人之所以为人者，何已也？曰：以其有辨也。”（《荀子·非相》）人之所以能形成群体便是由于其以分为基础。即荀子所言：“人何以能群？曰：分。”何为分？荀子曰：“丧祭、朝聘、师旅一也。贵贱、杀生、与夺一也。君君、臣臣、父父、子子、兄兄、弟弟一也。农农、士士、工工、商商一也。”（《荀子·王制》）

从这段话中可知，荀子所言的群分之分具有名分、分职与分工三个层面的含义。正如郭沫若先生所言：“荀子所说的分，不仅限于分工，它已经是由分工而分职而定分（去声），在社会是农农、士士、工工、商商，在家族是父父、子子、兄兄、弟弟，在国家是君君臣臣，要各人遵守自己的岗位，遵循着一定的秩序，而通力合作。”[①]不同的名分决定了社会分工之差别，并进而决定了人的职分之差异，这种差异内在地表现为等级之别，因而名分是社会人

---

① 郭沫若：《十批判书·荀子的批判》，东方出版社2003年版，第209页。

伦存在之基础，它是由以社会群体等级为特点的名分决定的。荀子关于“君君、臣臣、父父、子子”说法，就是要求个人的存在都要契合其本身之精神。也就是说，社会人伦关系中的君臣父子乃至个人，其存在都要契合人伦本位，而伦理是否有序，与名分的相关状态联系密切。在原始儒家对社会人伦秩序的制定中，按照群体之间的人伦之理的要求，确定每个人的具体分位以及不同分位上所应遵循的礼义规范，目的在于建立起统一的群体之间之社会人伦秩序。

“分”是扬弃个人欲望而实现礼的客观普遍精神的过程，在社会人伦之间展现为各种辨别或差异的形式。诸如荀子所谓的礼则，其本身即具有黑格尔所谓的普遍性之特征，因而可以说，分在荀子思想中尤其表现在人伦之间更具有名分之内涵，因此，中国文化中的伦、分关系以外在的普遍礼则精神而存在，诸如君臣之理、父子之理、夫妇之理、朋友之理、兄弟之理，它以确定或制定社会人伦之间的个体之名分而表现，而每个名所确定的分亦是对于不同人伦之理的遵守，因而，作为个体为社会统一秩序的实现应作的努力的基本方向在于要极力维护社会群体之间的人伦之理，或者可以说，要通过对于群体的伦的维护而实现社会秩序的稳定。这是孔子、荀子等先秦儒家极力追求的价值目标。

又言伦的实体性精神，也即父子之间之子为父隐，夫妻之间之夫妇有别，兄弟之间之兄友弟恭，等等。子对父、妻对夫、弟对兄的那种隐、别、恭的情感不仅仅体现的是个体之间的关系，而且也体现了对这样相互之间的人伦之理的维护，而这个人伦之理即黑格尔所谓的实体，它主要以精神的状态表现出来，贯穿于伦理、道德、教化之中，表现了人存在的客观精神，而这种精神，就是在群体之中，每个人所应恪守的社会之礼则，而这种礼则又以分的形式表现出来，也就是说，社会群体，各行各业，都要以分而实现社会之和谐。只有达到对道德责任之认同，人才能在群体或群己关系之中以合乎礼的行为而返回自身，或者可以说，人在礼的规约下才能回到自身的精神实质，而这种回归，即在于每个社会群体中的人要明确自己的“分”，也就是孔子所谓的名分。

因而，荀子所谓君、臣、父、子等处于群体关系中的每个个体都要各行其行，正其分位，修己立德。《礼记·中庸》言：“君子素其位而行，不愿乎其外。”《易·艮卦·象传》言：“兼山艮，君子以思不出其位。”据东方朔先生考察，荀子汲汲于言“止”即礼义之道之别称，如是，则儒家价值优先立场在理论上得以确立，止于礼的确切含义是归于礼义，或以礼义为最高目标，从而有兹于人的德性的发展，有益于人的心身和谐，家国天下之“群居和一”之义[1]。其着眼点仍在于安于其位、明于其分并进行道德教化秩序的建构，当然，荀子所谓“君臣父子”各

---

① 东方朔：《荀子的“所止”概念——兼论儒家“价值优先”立场之证成》，《河南社会科学》2011年第1期，第65—71页。

种分位其本质的规定是对德的要求。

二、分：群之存在方式

可见，荀子所谓名分是基于对人伦上的贵贱、亲疏的区分或分辨而确定的，是对人与人之间的差异与每个人的特殊地位、身份的确认。分从本质上而言是分从单纯的本体论、认识论的层面转向社会历史和道德伦理领域的具体体现和贯彻，是人运用分辨的能力加以明是非、识善恶、分美丑的结果，正是在这个意义上，荀子这种对人的能动性、人与人区分的强调是对道家消融一切区别、差异立场的有力回应。荀子批判庄子“蔽于天而不知人”（《荀子·解蔽》），认为道家虽也重分，但道家的分是为了一，是有意抹杀事物之间的差异。荀子和庄子的分虽都重视一，但是庄子的一是无差异的一种混沌状态，表现在人性中是诸如婴儿的质朴赤子之心，而荀子的思想和庄子正好相反，其恰恰是想以分的差异性而实现社会人心之安顿，秩序之和谐，荀子所言分则和，和则一其意便是如此。由此，荀子以名分作为基础和起点，认为不同的名分决定了社会分工的差异，并最终决定人的职分的区别，这种区别内在地具有等级之义，是由以等级为特征的名分所决定的。荀子还论证了分工与分配的具体内容：

“掩地表亩，刺草殖谷，多粪肥田，是农夫众庶之事也。守时力民，进事长幼，和齐百姓，使人不偷，是将率之事也，高者不旱，下者不水，寒暑和节，而五谷以时孰，是天下之事也。若夫兼而覆之，兼而爱之，兼而制之，岁虽凶败水旱，使百姓无冻馁之患，则是圣君贤相之事也。”（《荀子·富国》）

“农分田而耕，贾分货而贩，百工分事而劝，士大夫分职而听，建国诸侯之君分土而守，三分总方而议，则天之共己而已。”（《荀子·王霸》）

沿着“农农、士士、工工、商商”的思路，荀子进一步将人群细分为农夫、将帅、圣君、贤相或农、贾、工、士、诸侯、王公、天子等不同的等级，并在人伦社会之间制定了各个不同等级的分工与分职。显然，“农夫众庶之事”“将率之事”“圣君贤相之事”三者之间语境不同，即所谓“君子以德，小人以力。力者，德之役也”（《荀子·富国》）。质言之，荀子所说的社会分工与分配其实是依据等级名分在人群中划出“役”与“被役”的等差关系。《王制》篇云：“虽王公士大夫之子孙也，不能属于礼义，则归之庶人。虽庶人之子孙也，积文学，正身行，能属于礼义，则归之卿相士大夫。”但是，有德之人即使出身卑微，也可以追求道德之极，也就是说礼所规定的社会等级之间并不存在不可逾越的鸿沟，他说：“谲德而定次”“谲德而序位”（《荀子·儒效》），“论德而定次”（《荀子·君道》），“德以序位，能以授官”（《荀子·致士》）。同时，荀子认为如果每个个体都安于本身的本位，则“天下莫不平均，莫不治辨”（《荀子·王霸》）。其实，荀子所言均等并非个体绝对的平均，而是与名分相契合之差异，而荀子此言的道德哲学背景是，“经济与伦理”“自然与道德”一样也是处于辩证互动甚至矛盾冲动体系之中，而人伦本位是自然经济条件下伦理——经济成为“冲动体系”的价值基础。

一般说来，经济发展的基本前提是确定人的谋利欲望，并将人们的注意力引导到谋利活动中来，使谋利欲望成为经济发展的直接推动力。然而，传统社会中经济关系的着力点并不直接就是经济，而是伦理，具体地说，是“安伦尽分”“安分守己”的“正名”。任何经济生活和社会生活都具有一定的组织，家庭就是一种自然的组织形式。但是，这种自然组织与其他社会组织具有完全不同的组织逻辑，它的组织逻辑的基础就是以血缘关系中的不同伦理地位组织生产，建立相应的权利义务关系，这便是所谓人伦本位。人伦本位的基本概念是名分，名是人们在伦理关系中的地位，分是与之相应的权利义务。于是，名在经济生活中便具有某种绝对的意义——不仅对生产，而且对分配来说都是如此。“安伦尽分”不仅体现为一种经济生活的分配原则，更表现为一种社会生活中的伦理追求。

荀子所言“莫不平均”，并不是平均之“均”，而是指的公正，更重要的是，他这里所谓的公正，并不是经济制度上的公正，而是伦理意义上的公正，伦理公正是指按照人们的名分进行生产、分配和消费。正因为如此，荀子才将“正名”作为“治辨”的伦理秩序的根本。如此，实际上是次序等级之分贯穿于“名分”“分工”“分职”之中并将三者结合起来的，荀子所言作为“人能群”的内在本质性规定的分，实际上是以分位等级之分为其核心要义的，这样，分便成为群存在的必要方式。

三、分：群的存在之秩序

荀子论证了分对于群的存在之人伦秩序意义。首先，分是确立群之人伦秩序的重要手段。荀子《富国》篇中说：“离居不相待则穷，群而无分则争。穷者，患也；争者，祸也。救患除祸，则莫若明分使群矣。”在这里，群体在社会生活中通过人伦之礼，或者说是通过礼分而实际上成为个人存在的前提，正是通过群，人才能不断地征服自然，作为群体中的一员能安于自己的本位，才能实现自身的价值。而群作为与人自身相对的社会组织形式，本身又通过分加以构建，在此，群本身不仅仅具有社会学的含义，更多地表现为道德哲学之内涵。

群中包含着诸如孟子所谓之社会五伦，五伦之间又对应着不同的人伦之理，个体在五伦之间应遵循社会所公认的价值规范——礼义，如此，在群中个体的所作所为即在恪守礼义规范中修身立德，使自己的思想与言行与社会的规则相符合，群就成为个体生存其间的实体，以礼的普遍精神表现于外，以分的方式展现其中。具体来说，分作为等级名分，在群体之中把社会成员区分为不同的等级，并为不同等级规定了相应的名分，在此基础上才能建立稳定的群体组织，所谓“明分使群”即是对这一过程的概括。

礼即分，分总是意味着承认个体的差异，荀子通过对人的区分或划分而确定贵贱之等，在《荣辱》篇中，荀子具体地指明了这一点：“故先王案为之制礼义以分之，使有贵贱之等、长幼之差，知贤愚能不能之分，皆使人载其事而各得其宜。”在肯定这一思想与前期儒家仍有承续关系的同时，也必须看到其中已经具有了明显的重心转移，无论是在孔子还是在孟子那里，尽管期间不乏亲疏贵贱的思想倾向，但都未明确从分的意义来论礼。在《孟子》一书中，提到分的情况并不多，在《论语》中，分的表述出现得更少，其义只止于分开、分辨。

荀子说：“故百技所成，所以养一人也，而能不能兼技，人不能兼官。”（《荀子·富国》）个体的生活之需，要靠百技所养，百工所成，但是在群体生活中，人不能兼通各种技能，故此社会生活需要有分：“人之百事，如耳目鼻口之不可以相借官也。”（《荀子·君道》）尤其要确立社会之人伦规则、秩序，确立人之责任、义务。荀子所向往的社会是正理平治，群居和一，“上取象于天，下取象于地，中取则于人，人所以群居和一之理尽矣”（《荀子·礼论》）。

分与群是荀子思想中的两个核心概念，这两个概念不是孤立而是相互联系的。分以“辨”“别”“等”“度”“界”“养”“饰”等形式而贯穿于群中，以实现群的等差秩序，差序和谐，也即荀子所谓的“群居和一”之道。荀子所谓的“分则和，和则一，一则多力”（《荀子·王制》），亦是主张在群体之间对社会五伦形成秩序合力，这种合力是个体依礼而遵循社会的人伦之理，以分而贯穿其中，展现了君臣、父子、夫妇等人伦之理的各个样态。因而，在此所谓的群不同于诸多学者指出的仅仅是一个社会学概念，或者仅仅是各个个体结成的社会组织或集体，而是一个具有实体性精神的哲学概念。如此，“一方面，个体的存在以群体建构为前提，另一方面，合群又以个体的各得其宜为条件，群与己表现为一种彼此协调的关系。荀子这种化解个体与群体的紧张与对立，强调群己统一的价值取向，无疑体现了儒家传统积极的一面。”[①]

在群中分布着不同的社会人伦，不同的社会人伦遵循不同的人伦之理，不同的人伦之理相互作用而致父子有亲、君臣有义、夫妇有别、朋友有信，也即在群体之中个体之间的关系不是原子式的关系，而是每个个体依分贯礼对所处的人伦规范负责，诸如父慈子孝、兄友弟恭，人人各依本分而立，如此，社会何尝不正理平治？对于群来说，每个个体依礼而渐渐在群的人伦之间向着仁性回归，分而致和，和则合一，社会谐和，民族团结，国家屹立而不倒，这就是分与群相关联的道德哲学之真谛，这对于当今社会的国家治理仍具有重要的启发意义。总之，在荀子

① 杨国荣：《善的历程——儒家价值体系研究》，上海人民出版社2006年版，第84页。

的思想中，只有分才能恰当地解释人的存在方式，也才能将人与动物真正区分开来[①]。

第三节　差序管理

荀子的管理伦理思想，基于性趋恶的人的自然欲望，在起伪中化性，既尊重人的自然本性又重视道德对人欲求的节制，在义利的冲突中实现道德与自然之间的和谐，其管理伦理思想的逻辑起点在于对人的自然性的满足与尊重而实现治人之道。在社会组织管理中，荀子管理思想的核心在于以明分的方式实现群体生活的差序和谐，其思想的逻辑发展在于以“德以叙位，能以授官”的用人之道实现“朝无幸生”的理想社会。

一、“化性起伪”：荀子管理伦理思想的治人之道

管理的本质是在社会生活中激发人的潜能，以人为本而实现对人的有效管理。在现实生活中，我们时常面对道德与自然、伦理与存在尤其是道德与欲望、利益之间的冲突，处理时涉及利益如何分配合理、欲望如何满足生活的问题，想要解决这些问题需要我们正确认识人性以及基于这样的人性如何实现对人的有效管理。在先秦时期，基于

---

① 陈继红：《人伦之“分”与人的存在方式——先秦儒家人性理论新解》，《江海学刊》2009年第1期，第219—224页。

不同的对社会生活的认识，庄子曾提出性朴论、孟子提出性善论，至战国末期，随着商品经济等的发展，孔孟、老庄那种心内自控式的管理模式已经不能适应社会发展的需要，尤其是七国争霸而秦将统一六国，主政者面临如何有力管控社会的问题，否则，将出现价值失序、伦理失范的现象。荀子基于当时的社会状况，由经济问题而衍生的社会问题出发，深刻端倪人性之本初，了解人欲与利益之关联，深思经济与政治之间之关系，力倡性趋恶而化性起伪的治人之道。

首先，差序管理伦理思想将“性”界定为人的自然性。此性即人的生物生理之本能，此所言之性，亦即人之同于禽兽者。荀子《性恶》篇言：“今人之性，饥而欲饱，寒而欲暖，劳而欲休，此人之情性也。”此言论足以说明性的自然义。“饥而欲饱，寒而欲暖，劳而欲休”说明了性仅仅是人的一种生理本能，是人之情欲，其本身并不含有价值的意味，不能说它是善，也不能说它是恶，它只是自然。而言“禹、桀之所同”，是在强调自然之性的普遍性。诸如《性恶》篇还言：“凡人之性者，尧、舜之与桀、跖，其性一也；君子之于小人，其性一也。”荀子在此肯定了人之性的普遍性。人性之同一性与普遍性在理论上奠定了管理伦理的基石，因为肯定自然人性为人人之所同，即反证礼义之管理规则对社会人人有效，礼义之管理价值也具有普遍的约束力和有效性，唯有确定礼义之价值的普遍有效性，才能达成“明分使群”“朝无幸生”的社会。

倘若认为禹、桀与君子小人之性不一，则是从根本上截断了人之所以成人的可能性，或者说，差序管理之所以必需即在于性之同一性，正是在同一性的基础上，礼义之管理教化才有实现的人性根基，才能为桀向禹、小人向君子人格的过渡提供上升的空间。

其次，差序管理伦理思想对“恶”的界定为性的趋恶性。既然人之性就其生理本然之义来说表现为自然性，而人之自然性其本身也无所谓善恶，也不需要对人进行管理或教化，那么差序管理伦理的理论存在的前提是什么呢？这在于人之性具有趋恶性的特征，如此才是荀子所言的真正的恶。荀子在《性恶》篇中言：“今人之性，生而有好利焉，顺是，故争夺生而辞让亡焉；生而有疾恶焉，顺是，故残贼生而忠信亡焉；生而有耳目之欲，有好声色焉，顺是，故淫乱生而礼义文理亡焉。”

这是荀子由人之自然之性导出性恶的主要论证，也是差序管理之所以必要的主要理论依据。在荀子看来，人生而有好利，有疾恶，生而有耳目之欲，有好声色，这是人的自然之性。由自然性导出恶的关键在于“顺是”见之，所谓“顺是”即顺人之自然情性而无节制之谓。在现实的人生中，“人生而有欲”是普遍的肯定，而“欲多而不欲寡”也是人之常情，如此在欲多而物寡之间就存在着不可调和的冲突和矛盾。倘若顺人之情，“穷年累世，不知不足”（《荀子·荣辱》），于是人与人之间产生争夺，遂出于暴。因此顺自然之性的需求导出人之性恶是必然的。差序管理伦理思想存在的前提既在于肯定人的自然性，同时也对人的自然性的无可节制的流弊给予一定的警惕，其理论的落脚点必在于平衡物质与欲望之间的关系，调和利益和道德之间的矛盾，这也是荀子超越孟子自控式管理而寻求礼法的经验性的外控式管理的真正原因和可贵之处。

最后，差序管理伦理思想对恶的扬弃在于“化性”的治人之道。荀子的差序管理思想在对人性恶的应对策略上重视人的德性的培养、德操的沉淀，从而形成君子人格，这是荀子差序管理思想具有伦理性特征的本质所在。因而在管理过程中，荀子崇尚贤人政治，主张礼义为根本管理原则，实现对恶的扬弃，进而实现“正理平治”的社会。

理解荀子管理伦理思想的治人之道须注意两点。其一，荀子差序管理伦理思想中的治人者或者为上者、领导者应具有一定的品德或条件。荀子认为天子、诸侯应具备如下条件：“志意致修，德行致厚，智虑致明。”（《荀子·荣辱》）他也指出卿相辅佐应具有的才德：“知隆礼义之为尊君也，知好士之为美名也，知爱民之为安国也……是卿相辅佐之材也”（《荀子·君道》）。他还指出从政治民的官员应具备以下才德：“其为人上也，广大矣。志意定乎内，礼节修乎朝，法则度量正乎官，忠信爱利形乎下。”（《荀子·儒效》）在此，荀子对天子诸侯、卿相辅佐及各级官员应具备的领导品德进行了详细规定，致修、德厚、智明是天子、诸侯的品德，尊君、美名、安国是卿相辅佐的品德，定意志、修礼节、正法度、爱忠信为各级官员的品德，荀子之所以做出如此规定，其目的在于使领导在管理效果上实现以身作则、以德化民，所谓“君子之德，风；小人之德，草；草上之风，必偃”（《论语·颜渊》），“其身正，不令而行”（《论语·子路》）正是此意。对领导者的品德作出一定的规定以实现上行下效是荀子差序管理伦理思想的治人之道的一个层面的内涵。

其二，领导者如何对下层百姓进行教化以扬弃人的恶性。在管理层面上，荀子提出化性起伪的治人之道。荀子在《性恶》篇中言：“以为之起礼义、制法度，以矫饰人之情性而正之，以扰化人之情性而导之也。始皆出于治，合于道者也。……其善者伪也。”古者圣王等领导者在面对人性之恶、偏险不正、悖乱不治的社会乱象时，该如何作为？荀子在社会的管控方法上追求外控式的管理之道，主张以礼义道德、政治法度矫正人之性情，以正其性、导其情，使人之情性能够符合社会人伦之道，进而实现正理平治。而这一过程荀子谓之伪，亦即通过师法之化、礼义之道的管理教化手段使人能够在言行上出于辞让、合乎文理而归于治。

二、“明分使群”：组织管理的差序原则

“明分使群”是荀子管理思想中关于实现社会有效管理的基本法则。在现实生活中“明分”理论的内涵表现为以差序原则实现社会和谐的管理理念。荀子认为社会组织

群体的管理组织应建立在差序原则的机制基础之上。

荀子认为，人生不能无群，群而无分则乱，“先王恶其乱也，故制礼义以分之”（《荀子·王制》）。荀子所说的分包括伦常、社会地位、才能的分别，以及政治上的分职、社会上的分工分业，乃至自然现象的分类。由人群所组成的社会有男女、有夫妇，有职业的不同、有职务的高低等，有异可别，这体现了分的作用。荀子言：“农分田而耕，贾分货而贩，百工分事而劝，士大夫分职而听。”（《荀子·王霸》）荀子的礼义正视人的欲望，故有养欲一说；但礼义也正视社会管理结构由“分”而来的差别，即所谓“贵贱有等，长幼有差，贫富轻重皆有称者也”（《荀子·礼论》）。这种差等是社会群体的自然现象，盖“分均则不偏，势齐则不壹，众齐则不使”（《荀子·王制》），那么，在这种“维齐非齐”的差等之中如何贯彻和体现“公平”的价值，为此，荀子提出了一种“差等公平”的原则，亦即维持一种有差别然而却是公正的分配方式。

荀子从天人之分出发，在群体生活中，用“辨”“别”“等”“度”等来表示分的含义，并进而体现为对人我、贵贱、亲疏的辨别，人能形成社会、群体便是由分而构成，以分为基础，即荀子所言“人何以能群？曰分”（《荀子·王制》）。分的主要功能，呈现于实际的社会生活秩序与政治制度之上，以分作为管理社会的根本，而荀子所言的群分之分表现为名分、分职与分工三个层面的含义。

其中，不同的名分决定了社会分工的差异，并形成了人的职分的差别，而以名分为逻辑起点的差别，从而又内在地表现为等级之义，如此，以等级明分而实现在职位上之差别，从而达到对群体组织的有效管理，是荀子思考社会人伦并进而以差等管控社会秩序的不二法则。

在荀子管理伦理思想中，为了有效管控人伦秩序，其确定不同分位下所应遵循的伦理管理原则，以确定每个人在社会人伦中的具体分位，由此便确立了统一的社会群体的差序管理机制。荀子的社会管理思想既主张明分使群，又主张群居合一，而其群居和一的思想也是以分的等差观念贯穿其中，他说："故先王案为之制礼义以分之，使有贵贱之等、长幼之差，知贤愚能不能之分，皆使人载其事而各得其宜。……是夫群居和一之道也。"（《荀子·荣辱》）在荀子管理伦理思想中，维护社会人伦秩序以实现人载其事是其主要目的，而伦理上的等差观念更能显示出荀子追求和顺人际关系的意向，人与人之间相互依存，表现在亲情伦理上更为显著。长爱幼，使人类延续成长有所支柱；幼敬长，使人类为培育生命而无条件付出。因此，荀子管理思想在社会人伦秩序上的管理首先是基于血缘伦理亲情，以正名为其思想的逻辑起点，凝聚人伦中的情感，保持相互敬持，让人类群体生活建立在稳固的人伦关系之上，其目的在于在社会分工和利益分配之间以名分为基础和起点而实现社会的差序和谐。荀子言："父子不得不亲，兄弟不得不顺，男女不得不欢；少者以长，老者以养。”作为社会管理的重要组织形式，群体在社会生活中得以延续的逻辑基础就在于以血缘关系划分不同伦理地位进而组织生产，荀子说：“故百技所成，所以养一人也，而能不能兼技，人不能兼官”（《荀子·富国》）。在群居的管理组织关系中，其人伦本位的思想表现为建立相应的权利义务关系，并以差序和谐表现群体之间分的特征，但分的思想还包含个体各得其宜的一面，整个社会群体在与个体的互动中具有统一的价值取向，也就建立了稳定的管理伦理秩序。因此，以正名为管理伦理的逻辑起点，以维护社会人伦秩序为管理伦理所追求之目的，以实现差序和谐为管理伦理之追求宗旨，这三者是荀子管理伦理思想之精要所在。

在荀子“明分使群”的管理伦理组织原则中，对于群体，达至“齐一”的社会至善，关键在于使家庭、社会、国家的人伦之间形成秩序合力，荀子所言“分则和，和则一”，“维齐非齐”之意就是如此。荀子并不认为“正理平治”的社会是“齐一”平等的社会，即真正的管理效力的实现是依人性实际而建立相对公平的社会制度，而不是妄斩而齐，理想的社会管理状态是“维齐非齐”的分层状态。礼义法度之所以养人，解决物寡欲多带来的“乱”“争”，正是因为有“差等”。因此在等差这个观念上，落实到治道，实际上最重要的是划清个人权利与义务的界限。故对弱势群体的社会福利体制的建立，当是“等差”原则的题中应有之义。如此，伦理秩序之运作在社会管理中形成了个体与群体之间的“群体压力”和“群体动力”，在明分使群的组织管理思想中，分作为差别的概念贯穿于分与和、分与义等关系之中，从而实现群己之间以义为上的冲动的和谐①。在社会人伦、群体之间进行差序管理从而在管理者和被管理者之间形成“群体压力”，并以压力而形成动力，是荀子管理伦理思想在先秦时期的一大特色。其以差序机制而注重人伦本位、正名定分，在群体之间明确责任、各得其宜，最终实现社会人伦、群体、国家之间的正理平治之治道。

三、“德以叙位，能以授官”：尚贤使能的差序用人之道

作为领导者，无论是天子诸侯，还是卿相百吏，都以选人用人为当政之要。荀子管理伦理思想中，使禄用也成为德能的一种奖赏，其着眼点即在于人的德能与禄用之间的相称。故而荀子管理伦理思想主张“无德不贵，无能不官”（《荀子·王制》），“德必称位，位必称禄”（《荀子·富国》）。荀子的用人之道所包含的德能为先是先秦儒家之共有观念。荀子曾在多个场合论述德能对于为政之道的重要性：“上贤使之为三公，次贤使之为诸侯，下贤使之为士大夫。”（《荀子·君道》）“故明主谲德而序位，所以为不乱也。”（《荀子·儒效》）“论德使能而官施之者，圣王之道也。”（《荀子·王霸》）“德以

① 陈光连：《荀子“分”义研究》，东南大学出版社2013年版，第219页。

叙位，能以授官。”（《荀子·致士》）“夫德不称位，能不称官，赏不当功，罚不当罪，不祥莫大焉。”（《荀子·正论》）

荀子的思想中明确包含选人用人之道在于尚贤使能。荀子认为领导者在用人方面应用人有法，禁之以等，取人有道，参之以礼。所谓禁之以等即以德之等差、能之高低来安排人之职位，这是荀子分以等差的差序管理机制在用人之道中的体现。论德而定次，必须有自己的管理阶层的建立，荀子的贤人政治仍然是德治，其用人之道唯依德能，“确立‘专家管理’之雏型，设官而分职是完成其管理目的的实践方法”[①]，诸如荀子所言上贤、次贤、下贤三者由于德性不同，所任职位也分为三公、诸侯、士大夫，通过勤政爱民、隆礼致士、尚贤使能而实现君主或领导者欲安、欲荣、欲立之功名，而其中尚贤使能则为人君者之大节。荀子认为，如果在管理中出现德不叙位、能不称官的现象，则社会群体生活中就会有不祥之兆。可见，荀子在尚贤使能的用人选人过程中，始终以差序原则贯穿其中，以德之等差安排序位，以能之高低安排职位，体现了以德能为先儒家贤人政治的一以贯之之道。

在荀子尚贤使能的用人思想中，一方面注重“外不避仇，内不阿亲”（《荀子·成相》）的“贤能不待次而举”（《荀子·王制》）的用人之法，另一方面也坚持了儒家

① 吴进安：《荀子管理哲学研究》，《临沂大学学报》2015年第4期，第23页。

"贤其，则其亲者先贵；能其，则其故者先官的"（《荀子·富国》）之亲亲而仁民，仁民而爱物的等差思想，其目的在于实现政治管理上"忠臣诚能然后授职"，"分不乱于上，能不穷于下"（《荀子·儒效》）的正理平治之清明景象。同时，在社会管理中，通过"谲德而定次，量能而授官"而使人载其事，各得其宜。可见，荀子尚贤使能不仅是选人、用人之标准，更是领导者稳定秩序、治国安邦的基本方针，这一方针的提出既与当时社会所处的"能者不得治，贤者不得使"（《荀子·尧问》）的社会状况有关，也与荀子的管理思想注重群体秩序，天生人成的理论性格有关。

就贤人政治的现实情况来看，君主作为管理者，其管理能力也不可能"能遍能人之所能"（《荀子·儒效》），因此他们必须做到尚贤使能。希望政治稳定、社会和谐、国安主荣，当然是其尚贤使能的最主要的原因，而就客观方面来说，尚贤使能也是势在必行。主要原因有二：第一，天下至大，不可独治。荀子说："人主不可以独也。卿相辅佐，人主之基杖也。"（《荀子·君道》）人不能兼技，人不能兼官，即使君主也非万能。第二，执一驭万，则佚而有功；事必躬亲，则劳而难成。荀子说："主道：治近不治远，治明不治幽，治一不治二。主能治近则远者理，主能治明则幽者化，主能当一则百事正。夫兼听天下，日有余而治不足者，如此也，是治极也。"（《荀子·王霸》）人主既不可独治天下，而使人为之，又佚而有功，则何必凡事皆自为之？故君主在国家管理上只需尚贤使能，而实现以近治远，以明治幽，以一治二，让天下百吏皆各尽所能、各司其职而实现治辨之极。只是君主作为领导者在尚贤使人之际，需明确自身所肩负的领导责任有二：其一，“明分使群”之能力。荀子言：“君者，何也？曰：能群也。能群也者，何也？曰：善生养人者也，善班治人者也，善显设人者也，善藩饰人者也。”（《荀子·君道》）善生养人是以物质满足臣民的基本生活需求，善藩饰人是指创制象征物、名号、装饰品等满足人的社会容显、名望声誉的心理需求，善班治人是指社会上层结构中领导者和管理者之间的架构。而在以上“四统”之中，班治是讲设官分职奉公守法，显设是用人之道，藩饰是制禄之道。此三者，德位与禄用为荀子所重，能力与授官也为荀子所言，君主为了上下层之间的有效管理，藩饰所讲的制禄等差之义亦为其中应有之内容。其二，对于荀子来说，君主虽拥有明分使群的能力，但还不足以尚贤使能实现治辨之极，还需要君主能知人善用，心怀公义，为诚能是求，勿为私情所蒙蔽。因为“人主不公，人臣不忠”（《荀子·王霸》）是君臣或上下级之间不能相合的重要原因，故荀子认为人主作为管理者应该做到“无恤亲疏，无偏贵贱，惟诚能之求。若是，则人臣轻职业让贤，而安随其后”（《荀子·王霸》）。

荀子把伦分相应、德位相合结合起来。他说：“谲德而定次”（《荀子·儒效》）；“德以序位，能以授官”

（《荀子·致士》）。尽管人有贵贱、贤不肖以及职分的差异与分别，但德能是每个人可由自身的能力得到的，通过分的作用，一个人凭借自己力量谋求社会成员在社会生活中的自由上升的机会，所以他说："虽庶人之子孙也，积文学，正身行，能属于礼义，则归之卿相士大夫。"（《荀子·王制》）因此"贤能不待次而举"，有德之人即使出身贫贱，也可以参与政治管理，荀子以德能为基础，打通了管理者与被管理者之间、上下层级之间上升的通道，为实现"朝无幸位，民无幸生""各尽所能，各取所值"的社会奠定了坚实的理论根基[①]。

总而言之，无论是荀子的政治哲学还是道德哲学都是以分为中心，在其管理思想中，分以等差的内涵反映出来，在社会的管理方法上追求外控式的差序管理之道，以礼义道德、政治法度矫饰人之性情、扰化人之情性，以正其性、导其情，使人之情性能够符合社会人伦之道而实现正理平治。明分使群是荀子管理伦理思想所包含的实现社会有效管理的基本法则，在现实生活中，明分的理论内涵表现为以差序原则实现社会和谐的管理理念，荀子认为社会组织群体的管理组织是应建立在差序原则的机制基础之上。荀子以德能为基础，打通了管理者与被管理者上下层级之间上升的通道，为实现"朝无幸位，民无幸生""各尽所能，各取所值"的社会奠定了坚实的理论根基，而在

① 陈光连、杨琴：《荀子差序管理伦理思想探微》，《领导科学》2019年第6期，第108—111页。

荀子思想中的用人之道在于尚贤使能，即以德之等差、能之高低来安排人之职位，这是荀子分以等差的差序管理机制在用人之道中的体现。

第五章

公义胜私欲

——荀子公平政治思想

人类的社会群体（共同体）总是由具有差异的，乃至于相互冲突和对立的人群或成分所构成，如何设计一种制度、建立一种原则，以兼顾各方利益，使得各群体间能够相安而处、群居和一，以便制止各群体或成分为了私利而导致社会“争、乱、穷”甚至是毁灭性的结局，对于任何一个特定的社会群体的存在和发展而言，都是至关重要的问题，这便是“公平”的主题。“公平”牵涉人的社会生活中的各个方面，其首要价值与其说是增加财富的数量，毋宁说是在社会各群体、各阶层之间确立适度的边界或“度”。从政治伦理的角度上看，“公平”问题首先是道义论的，其次才是目的论的。荀子理想社会中的“群居和一”“正理平治”，正是以“公平”为基础的，而这样的社会组织结构当以荀子所理解的“公道”为核心，其有别于现代意义上的“正义论”应是情理之中。

第一节　公平思想的基本内涵

公平是先秦儒家政治伦理思想的核心概念，其包含有公正、平等、正义三个方面的含义。甲骨文“”字表示平均分配部落或氏族集体共同拥有的物品、物用的意思。许慎《说文解字》言：“公，平分也。从八从厶。”《韩非子·五蠹》释言：“背厶谓之公，或说，分其厶以与人为

公。”从思想源头上来看，《易经》中就初步确立了天道公正的思想，乾卦卦辞首创“元、亨、利、贞”一说，“无妄”卦卦辞曾续引“元、亨、利、贞”并作阐说，以为天道有其理，不妄为，并至为亨通，守持公正。《易传·文言》用“刚健中正”“天下（公）平”加以概括，称“刚健中正，纯粹精也；六爻发挥，旁通情也；时乘六龙，以御天也；云行雨施，天下平也”。这被后世的易经学家理解为天道既存，则万物运动皆据之而行，人循其理，亦不会妄行，故“当以正道行之”。其后公、正、平、等四字在《论语》《孟子》《荀子》《墨子》《礼记》等中多次出现，这充分显示了先秦两汉思想家对以公平为中心的公道世界建立的高度重视。据笔者梳理原哈佛燕京学社引得编纂处编印的各种引得（索引）所示，《论语》里的“公”出现26次，“正”出现24次，“平”出现3次，“等”出现1次；《孟子》里的“公”出现31次，“正”出现38次，“平”出现18次，“等”出现5次，“差”出现2次；《墨子》里的“公”出现17次，“正”出现75次，“平”出现14次，“等”出现9次；《礼记》里的“公”出现174次，“等”出现22次。从甲骨文、《易经》及至先秦两汉的儒家经典文献看，天道公正不断引申、转衍为人道公正，这在中华文化演变的背景中已经发展成为一种思维模式和基本理念，从天道公理流行到对人道中人性、正名的理解，法律、制度的建立，公平的理念一直贯穿其中，在各个思想家的思想体系中其强调的侧重点也各不相同，或重视公正，或重视平等，或重视正义。

至于公正的含义，朱熹说得很清楚："今人多连看'公正'二字，其实公自是公，正自是正"（《朱子语类》卷二十六）。公正是公与正的复合词，公正连用具有认识论和价值观的含义。就认识论来讲，荀子言："贵公正而贱鄙争，是士君子之辩说也"（《荀子·正名》）。就是说我们在论辩说理时要用公正的态度，言说过程要合乎情，更要合乎理，鄙视争强好胜的言辞之争；就价值论来讲，公正连用强调个体作为群体的一员要得到公平地对待，也就是荀子提出的要以礼的标准对待个体，做到不偏不倚，这就是公道，从这方面来说，公正更多的是为了维护社会的伦理秩序，使整个社会价值系统运行有序，严防失序和僭越的现象发生，就此，公正和公平更多地含有秩序方面而与私相对的含义。荀子言："公正无私"，主张无论是君主还是臣民在处理公共事务时都应以礼的标准去做，整个过程就会显得正当有序。据东方朔先生考察，"'公正'就其作为一社会组织系统中个人应得的分配原则而言，其含义与正义更为接近，而与平等、公平相关但有一定的区别"[①]。作为君主或臣民从主观方面如何做到大公无私？荀子从公心和公义两个方面对此作了回答，其一，荀子说"以公心辨"。辨在荀子思想中属于道德认知范畴，荀子重视群分义辨，其本义即分，以公心辨就是要超越个人的成

① 东方朔：《荀子公正观论略》，《东岳论丛》2007年第3期，第25页。

见、抛弃个人的喜好而平等分析、辨别万事万物，这在道德领域有利于个体进行正确的道德选择，在社会群体领域有利于君主进行正确的决策研判，故而荀子也说“公生明，偏生暗”（《荀子·不苟》）。

其二，就公义来讲，荀子突出强调公义的重要性，他说：“此言君子之能以公义胜私欲”（《荀子·修身》，“公义明而私事息矣”（《荀子·君道》）。此两句荀子皆就公私言公义，公义与私欲，公义与私事，其实质就是如何在现实生活中处理义与利的关系问题，而在此问题上荀子一直坚持传统儒家的道义论倾向。何谓公义？其在荀子的思想体系中特指礼义，也就是“礼之理”，荀子言：“礼之理诚深矣，‘坚白’、‘同异’之察入焉而溺；其理诚大矣，擅作典制辟陋之说入焉而丧；其理诚高矣，暴慢、恣睢、轻俗以为高之属入焉而队。”（《荀子·礼论》）以礼之理来分析坚白、同异之察，判别典制辟陋之说，辨析暴慢恣睢之俗的基本原则，从而以克私欲，息私事，实现社会正理平治的大清明之境况。何谓正？朱熹言：“公者，心之平也；正者，理之得也。一言之中，体用备矣。”（《朱子语类》卷二十六）在社会人群之中，“无偏无党”“无偏无颇”才是得之理，当于理，公是体，正是公之用，公是正的前提，正是公所达到的目标和结果。荀子重视正名，他说：“擅作名以乱正名。”（《荀子·正名》）荀子批评“以乱正名”，认为这样会把名实之间、对象关系完全搞乱，导致君子对事物对象之考察失去正当性，出现判断的偏差，“君子之所谓察者，非能遍察人之所察之谓也，有所正矣”（《荀子·儒效》）。

就价值论来讲，荀子所言的正为理正，也就是言行合乎理。在荀子全书中，正义连用总共出现了四次。

荀子言正义之一：“正义直指，举人之过，非毁疵也。”（《荀子·不苟》）

王先谦《荀子集解》认为此处的义乃是“议”的假借字，意谓“正议”，正直的评议。

荀子言正义之二：“正利而为谓之事，正义而为谓之行。”（《荀子·正名》）

王先谦《荀子集解》引俞樾所说：“《广韵》：‘正，正当也。’正利而为，正义而为，犹文四年《左传》曰‘当官而行’也。”[①]孟子曾言：“义，人之正路也。”（《孟子·离娄上》）荀子此言的正义即如孟子所谓之正路，也就是人之言行的正当性。何谓言行的正当性？即言行符合礼的规则、规范，不逾礼，不僭越而适宜、适中、适合，这也符合义之本义，即《说文解字》所言“义者，宜也。”

荀子言正义之三：“不学问，无正义，以富利为隆，是俗人者也。……法先王，统礼义，一制度。”（《荀子·儒效》）

对于此处正义，学界有歧义。黄玉顺先生认为，“正

① 王先谦：《荀子集解》，中华书局2012年版，第400页。

义”范畴，即有“正义”亦即礼义[1]。可以看出，黄先生在此把礼义当正义解，反过来，亦把正义当礼义说，认为两者意思是一致的。熊公哲则把正作为正当释，他说，“不以学问为事，无正当主张，只以财富为善，这便谓之俗人”[2]。韩诗外传作“耳不闻学，行无正义，茫茫然以富利为隆，是俗人也。”[3]结合熊公哲和《韩诗外传》的解释来看，前句主要说及耳闻和言行，此处的正义亦作言行之正当解才契合原意和语境，是属于伦理价值层面的问题，而非黄先生所言从正义制度层面的考量。因为荀子在前句还是谈及道德和利益的冲突问题，及至后句，自然地由伦理层面进入社会制度的政治层面，这也反映了荀子思想伦理政治化的特点。

荀子言正义之四：“传曰：‘从道不从君。’此之谓也。故正义之臣设，则朝廷不颇；谏争辅拂之人信，则君过不远。”（《荀子·臣道》）

荀子提出“从道不从君，从义不从父”，这里的道、义指的是礼道，正义之臣指的是谏争辅拂，即劝谏、苦诤、辅助、匡正之人，在现实生活中，倘若君、父出现不义之举，作为臣、子则可以依礼道而不从，即既有的行为

① 黄玉顺：《中国正义论的形成》，东方出版社2015年版，第315页。

② 熊公哲注译：《荀子今注今译》，重庆出版社2009年版，第142页。

③ 王天海：《荀子校释》，上海古籍出版社2005年版，第315页。

不符合礼义规范时，这种家庭的亲亲原则和社会的尊尊规范就应当被突破和超越。从整个语境来理解，荀子强调了礼道的重要性，更突出了正义的制度伦理的特点，当然从“从道不从君”来说，正义之臣还应该指言行举止正当且符合礼义规范的人，因而在此正义还包含价值层面的内容。

从以上正义四则语句分析来看，荀子所言的正在价值观上，首先具有正直、中正、正当之意，还有约束、规范的意思。荀子在《性恶》篇中说：“今人之性恶，必将待师法然后正。”所谓正心诚意，正心就是对内心观念的端正约束，荀子讲正心，也是从师与法两方面来端正约束人心。荀子又说：“率道而行，端然正己，不为物倾侧，夫是之谓诚君子”（《荀子·非十二子》）。这里的正己，就是指规范约束自己，使之处于端正的位置上，就是正所具有的价值观意义。

第二节　欲多而物寡：“公平”何以“必须”

孔子的公平思想重视公正德性的培养，也就是说孔子强调执政者的以身作则，其在《子路》篇中云：“其身正，不令而行；其身不正，虽令不从。”可以说，孔子治国思想的核心在于执政者以其端正的言行作为表率，影响带动他人，以便有效地实行领导，执政者作为百姓的表率，端正自己的言行，是社会公正的前提。此外，孔子强调执政者以正为纲。孔子言：“己欲立而立人，己欲达而达人。”（《论语·雍也》）“己所不欲，勿施于人。”（《论语·颜渊》）孔子重视正当性原则在制度伦理上的表现，既尊重社会的公利也尊重他者的私利，通过推而超越差等之爱，达到一体之仁。孔子讲求原则，重视礼道。就个人而言，孔子主张“恭而无礼则劳，慎而无礼则葸，勇而无礼则乱，直而无礼则绞”（《论语·泰伯》）。孔子认为做到公平正义，需要遵循一定的准则，而一个人的无礼会使得他失去社会性的向度，不利于个人在德行和公正方面的自省。

荀子公平思想是对孔子上述思想的继承和发展，但相较于孔子，荀子更重视公正德性的培养，也更重视社会正义的制度建构，将礼分的等差原则贯穿于公正德性和社会正义之间，以实现群居合一、正理平治的社会。据笔者梳理原哈佛燕京学社引得编纂处编印的《荀子引得》索引所示，在荀子元典中，论“公”达46次，“公平”1次，“公正”4次，“公义”2次，“公道”3次，“公患”4次；论“正”达到114次；论“平”达到48次，“等”达到22次。荀子言公平：“故公平者，职之衡也。”（《荀子·王制》）荀子言公正：“上公正则下易直矣。”（《荀子·正论》）“贵公正而贱鄙争。”（《荀子·正名》）“公正无私。”（《荀子·赋》）荀子言公道：“则公道达而私门塞矣。”（《荀子·君道》）“夫公道通义之可以相兼容者。”《荀

子·强国》

目前学界对荀子的公正、正义思想已有探讨，在荀子思想中，公平内含于礼，是荀子礼论的根本精神，在《富国》篇中荀子曾说“欲恶同物，欲多而物寡，寡则必争矣”，如果没有礼的“度量分界”，社会就会“合于犯分乱理而归于暴”，正是为了平息这种“争”与“暴”，社会要求一种公平的理论。可见，与一些学者的理解不同，在荀子看来，公平的起源与必要并非欲望本身的善恶或人性的善恶，而是“欲多而物寡”此一人类社会的生存“公理”所引起的“争、乱、穷”的一种必要的价值预设，换言之，“欲多而物寡”之生存“公理”是荀子“公平”思想建立的前提和出发点。

在荀子那里，礼义首先涉及的便是各种社会资源的（包括道德）分配的公平，这是社会秩序何以可能的基础。荀子认为社会祸乱起于“穷”与“争”，而“穷”与“争”起于离群独居、群而无分，荀子认为：“无分者，人之大害也；有分者，天下之本利也；而人君者，所以管分之枢要也。”（《荀子·富国》）他强调君主掌管治政的关键就在于明确职分，按礼义原则合理分配财富，实现使群的目的。荀子按照“推天道以明人事”的思维模式，通过礼乐之治，把自然之道的天理公义还原下贯至民间，旨在促进社会有序和谐，实现社会正理平治，调和“欲多而物寡”之矛盾，使公道世界得以实现。所以主张以人事公正的治理原则来对应天道公正，是荀子礼治公平思想的一大特征。

荀子在《天论》篇中言："天有常道矣，地有常数矣，君主有常体矣。"荀子强调的天道、地道、人道都体现着公正原则的普遍性，用之于治国平天下，就是推行公平正义。在荀子的思想体系中，义和礼有着同样道德规范意义，礼注重外在的规范性，义更注重内在性，在思想上维护公平正义的法则。孔子曾说："君子之于天下也，无适也，无莫也，义之与比。"（《论语·里仁》）荀子也言："古者圣人以人之性恶……故为之立君上之势以临之，明礼义以化之，起法正以治之，重刑罚以禁之，使天下皆出于治，合于善也。是圣王之治，而礼义之化也。"（《荀子·性恶》）义与礼相辅相成，共同构成了公平正义社会的准绳，为构建群居合一的和谐社会提供了伦理标准。君子在处理社会问题和具体事务时，强调个人谋取财富必须做到"义然后取"，以群体利益作为判断、选择行为的基本原则。

而如何调和"欲多而物寡"之矛盾，荀子提出"礼者，养也"和"礼为别"的命题。关于"礼者养也"的功能，在于发挥"礼之分"的作用，养人之欲，给人之求，从而实现欲必不穷乎物，物必不屈于欲，使物与欲之间相持而长，以礼义的公正性满足人的合理欲求；而就"礼之别"来说，荀子强调"贵贱有等，长幼有序，贫富轻重皆有称者也"（《荀子·礼论》）。也就是说，在社会资源分配上所要达至的"公平"，就是按礼的等级差序而分，即所谓“制礼义以分之”，使之“各得其所”，“各当其分”，“农以力尽田，贾以察尽财，百工以巧尽器械，士大夫以上至于公侯，莫不以仁厚知能尽官职。夫是之谓至平”（《荀子·荣辱》）。杨倞注：各当其分，虽贵贱不同，然谓之至平也。礼制的功用是使社会形成良好秩序，保持和谐，并且使社会的财富分配与占有有节度，否则社会就会陷入混乱，人陷入贫困与灾难，更不可能有公平可言。荀子正是基于社会不同身份、明分、等级不同的客观存在，面对“欲多而物寡”提出“礼之养”与“礼之别”的解决方案，对于建立礼治基础上的社会公平具有深刻的社会意义。明代思想家吕坤对荀子的公平思想作了精彩的论述，他说：“世间千种人、万般物、百样事，各得分量，各有差等，只各安其位，而无一毫佛戾不安之意，这便是太平。”（《呻吟语·治道》）吕坤强调公平的重要性，认为它是治理社会的根本目标，又强调公平之平不是抹杀差异，而是“各安其位”，这是对荀子公平观的最清楚直白、最透彻的解说。

第三节　制礼义以分之：“公平”何以“可能”

从“公平”何以必须这一点上看，礼义之“公平”的目的似乎是为了“止争”，许多学者也认为荀子讲礼义法度就是为了“明分止争”。可以说，礼义之“公正”的目的指向“止争”，但“止争”并非一定就是“公平”的，关键在于“止争”的原则。礼义只是规定了差等格局的框架，公正、正义是维系差等格局的手段。如费孝通所说：“其实在我们传统的社会结构里最基本的概念，这个人和人往来所构成的网络中的纲纪，就是一个差序，也就是伦。”①

“差等公平”是荀子政治伦理的一项重要内容。公平系统如何展现？则须仰赖礼治的手段，为“别”为“分”。我们说，荀子在财富分配中主张的等差公平的思想实是来自孔子。孔子曰：“丘也闻有国有家者，不患贫而患不均，不患寡而患不安。”（《论语·季氏》）孔子的原意并不是讲经济平均的问题，朱熹在《论语集注》中对这句话曾有很精辟的解释说：“寡谓民少，贫谓财乏，均谓各得其分，安谓上下相安。”“均谓各得其分”中的分是按照礼所规定的权利之分，也就是按照每个人的等级名分来分配财富，而这种等级名分的划分标准是宗法血缘关系以及由其决定的权势地位。荀子也继承了孔子“不患贫而患不均”的平均思想。荀子在《王霸》篇中云：“出若入若，天下莫不平均，莫不治辨，是百王之所同也，礼法之大分也。”荀子所讲的平均，就是“君臣上下，贵贱长幼，至于庶人”各谨于分，安于自己的职业、职位、职责。所谓“百王之所同也”，就是如果农夫、商贾、士大夫、诸侯、天子都

① 费孝通：《乡土中国·乡土重建》，北京联合出版公司2018年版，第26—27页。

能“各得其分”并各安其分的话，就能实现“天下莫不平均”而“正理平治”的理想社会。荀子并不认为“正理平治”的社会是齐一平等的社会，即真正的公平是依人性实际建立社会制度，而不是妄斩而齐，理想的社会状态是“维齐非齐”。礼义法度之所以能养人，解决物寡欲多带来的“乱”“争”，正是因为有“差等”。因此在公平这个观念上，落实到治道，实际上最重要的是划清个人权利与义务的等差界限。值得称道的是，与此同时，荀子还注意到政治制度的设计应防止类似于罗尔斯所说的“自然的专横”的出现，以体现“公平”原则，故他认为与弱势群体相关的社会福利体制的建立，当是“公平”原则的题中应有之义。

儒家所讲的社会公平，不可能是绝对的社会平等，而只能是一种等级秩序上的公正和公平。荀子也强调人在感性和理性能力上的先天平等，但是这种平等只是原初意义上的，仅意味着我们在组织社会时应当为民众提供平等的机会，而不能保证所有资源的公正分配，真正决定公平的是后天形成的不公平。故与孔孟相比，荀子虽重修养，但更注重以制度的力量贯彻公平，在政治上主张“谲德而定次，量能而授官”（《荀子·儒效》），设立以贤能分配名位的公平制度；在经济上主张“上贤禄天下，次贤禄一国”（《荀子·富国》），建立公正的“食—禄”分配体制；在道德上主张以“公义胜私欲”（《荀子·修身》）；在法律上主张“刑罚不怒罪，爵赏不逾德”（《荀子·君子》）；选举人才必举“公正之士”……可以说，荀子对政治伦理制度的设计正是以“公平”为基础的“公道”世界的建立。

第四节　分而均之公平理想

社会利益不能为少数阶层所有，对社会的财富进行合理公平的分配，这是先秦思想家所考虑的义利之辨问题。然而国家在实际政治操作中，在进行社会分配之前，必须以生产致富，实现仓廪之实、衣食之足，进而来谈礼义教化。荀子主张以度量分界之“分”以求公平分配之“均”。度量分界语出荀子，度量，订立分量之多寡；分界，订立彼此之界限。从分配的方式来讲，荀子所言分配路径不同于孔孟儒家的分配路径选择。

如何由分而均以实现社会财富的公平分配？孔子曰：“不患贫而患不均，不患寡而患不安。盖均无贫，和无寡，安无倾。”（《论语·季氏》）孔子所说的均是指财富分配的平均、公平。孔子以为只要财富平均分配就无所谓贫穷，其本意是社会财富的分配要做到各安其分，这涉及了“分配正义”的问题。孟子也主张“夫仁政，必自经界始。……经界既正，分田制禄可坐而定也”（《孟子·滕文公上》）。只有分配公平，官吏的俸禄才能厘定。孟子认为仁君要推行仁政，必然要关心社会上的与百姓生活密切相关的分配正义问题，首先要实现“正”才有“平”可言，基本上，财富分配的基础都在于均。

和孔孟不同的是，荀子的均分原则是以礼为本的分差秩序。他认为，社会群体的均分在于人人各本其分，“出若入若，天下莫不平均，莫不治辨，是百王之所同也，而礼法之大分也”（《荀子·王霸》）。故而，荀子告诉君王为君之道为“故公平者，听之衡也”（《荀子·王制》）。所谓衡，乃平之至，如绳墨一般作为君主“正权”之准则，要求君主执政如衡一样而公正公道，权力运行合乎公平正义，使“公道达而私门塞”（《荀子·君道》）。衡石称悬是为公，但如果在上者喜好倾覆，则臣下百吏则借此物以行险诈；斗斛敦概是为平，若在上者好贪利，则在下百吏以借此物多取少给而欺压民众。因而，真正的公平依靠在上者来提供和保障，君主为治之本源，君主所制定的政策是社会公平的根本，在荀子思想中，分是君主制定合理、政策实现社会公平的基本手段。“请问为人君？曰：以礼分施，均遍而不偏。”（《荀子·君道》）为人君行“均”是必要的，但基础在于分。制礼以分之之目的在于“养人之欲，给人之求”，其着眼点并非仅止于生产财货以满足人欲，更重要的是生产的财货如何进行合理有效的分配。在社会群体生活中，荀子承认“人生而有欲”，那么如何透过合宜的义来安排利之正当获取，也就是如何在满足人欲之时，让财富得以公平分配，这是为君从政的一个重要考量。

荀子认为主要可以从五个方面着手保障社会公平：第一，明分使群，人之群道在于明分，也就是明确社会百工的职责和应承担的义务，各尽其职，各守本分，实现社会人伦之间的差等秩序，应该说，差等原则是维护社会公平正义的基本法则。罗尔斯认为："非常明确，差别原则不是这种意义上的平等主义，因为它承认在社会和经济组织中需要存在不平等。"[①]只有明确社会上的分位等级，在政治上每个角色各安其位、各谋其政，如此才能促进社会和谐。因此，群道在于明分，有分是天下之大本。而义分则和，义之用于群己关系，必然涉及处理各种身份、名分、职分，也就是"分位等级"的问题。社会群体是由个体之间互动而形成，在荀子明分使群的概念中，分所涉及的是礼的秩序和社会政治中的名分该如何妥善维系，明分使群的意义在于人人遵守此一名分之理而行动，从而建立理想的政治及社会秩序，因此，群之概念的提出，旨在透过辨之公心而分、正，以追求个体和群体关系的完善，而人君又居制礼掌分之枢要地位，必规定每个人在社会中的分位，要求各得其宜，安于所得之位，以合宜之理分来维护社会的人际和谐。可以说，明分使群是从合群的组织上和等差的原理上保障了社会之公平。

第二，以礼分施。礼起源于人生而有欲，欲而不得，倘若无度量分界，则必导致社会争乱穷的发生，在如此情

① 约翰·罗尔斯：《作为公平的正义》，姚大志译，上海三联书店2002年版，第110页。

况下，先王制礼以分，以养人之欲，给人之求。换言之，君王以礼治理天下，养足人欲，必让“贵贱有等，长幼有差，贫富轻重皆有称者也”（《荀子·礼论》）。所谓称即公平之义。也就是说，礼的性能是在于明分，在将社会群体划分为不同分位等级的过程中，能让“人欲”各得其宜，也就是所谓“称”而公平的功效。以礼分施是从价值和规范的层面保障了社会之公平。

第三，谲德量能。君主设官分职必须“谲德而定次，量能而授官”，即以道德的贤不肖程度决定三公、诸侯、士大夫的高下位次，以才能的差异，授予不同类别的官职。一旦发现有官员不能先公后私，造福人民，教化百姓，便将之降为平民百姓，使其致力于农工商贾之事。谲德量能的目的在于使居位者必是有德者，方能以德化民，受到百姓肯定；受官者也必是有能者，能够时刻以能尽责。否则，德不称位，不足以成事服众，必然导致百事废，祸乱起。只要君主能任人唯贤，即可兼有天下。可惜，君主往往私心而不公，导致臣下气馁而不忠。人主求贤治国，必须“内不可以阿子弟，外不可以隐远人”（《荀子·君道》），以力求用人公正，以德才为先而不考虑亲疏贵贱，才能成就王业。同时，基于“谲德量能”的考量，在政策制度的制定上必须为有德有才之人的向上流动留出空间，让庶人之子孙通过积文学，正身行，合乎礼义规范而任职卿相士大夫，从而在制度上打破世袭制，打破社会流动之固化，而有分之人通过自身的努力获得相应的职位，承担起应尽的义务。可以说，谲德量能是从用人制度和政策的层面保障了社会之公平。

第四，法以类举。“其有法者以法行，无法者以类举，听之尽也。”（《荀子·王制》）“《礼》者，法之大分，类之纲纪也。”（《荀子·劝学》）在荀子思想中，所谓的“法”指的是治理天下国家的法度或行事的准则，除了各种典章制度、法令规章有明文规定者之外，其他一切规矩方圆之范畴和作为治国行事之典范实例都包含在内。而要创制法度必须以礼为准则，因为礼为法之大分或礼是制法的统合力量。法与类对举，此时法所涵盖的范围则更为偏窄，比较偏重法律条文或礼所明文规定的准则。而“类”之所指，是法中蕴含的基本道理，也是荀子所言的法数之法理，是法律在实施过程中应遵循的共同准则。任何事物的形成必有其共理的存在，法律也是如此，法律的形成，也必有它基本的义理蕴藏其中，而法数就是要表现这种抽象的义理。也就是说，法理必须以法数来体现。所以法与类是相互依存的，表现为礼的一体两面，由于礼是类之纲纪，类也以礼为准则。在具体的法治实践中，礼法或法度中有明文规定的或有实例可遵循的，就可按明文规定或模范实例去执行；若无明文规定或无实例可沿，那就按法理或推同类事物之共理来处理。可以说，法以类举从法治环境和法理层面保障了社会的公平。

第五，公义胜私欲。如果说前四者主要是君主从明分使群、以礼分施、谲德量能、法以类举的客观方面谈社会公平的保障，那么，公义胜私欲则是君主或政治主体在面对道德与利益或欲望的冲突时，主观上如何进行抉择的问题。荀子言君主在政治实践中应做到“以学心听”“以公心辨”，听与辨的对象不同，学心听的对象为法治之实施，公心辨的对象为义利之辨，也就是公私问题。据黄俊杰考据，战国时期，公私二字渐从具体义走向抽象义[①]。如韩非子把观念世界落实到现实政治上来，主张政治上“公”的绝对优先性；墨子言“公”“私”离不开兼爱的脉络；老子、庄子等道家思想典籍，更以自然世界的变化原理来强调作为道德标准的“公”优先于“私”，这种以道德言公私的发展脉络在荀子思想中得到了发展，荀子主张以公克私，以义克利，提出“公义”的观念。其所言“公义明而私事息”（《荀子·君道》），“公义胜私欲”（《荀子·修身》）皆以“义”作为公的价值支撑，荀子显然在政治的意识之下使用公义一词，把它和明分职、序事业和国有常关联起来，把义的观念形式和公、私的现实问题相结合，从而反转了孔孟义的道德性，实现政治平治向社会公平的转变。就义利关系而言，春秋时代，义、利往往相连，谓“义以生利”，此当与春秋时代“礼”所涵具的社会实效性有关，无论是人之所立还是国之所立都指向了礼的社会或政治之实效性。在此情形下，礼义之义谓之“善”或“宜”，把义之宜作为人践行礼的价值和道德担

① 黄俊杰：《孟学思想史论》，东大图书股份有限公司1991年版，第145—151页。

保。人能行义，则其行为之关注中心，并非在己，而是集中在与其分位相应之对象上，如君必以民之利益为其关注之对象，如晋大夫丕郑谓：“民之有君，以治义也。义以生利，利以丰民。”（《国语·晋语一》）在君民、父母、兄弟之间，每一分位之义，俱就其能真实成就其分位所应尽之责任而说，故此义有其相对性，亦有其交互性和可逆性。如是，个人之利也因群体利益之完成而获得满足，众人与个人之利相辅相成。故齐之晏子谓“义，利之本也”。（《左传·昭公十年》）可知，与孔子同时代或稍前的春秋时代之贤大夫，固然重视义，亦不讳言利，认为义、利两观念相涵相即，并不相斥相拒，非但不相拒，还是义为利本，这与孔孟所言义利观念截然不同。这种相涵相即的说法，为春秋时人对义利的一般理解。墨子直接以“利”释“义”，“义，利也”（《墨子·经上》）。墨子一书有《贵义》一篇，认为“兼相爱，交相利”就是义，而“亏人自利”则是不义，墨子思想过于强调功利，则其义利界定不同于春秋时人之由礼而言说之义利观。

及至孔子，就《论语》所言，孔子与其弟子言“义”“利”，不为“义”“利”相属，甚至以“义”“利”为相冲突之两面，如子路问成人，子曰：“见利思义，见危授命。”（《论语·宪问》）子张曰：“士见危致命，见得思义。”（《论语·子张》）“见利思义”与“见得思义”当为道德主体在现实生活中之修养标准。当义、利冲突时，人之为人当以义为本，尤其在这一过程中应“思”之自觉性。倘若人能自觉地思义、得义，由礼而行，此即“修己为敬”的工夫。修己重在克己，为敬重在复礼，故而“见利思义”也为“克己复礼”之修养工夫，通过人之“思”而辨道德是非，以决定其利是否合礼与非礼，从而有所得有所不得，孔子“见利思义”与春秋时人之义利说皆主义为利本而同为一属。

而孟子的义、利思想则从仁、心方面另立新解。孟子言：“仁，人心也；义，人路也。”“羞恶之心，义也。”（《孟子・告子上》）义乃为人之羞恶之心，为人固有之本心本性，由此而成就之义行，是人之本有的道理理性在现实中之呈现，人之所以异于禽兽者在于其仁心，而羞恶之心能分辨出应然或不应然之义，礼知之发用也为义所涵摄，一个人行了不义之事，就感到羞愧而无地自容，这样的义实际上包含了正义，不义也包括不正义，正义或不正义主要指涉公平问题。而文中之义除了公平不公平之外，还指涉该做不该做之事。孟子进一步主张“仁内义外”，他所言义已经偏离春秋时人由礼说义的传统，转为人所具有的蕴含于心的道德法则，而非服从于宗族伦理或社会政治结构，义也从“利者，义之和也”“见利思义”“见得思义”的由序分位、定社稷、序民人的国家大利，转为注重内心的道德理性，渐渐偏离政治理想和政治秩序之架构，故对梁惠王“利吾国”之问，孟子回答：“王，何必曰利？亦有仁义而已矣。”（《孟子・梁惠王上》）

面对战国末期人心趋恶之社会乱局，荀子借由重建社会秩序必须对义利关系重新界定，扭转了孟子一味内转不切实际之倾向，在义之界定上以公为先，礼义结合，把义塑造为内可以制欲、外可以节人的政治法则，将义从孟子的道德修身问题变为群体秩序问题，和孟子主张“王何必曰利”相反，荀子重视“以义制利”，即“皆使民载其事而各得其宜，不能以义制利，不能以伪饰性，则兼以为民”（《荀子·正论》）。公平社会的理想境界是“民载其事而各得其宜”，在具体措施上有三：礼的以伪饰性、义的以义制利和兼以为民。以伪饰性和以义制利是从圣王之制的手段上说，兼以为民是从圣王之制的目的上讲。在此荀子把义之作用和礼之功能相对应，说明义之本身已经不是与利相对静态的观念，而是随着礼之损益不断调整变化的，以应对内外上下之情，荀子谓之“以义应变”，认为义和礼一样可以化性起伪，矫治人性，内可以节制人的欲望，克制人之私欲，外可以节制万物而制天命而用，上可以让君主安位而下可以调节民情。可以看到，荀子义利之辨其目的在于社会之公义：首先，节人之欲，建立秩序，而这也是荀子公义的第一层内涵；其次，荀子指出礼的意义就在于别。这也是公义之本义。“君子既得其养，又好其别。”（《荀子·礼论》）何为别？荀子认为礼治就是建立贵贱有等，长幼有差的等差社会，只有如此，才能让社会上的贫富贵贱之人不管身份职位如何皆有所称，因为荀子认为如果以平均、齐一作为判断社会公、私的标准，仍然无法达到正理平治的要求。由于“物不能澹”，但采取均分的办法又必将造成争乱，鉴于此，荀子认为只要靠礼法规范以成就“等差有别”的社会，才能达到正理平治的公义社会。荀子将正理平治社会的描述为：在上者的公义要做到“德必称位”，士以下的庶民阶层的公义要做到“利足以生民”，可见，荀子所谓的公义不能单纯地和公利相同，因为公义蕴含了士以上阶层和庶民百姓的正常欲求以及所得的“私利”。在这个层面上，荀子试图以礼的规范来调节公、私冲突，在不违反“德必称位”和“民必胜事”公义的前提下，尽量满足人们的“私欲”。

荀子理想的公义社会是依礼按等差之位来分配社会的资源，人之私欲也被包含在公义之中，如此，荀子的公义也从孔孟的内在的道德理性走向外在的礼法规范，并落实于社会的等差秩序之中，从个体内心的德性修养走向社会人伦的群居生活，群居和一的社会理想就成为荀子政治哲学最大的公义问题。荀子所谓以义制利不仅是要求个体本身克制欲望，而是在群己关系上指向维系社会群体利益的更大空间，君主所掌控的社会群体公义包含了“量地而立国，计利而畜民，度人力而授事。使民必胜事”（《荀子·富国》），也就是说在土地、经济、人力、民事四个方面，君主都要心怀公义，不与民争业。但荀子也认为，义乃人之所以为人，利为人之所欲，“义与利者，人之所两有也”（《荀子·大略》）。在面对义与利、公与私的问题，荀子肯定义与利是人之“两有”，对于“义”与“利”，天子、诸侯、大夫、士人该如何抉择？荀子主张在上者要做到不与民争业，也就是“乐分施而耻积臧”（《荀子·大略》），具体来说就是士大夫以上不言多少，不言利害，不言得失，不通财货，其目的在于让利于民，使民得以不为钱财的困扰，藏富于民而实现国家之大利，把人民的“利”作为君王“义”的展现，这就是以义制利所达成之兼以为民。同时，君主要知“荣辱之大分”：“先义而后利者荣，先利而后义者辱”（《荀子·荣辱》）。以先义后利为荣，人既好义又好利，要兼顾义利，当义利冲突时，即使以利为后也不为耻辱，在具体的道德境遇中，荀子推崇“士君子之勇”：不倾于权，不谋其利，把义始终作为君子之追求目标，“重死持义而不挠”（《荀子·荣辱》），这就是君主所秉持的义荣，也是公义在面对价值冲突时的基本要求。不与民争业和知荣辱之大分是荀子在物质和精神层面为实现社会公义而作的政治设计，为群居和一的公平社会之建立提供物质和价值方面的保障。

陈亮与荀子类似，也以义利“两有”来谈公。陈亮认为统治者是需要通过礼法赏罚以驱天下，而如果在赏罚过程中能从公心而非从一己之喜怒私欲，其赏罚将会使国家实现长治久安，这样的赏罚可视为王者之赏罚。同样，义利也并非判然二分或截然对立的，而是在得到利益满足之时，必须考虑其欲求是否合乎义，也就是私欲是否适宜适合，是否违反或危害了社会公共善，是否给社会治理带来了不良的影响。如果利的取得合乎义的原则，公与私在实然的情境下也可并行不悖。陈亮在“王霸”的背景之下谈论义利两有、公私之辨，显然是受到荀子的影响。“王道政治”是儒家思想家一致主张并追求的道德政治理想。孟子主张以不忍人之心行不忍人之政，其王道政治为仁政，具体内容包含了人民赖以生存的井田制度、官员的任用方式、自然资源的使用、刑罚的基本原则等，可以说包括了治理国家的几个重要方面。孟子的仁政最突出的表现是对鳏、寡、孤、独等人群的特殊照顾，因为孟子认为这四类人是“天下之穷民而无告者”（《孟子·梁惠天下》）。在梁惠王向孟子问政时，孟子还为其描绘了一幅施行仁政的美好图景。孟子认为只要推行仁政，很容易就能成就功业，成为天下之共主，所以他认为要一统天下并非难事。但在当时战国争雄的情况之下，孟子虽雄辩滔滔，但其仁政思想如荀子所言：“不道礼宪，以诗书为之，譬之犹以指测河也，以戈舂黍也，以锥餐壶也，不可以得之矣。”（《荀子·劝学》）。荀子在《非十二子》篇中批评思孟学派所言“僻违而无类，幽隐而无说，闭约而无解”。其义是说思孟学派的规范体系博大而杂乱无章，无系统、无条理、无统类，思辨晦涩，僻违幽隐，难以引导建立良好的社会政治秩序。

基于此，荀子一反孟子仁政王道理念，提出了以义为本、重视义利之辨的王道义政理想，以期重建社会秩序，实现正理平治的公义之善。荀子在《王霸》篇中言：“巨用之者，先义而后利。……‘粹而王，驳而霸，无一焉而亡。’”在这里的“先义而后利”之“义”被荀子明确定义为“不恤亲疏，不恤贵贱”，很显然荀子是在用人之公道上言义，此“义”也有“巨用”之义，“不恤亲疏”“不恤贵贱”以求尚贤使能，以维护君主用人之公义。王者先义而后利，不因私利、小利而失其巨用，而霸者虽不及王者纯粹，虽然有时蔽于小而失其巨，但仍知“巨用”之义。亡者之国，则先利而后义，治理时不理会是非对错，不分曲直，只任用身边小人，亲近自己的人，这样导致权谋日用而上下离心，无一而亡则不远。荀子认为王者治国在于“不杀无罪”“不行不义”，持心治国而如落石之固，以求“义立而王”。何谓“义立而王”？曰：“以国齐义，一日而白，汤武是也。”（《荀子·王霸》）王先谦曰：齐当为济。以一国皆取济于“王者之制。”也就是王者坚定心智以行仁义，以诚加于志意，义加于身行，又以义行乎法度政事，再加以生杀贵贱之威，故而可实现国定而天下定。可见，“以国齐义”所谓之“义”，是荀子在义利之辨中提出的公义，也就是以义节制人欲、便僻左右、行于礼法而维护社会秩序，促进平治之公义，故而，“义立而亡”的王道理想就是“先义而后利”，倘若一国皆取济于公义，便是“王者之政”：举贤而罢不能，诛元恶而教庸民。虽士大夫之子孙，如言行不合礼义，则黜归于庶人；虽庶人之子孙，如能积文学，正身行，能合于礼义，则可升为卿相士大夫，此为反世禄之举也。教化民众，使之归正，而有残疾者，收而养之，并视其才而用之，使衣食无忧。此为王者之政也。可知，荀子的“王者之政”就是“先义而后利”的社会公义，以义建立“贤能不待次而举”的用人制度，“元恶不待教而诛”的法治制度，“积文学，正身行”的礼义制度，“勉之以庆赏”的刑罚制度，“上收而养之”的保障制度，可谓兼覆而无遗。因而，荀子的政治伦理思想的基本特征就是治国以礼，立制以义，礼义结合，而实现社会正理平治之公义世界，群居和一之公平社会，这就是“尽伦尽制”之“王者之制”。事实上，从先秦时代孟荀文献来看，荀子义利、王霸之辨在于维系礼之分位等级，以维护社会秩序稳定之公义，应该比起孟子谈论心性修养更为重要，也更贴近战国时期礼崩乐坏下的历史情境。

从以上分析可知，荀子分而均之的公平原理是从明分使群、以礼分施、谲德量能、法以类举、公义胜私欲五个方面保证了社会公平正义理想的实现，从合群组织和等差原理，价值和规范，用人制度和政策，法治环境和法理层面以及先义而后利、以国齐义的规范秩序五个层面维系社会正理平治的公义之善，合群是公平社会存在的基本方式，等差是公平社会存在的基本原理，礼分是公平社会存在的基本规则，公义是公平社会存在的基本价值，法治是公平社会存在的基本保证，这五个方面从时间和空间的多维角度交织并建构了群居和一之道的治国模式，分则和，和则一，一则多力，在明分使群、以礼分施、谲德量能、法以类举、公义胜私欲的多维治理中形成分和辩证统一的合力，并具体展开为尽伦尽制的伦理政治、以善先人者谓之教的教化政治、礼义之谓治的美德政治、明分使群的群分政治、公义胜私欲的公平政治的不同的治理化境。

结语：荀子政治伦理思想的当代价值

通过以上各章关于荀子的政治伦理思想的研究，我们可以得出这些结论：

在荀子思想中，基于血缘家族情理，尽伦尽制是其基本表现形式，也是凡圣之人的终极价值追求，由天道转向礼治，从义不从父到从道不从君，从明贵贱至别同异，荀子的政治哲学始终以伦理作为价值依托，以保证社会政治秩序之稳定，而实现维齐非齐、正理平治之公道世界。

荀子的《天论》篇毋宁说是一部自然观、宇宙论的文本，更确切地说，它的政治伦理思想被独立阐析出来，其本质上是政治与伦理相贯通的政治哲学文本，荀子通过对现实问题的冷静分析，对现世理论的理性思考，对“天祆”现象的准确判断，以对天的讨论为理论突破口，把人们的视域引向对政险失民、政令不明、礼义不修的“人祆”问题的思考，明于天人之分，借由天性之自然进入人治之社会，继而以礼为价值归依转向对人类社会之治理，礼义也成为荀子评价政治措施、圣人君子人格，推动社会由乱而治，实现正理平治之公平社会的价值动力。

荀子“尽伦尽制”的家国一体结构主要表现为以礼为

中心的对人伦、人臣、人君的涵养和制约，以分定伦、以礼待君、以义治国，在人之情欲与社会人伦秩序和政治秩序的冲突中，以实现正理平治的公共善为根本旨归，援义入礼，以义显礼，礼义连用，用礼之分来维系家庭之中父子、兄弟、夫妇之间的伦理秩序，并继承孔子移孝作忠的思想，在君臣关系上突破了孟子的“义之于君臣”的内转倾向，以“从义不从父”“忠顺而不懈”以维护君臣关系的稳定，尤其是国家之安全，在治国策略上也是在义之价值凸显的义利冲突中奠定了礼治的伦理基础，其“尽伦尽制”的伦理政治思想与“血缘—伦理—政治”融为一体。

早期儒家政治哲学是“血缘—伦理—政治”三位一体的结构，这种结构反映在社会治理上，体现为重视导之以德和为政以德，其本质即道德教化或者说是圣王君子之教导，这一观念在荀子思想中表现为圣人君师以成德成圣教化之目标，以维护社会公共善为政治之目的，将礼、义、仁贯穿于政治之实践，结合礼乐涵养和积学渐化，维系社会人伦秩序和政治秩序的稳定，以实现正理平治这一社会之善以及群居和这一社会理想。

和孔孟一样，荀子的政治伦理思想关注德性与政治，认为君主的人格修养和德性培养为政令的实施提供了价值和精神上的指引，并为为政过程正当性作了内在的担保，荀子对君主的修身高度重视，以“仪正而景正”而教化人民，引导百姓，使其不断追求道德纯备、智慧甚明的道德境界，形成德化万民、从服受化的德治前景。而荀子修身以政、礼乐教化的德治思想无论在性情之概念，心性之关系，教化成德之路径还是修身以政之观念都与郭店楚简的德治思想一脉相承。

面对着人欲之发展对社会造成的危害，荀子以礼义作为治之始基，着力解决争乱穷的社会治理困境，以分、养、节作为国家治理之手段，分之本质在义，以礼分施的目的是使义的道德理性在实践中得以落实并为其落实提供价值担保，以分来定名而以义安伦，从而让社会人群依礼而作，安伦尽分，但礼之分仅仅从伦理、制度上为生产发展、教民养民提供保证，欲使社会群居和一，正理平治，还需要礼之养来养人之欲，给人之求，礼之节来近尽节求，称情立文，饰生送死，如此把礼运用得当，心可中理，立中制节，不仅个人立身处世之欲望得以调理，社会政治秩序也得以维系，正理平治之公平世界也得以建立，进而个人与整个社会、国家都能达到秩序井然，生生不息，进而实现政之大化的清明景象。

荀子在国家治理方式上，主张以德性为治理的价值归依，以礼分为治理的基本手段，故其言仁义礼三者皆通，其本质是以仁德为本，礼为行为规范和典章制度，义为落实礼治实践具体措施的道德理性，以圣人君主之道德教化而把外在的礼则变为主体自身内心的道德法则，教化之目的就是荀子所言的以善先人，也是郭店楚简所说生德于中，让个人内心自觉遵从外在的典章制度、人伦之理和社会规则，而实现个体之善和社会之善的统一，进而维系社会秩序和政治秩序的稳定，所以，荀子礼治之特色也就在于德性、伦理和教化的三者合一而治，礼治也即德治。在具体治理实践中，虽然礼为道德之极、人道之极、强国之本，但由于人性趋恶之特点，礼尚不逮者必以法禁之，荀子遂援礼入法，以礼为本，以法为辅，隆礼重法，开启了秦汉以后德法并重的治国模式。

荀子的礼法并不同于法家之法，其所言之礼法以义为本质，也就是“公义”，与《商君书·画策》“圣王者不贵义而贵法”思想不同，荀子的礼法也是圣人“积思虑，习为故”而创制，与《管子》“生法者君也”也有不同的意义，再者，在法的施行方面，法家认为人从属于法，法为主，人为客，荀子却认为“有治人，无治法”，如果没有贤能之治，徒具礼法是无法施行政治治理的，这和法家的观点也是格格不入的。法家对人君的要求是术、势，而荀子对人君的要求是德性，其所追求的理想是正理平治之公平世界之建立，因而可以说，荀子的礼法思想是基于其性趋恶的人性论，并以之推出圣人礼乐教化、法正刑罚的政治治理观念，其本质还是以礼为本，以法为辅的德性政治模式，既不同于孟子的仁政学说，也不同韩非子的法治理念，而是综合了稷下学者、孔子、郭店楚简的礼法、礼刑、刑罚、刑名思想进行了新的塑造，既注重对人德性的涵养，又重视对人外在行为的约束，从而迎合了战国末期七国争霸，杀人盈野，人心趋利的社会现实，为秦之统一和汉以后阳儒阴法礼法结合治国模式的开启奠定了学术基础。

荀子以分为君主治国之枢要和社会“明分达治”的治辨之道，认为群的存在必须要分，分是群存在的前提和必要条件。荀子是从社会由乱而治的角度对群与分的关系进行界定的，其群分说建立在寻求规范与秩序社会的基础之上。荀子欲建构的政治体系是以君主为政治主体的群分政治架构，这样的政治架构显示了人伦以分、群体以义、组织以差的政治伦理理论特色。君主之群道不仅是社会有序运行之道，在时间和空间上具有更广阔的存在视域，并指向了人与自然和谐有序的命运共同体，在天道和人道的内在统一中体现了群道依礼而行的自然法则和多样治理效应。

荀子理想的公义社会是依礼按等差之位来分配社会的资源，人之私欲也被包含在公义之中，如此，荀子的公义也不同于孔孟的内在的道德理性，而属于外在的礼法规范，并落实于社会的等差秩序之中，从个体内心的德性修养走向社会人伦的群居生活，群居和一的社会理想就成为荀子政治哲学最大的公义问题。荀子所谓以义制利不仅是要求个体本身克制欲望，而是在群己关系上指向维系社会群体利益的更大空间，君主所掌控的社会群体公义包含了“量地而立国，计利而畜民，度人力而授事。使民必胜事”（《荀子·富国》），也就是说在土地、经济、人力、民事四个方面，君主都要心怀公义，不与民争业，基于此，荀子一反孟子仁政王道理念，提出了以义为本、重视义利之辨的王道义政理想，以期重建社会秩序，实现正理平治的公义之善。

因而，荀子的政治伦理思想其基本特征就是治国以礼，立制以义，礼义结合，而实现社会正理平治之公义世界，群居和一之公平社会，这就是“尽伦尽制”之“王者之制”。事实上，从先秦时代孟荀文献来看，荀子义利、王霸之辨在于维系礼之分位等级，以维护社会秩序稳定之公义，应该比起孟子谈论心性修养更为重要，也更贴近战国时期礼崩乐坏下的历史情境。

在中华民族的历史长河中，具有丰富的治理国家的思想，如荀子“民齐者强”的民本思想、“隆礼重法”的德治主张、“差等秩序”的公平观念、“修身以政”的道德操守等，这些治理理念为提升国家治理能力和治理水平，提升国家文化软实力，增强文化自信奠定了重要的精神根基，也成为习近平新时代中国特色社会主义思想的重要源泉。

首先，荀子“隆礼重法”思想适应了“大一统”的时代要求，对后世学者产生深远影响，也成为习近平法治思想的重要源泉。荀子的礼法思想基于其性趋恶的人性论提出，并以之推出圣人礼乐教化、法正刑罚的政治治理观念，其本质还是以礼为本，以法为辅的德性政治模式，既不同于孟子的仁政学说，也不同韩非子的法治理念，而是综合了稷下学者、孔子、郭店楚简的礼法、礼刑、刑罚、刑名思想并对其进行了新的塑造，既注重对人德性的涵养，又重视对人外在行为的约束，从而迎合了战国末期的社会现实，为秦之统一和汉以后阳儒阴法、礼法结合治国模式的开启奠定了学术基础，荀子的“隆礼重法”思想也成为习近平法治思想的重要来源。2001年1月，江泽民在全国宣传部长会议上明确提出，依法治国与以德治国紧密结合起来的主张。就两者关系来说，以德治国为依法治国奠定重要的思想道德基础，依法治国为以德治国提供重要的法治保障，坚持依法治国和以德治国相结合是新时期提升国家治理体系和治理能力现代化的重要治国方略。国家治理需要道德与法律共同发挥作用，强调法律制定必须突出鲜明的道德导向，提倡真善美，反对假恶丑，把社会主义核心价值观融入立法、执法、司法的全过程，体现社会主义的道德风尚，引导人们崇德向善。在党的十八届四中全会通过的《中共中央关于全面推进依法治国若干重大问题的决定》中对于德治与法治相结合提出了明确的要求：“坚持依法治国和以德治国相结合。国家和社会治理需要法律和道德共同发挥作用。必须坚持一手抓法治、一手抓德治，大力弘扬社会主义核心价值观。”在推进国家治理体系和治理能力现代化建设的过程中，既要发挥法律对道德的规范作用，又要通过弘扬中华传统美德，培育社会公德、职业道德、家庭美德、个人道德，以道德涵养法治精神，促进法律文化的形成，这样才能使社会主义法治成为良法善治，使道德与法律相辅相成、法治与德治相得益彰，使依法治国理念彰显人文价值，体现中国精神。可以说，荀子的“隆礼重法”思想不仅是秦汉以后国家治理的基本模式，也成为今天“德治”与“法治”相结合的治国理政模式重要思想根源。

其次，“修身以政”对治国理政的价值启示。荀子的政治伦理思想关注德性与政治，认为君主的人格修养和德性培养为政令的实施提供了价值和精神上的指引，并为为政过程正当性作了内在的担保，荀子对君主的修身高度重视，以“仪正而景正”而教化人民，引导百姓，使其不断追求道德纯备、智慧甚明的道德境界，形成德化万民、从服受化的德治前景。习近平也非常重视以传统为政以德思想提升党员领导干部的自我净化能力。德，不仅是立身之本，而且是立国之基，既重视以德修身，又重视从政立德。习近平在讲话中也多次引用“为政以德，譬如北辰，居其所而众星拱之”。为政以德，是说当政者应该施行德治，实行仁政。孔子为政以德的主张，突出了德的政治意义，当政者只有实行仁政才能感召百姓，并遂其道而行之。为政以德，也要求执政者要以德施教，德化万民，这样才能获得百姓的真实拥护，天下自然就归于太平。为政以德还在于修身，“重莫如国，栋莫如德”（《国语·鲁语》），对于领导干部来说，如果不立德、修德，就不能做到为民、务实。习近平多次强调做官要“修其心治其身，而后可以为政于天下”。把做官与做人、立言与立行要统一起来，不断提高官德修养，不断提升治国理政的精神根基，领导干部在党性修养上应有“响鼓不用重槌敲”

的自觉性，做到自重、自省、自励，筑牢思想篱笆，自觉接受体制约束和外界监督。

最后，“等差公平”对治国理政的价值启示。荀子理想的公义社会是在礼的范围内按等差之位来分配社会资源的，人之私欲也是在公义的涵摄之中，如此，荀子的公义也从孔孟的内在的道德理性走向外在的礼法规范，并落实于社会的等差秩序之中，从个体内心的德性修养走向社会人伦的群居生活，群居和一的社会理想就成为荀子政治哲学最大的公义问题。荀子所谓以义制利就不仅是要求个体本身克制欲望，而且在群己关系上指向维系社会群体利益的更大空间，荀子的“王者之政”就是“先义而后利”的社会公义，以义建立“贤能不待次而举”的用人制度，“元恶不待教而诛”的法治制度，“积文学，正身行”的礼义制度，“勉之以庆赏”的刑罚制度，“上收而养之”的保障制度，可谓兼覆而无遗。因而，荀子的政治伦理思想的基本特征就是治国以礼，立制以义，礼义结合，而实现社会正理平治之公义世界，群居和一之公平社会。荀子“分而均”之“等差公平”思想对今天仍具有重要的参考价值。

党的十八大以来，以习近平同志为核心的党中央高度重视公平正义问题，提出了实现社会公平正义的新思想、新论断，并采取一系列重大举措以维护社会的公平正义。我们党对中国传统“均贫富”的思想进行批判继承，坚持新型的社会主义义利观，把共同富裕作为奋斗目标，将

“共享”发展理念不断落到实处，从而实现如荀子所谓的“下富则上富”（《荀子·富国》）的发展目的。荀子所提出的“谲德定次”的用人制度，“罪罚相当”的刑罚制度，“上收而养之”的社会保障制度，为实现“下富则上富”的目标提供重要的制度保证，对今天我们逐步实现共同富裕也提供了重要的制度参考。邓小平曾提出“三步走”经济发展战略和“先富带后富”，最终达到共同富裕战略，“共同富裕”是实现社会公平的价值选择，也是社会主义本质的价值体现。民富也是荀子政治伦理思想的重要内涵，他也提出了具体的富民措施。荀子所言足国之道也就是治理国家的法则表现在裕民以政和节用以礼两个方面，裕民以政主要是君主采取差等赋税、正理民事、不违农时、关市不征和田野什一等政策措施以达到富民养民的目的，也即荀子所说的政令教化，但更多体现的是君主施政的具体政治行为；而在新时代，人民群众不仅是社会经济发展的主体，更是社会财富的创造者，也是享受改革开放成果的主体，荀子所提出的裕民之道在当今更多地呈现为国家在经济发展、分配制度、社会保障、教育改革、市场竞争、生态保护等方面进行改革以维护社会的公平、公正，体现了习近平总书记提出的“公平正义是中国特色社会主义的内在要求”[①]，并进而维护社会的权利公平、机会公平和规则公平。

总而言之，荀子“隆礼重法”的治国方略，“修身以

① 《习近平谈治国理政》，外文出版社2014年版，第13页。

政”的德治目标，“等差公平”的共享理念，成为新时代治国理政的重要文化资源之一，也为提升国家治理能力和治理水平提供重要的思想指引。

主要参考文献

著作类

《马克思恩格斯选集》（第四卷），人民出版社2012年版。

《习近平谈治国理政》，外文出版社2014年版。

《四书五经》，北京古籍出版社1995年版。

《徐复观文集》（第三卷），湖北人民出版社2002年版。

《诸子集成》，中华书局1954年版。

巴新生：《西周伦理形态研究》，天津古籍出版社1997年版。

白奚：《稷下学研究：中国古代的思想自由与百家争鸣》，生活·读书·新知三联书店1998年版。

班固：《汉书》，陈焕良、曾宪礼点校，岳麓书社1993年版。

鲍国顺：《荀子学说析论》，华正书局有限公司1993年版。

蔡锦昌：《荀子思想之本色》，台北唐山出版社1989年版。

蔡仁厚：《孔孟荀哲学》，台湾学生书局1984年版。

蔡仁厚：《孔子的生命境界：儒学的反思与开展》，吉林出版集团有限责任公司2010年版。

蔡元培：《中国伦理学史》，东方出版社1996年版。

曾春海：《儒家的淑世哲学：治道与治术》，文津出版社1992年版。

陈大络：《孔子的政治思想》，台湾正中书局1989年版。

陈大齐：《陈百年先生文集：孔孟荀学说》，台湾商务印书馆1987年版。

陈大齐：《陈百年先生文集：论语集释》，台湾商务印书馆1987年版。

陈大齐：《荀子学说》，中国文化大学出版部1989年版。

陈登元编：《荀子哲学》，商务印书馆1928年版。

陈飞龙：《孔孟荀礼学之研究》，文史哲出版社1982年版。

陈顾远：《孟子政治哲学》，新文丰出版股份有限公司1975年版。

陈光连：《荀子"分"义研究》，东南大学出版社2013年版。

陈光连：《知识与德性：荀子"知性"道德哲学研究》，东南大学出版社2014年版。

陈继红：《治世的至理：先秦儒家"分"之伦理研究》，中国社会科学出版社2011年版。

陈来：《古代思想文化的世界：春秋时代的宗教、伦理与社会思想》，生活·读书·新知三联书店2002年版。

陈来：《古代宗教与伦理：儒家思想的根源》，生活·

读书·新知三联书店1996年版。

陈礼彰：《荀子人性论及其实践研究》，花木兰文化出版社2011年版。

陈立胜：《“身体”与“诠释”：宋明儒学论集》，台湾大学出版中心2012年版。

陈少锋：《中国伦理学名著导读》，北京大学出版社2004年版。

陈思齐主编：《儒学研究论丛第八辑》，台北市立教育大学人文艺术学院儒学中心2017年版。

陈瑛：《中国伦理思想史》，湖南教育出版社2004年版。

陈迎年：《荀子的美学精神》，上海三联书店2013年版。

陈正雄：《荀子政治思想研究》，文津出版社1983年版。

陈祖为：《儒家致善主义：现代政治哲学重构》，香港商务印书馆2016年版。

程颢、程颐：《二程遗书》，上海古籍出版社2000年版。

储昭华：《明分之道：从荀子看儒家文化与民主政道融通的可能性》，商务印书馆2005年版。

戴震：《孟子字义疏证》，中华书局1961年版。

邓小虎：《荀子的为己之学：从性恶到养心以诚》，北京大学出版社2015年版。

丁四新：《郭店楚墓竹简思想研究》，东方出版社2000年版。

东方朔：《差等秩序与公道世界：荀子思想研究》，上海人民出版社2016年版。

东方朔：《合理性之寻求：荀子思想研究论集》，上海人民出版社2016年版。

东方朔：《荀子》，上海世纪出版集团2010年版。

东方朔：《荀子与儒家思想：以政治哲学为中心》，复旦大学出版社2019年版。

董群：《禅宗伦理》，浙江人民出版社2000年版。

樊浩：《道德形而上学体系的精神哲学基础》，中国社会科学出版社2006年版。

樊浩：《伦理精神的价值生态》，中国社会科学出版社2001年版。

樊浩：《中国伦理精神的历史建构》，江苏人民出版社1992年版。

樊浩：《中国伦理精神的现代建构》，江苏人民出版社1997年版。

范晔：《后汉书》，陈焕良、李传书点校，岳麓书社1993年版。

方尔加：《荀子新论》，中国和平出版社1993年版。

方颖娴：《先秦之仁义礼说》，文津出版社1996年版。

费孝通：《乡土中国·乡土重建》，北京联合出版公司2018年版。

弗格森：《道德哲学原理》，孙飞宇、田耕译，上海世纪出版集团2003年版。

高亨：《商君书注译》，中华书局1974年版。

顾史考：《郭店楚简先秦儒书宏微观》，上海古籍出版社2012年版。

管力吾：《韩非政治思想探析》，花木兰文化出版社2011年版。

郭广银、陈延斌、杨明等：《伦理新论：中国市场经济体制下的道德建设》，人民出版社2004年版。

郭沫若、闻一多、许维遹：《管子集校》，科学出版社1956年版。

郭沫若：《十批判书·荀子的批判》，东方出版社2003年版。

郭庆藩：《庄子集释》（中），中华书局2007年版。

郭沂：《郭店竹简与先秦学术思想》，上海教育出版社2001年版。

郭志坤：《旷世大儒：荀况》，河北人民出版社2001年版。

韩德民：《荀子与儒家的社会理想》，齐鲁书社2001年版。

何淑静：《孟荀道德实践理论之研究》，文津出版社1989年版。

黑格尔：《法哲学原理》，范扬、张企泰译，商务印书馆1961年版。

黑格尔：《精神现象学》，贺麟、王玖兴译，商务印书馆1979年版。

黑格尔：《历史哲学》，王造时译，生活·读书·新知三联书店1956年版。

洪铭吉：《荀韩思想关系研究》，花木兰文化出版社

2011年版。

黄公伟：《孔孟荀哲学证义》，幼师文化事业公司1975年版。

黄慧英：《从天道到人道：儒家伦理与当代新儒家》，鹅湖月刊社2013年版。

黄俊杰：《孟学思想史论》，东大图书股份有限公司1991年版。

黄庆明：《实然应然问题探微》，鹅湖出版社1985年版。

黄玉顺：《中国正义论的形成》，东方出版社2015年版。

惠吉星：《荀子与中国文化》，贵州人民出版社1996年版。

姜尚贤：《荀子思想体系》，复文图书出版社1990年版。

焦循：《孟子正义》，中华书局1987年版。

康德：《实践理性批判》，韩水法译，商务印书馆1999年版。

康有为：《孟子微》，中华书局1980年版。

柯雄文：《君子与礼》，台大出版中心2017年版。

柯雄文：《伦理论证：荀子关于道德认识论的研究》，夏威夷大学出版社1985年版。

柯雄文：《荀子道德认识论之研究》，黎明文化事业股份有限公司1990年版。

克莱恩、艾文贺编：《荀子思想中德性、人性与道德主体》，陈光连译，东南大学出版社2016年版。

孔繁：《荀子评传》，南京大学出版社1997年版。

孔颖达：《十三经注疏》，中华书局1979年版。

劳思光：《大学中庸译注》，香港中文大学出版社2000年版。

劳思光：《新编中国哲学史》（增订本），生活·读书·新知三联书店2019年版。

黎靖德编：《朱子语类》（1—8册），王星贤点校，中华书局1983年版。

李滌生：《荀子集释》，台湾学生书局2000年版。

李景林：《教化的哲学：儒家思想的一种新诠释》，黑龙江人民出版社2006年版。

李零：《郭店竹简校读记》，北京大学出版社2002年版。

李明辉：《康德伦理学与孟子道德思考之重建》，中央研究院中国文化研究所1994年版。

李明辉：《孟子思想的哲学探讨》，中央研究院中国文化研究所1995年版。

李瑞全：《儒家道德规范根源论》，鹅湖出版社2013年版。

李瑞全：《儒家生命伦理学》，鹅湖出版社1999年版。

李天虹：《郭店竹简〈性自命出〉研究》，湖北教育出版社2003年版。

李莹瑜：《荀子内圣外王思想研究》，花木兰文化出版社2009年版。

李哲贤：《荀子之核心思想：礼义之统及其现代意义》，文津出版社1994年版。

李哲贤：《荀子之名学析论》，文津出版社2005年版。

李振纲：《大生命视域下的庄子哲学》，人民出版社

2013年版。

李宗定：《先秦儒家政治理论研究》，花木兰文化出版社2009年版。

梁启超：《先秦政治思想史》，天津古籍出版社2003年版。

梁启雄：《荀子柬释》，台湾商务印书馆股份有限公司2005年版。

梁涛：《郭店竹简与思孟学派》，中国人民大学出版社2008年版。

梁涛主编：《中国政治哲学史》，中国人民大学出版社2017年版。

廖名春：《荀子新探》，文津出版社1994年版。

林安弘：《儒家孝道思想研究》，文津出版社1992年版。

林叶连：《诗经论文》，台湾学生书局1996年版。

刘国英、张灿辉编：《无涯理境：劳思光先生的学问与思想》，香港中文大学出版社2003年版。

刘师培：《荀子补释》，宁武南氏刘申叔先生遗书本1936年版。

刘师培：《荀子词例举要》，宁武南氏刘申叔先生遗书本1936年版。

刘师培：《荀子斠补》，宁武南氏刘申叔先生遗书本1936年版。

刘述先编：《儒家伦理研讨会论文集》，东亚哲学研究所1987年版。

刘文起：《荀子成圣成治思想研究》，复文图书出版社1983年版。

刘泽华主编：《中国古代政治思想史》，南开大学出版社1992年版。

刘子静：《荀子哲学纲要》，商务印书馆1938年版。

龙宇纯：《荀子论集》，学生书局1987年版。

陆建华：《荀子礼学研究》，安徽大学出版社2004年版。

路德斌：《荀子与儒家哲学》，齐鲁书社2010年版。

马国瑶：《荀子政治理论与实践》，文史哲出版社1996年版。

马积高：《荀学源流》，上海古籍出版社2000年版。

麦金太尔：《德性之后》，龚群、戴杨毅等译，中国社会科学出版社1995年版。

牟宗三：《名家与荀子》，台湾学生书局1979年版。

内山俊彦：《荀子：古代思想家的肖像》，株式会社评论社昭和51年版。

庞朴：《儒家辩证法研究》，中华书局1984年版。

庞朴：《一分为三：中国传统思想考释》，海天出版社1995年版。

任剑涛：《伦理王国的构造：现代性视野中的儒家伦理政治》，中国社会科学出版社2005年版。

任剑涛：《伦理政治研究：从早期儒学视角的理论透

视》，吉林出版集团有限责任公司2007年版。

司马迁：《史记》，芦苇、张赞煦点校，浙江古籍出版社2000年版。

宋五好：《人伦视阈下的道德教育》，陕西师范大学出版总社有限公司2019版。

孙广德：《墨子政治思想之研究》，台湾中华书局2017年版。

孙希旦：《礼记集解》，中华书局1989年版。

孙星衍：《尚书今古文注疏》，陈抗、盛冬铃点校，中华书局1986年版。

谭家哲：《孟子平解》，唐山出版社2010年版。

谭宇权：《老子哲学评论》，文津出版社1992年版。

谭宇权：《荀子学说评论》，文津出版社1994年版。

陶师承：《荀子研究》，上海大东书局1931年版。

涂宗流、刘祖信：《郭店楚简先秦儒家佚书校释》，万卷楼图书有限公司2001年版。

王邦雄：《中国哲学论集》，台湾学生书局2004年版。

王臣瑞：《伦理学》，台湾学生书局2005年版。

王海明：《新伦理学》，商务印书馆2001年版。

王杰：《先秦儒家政治思想论稿》，人民出版社2011年版。

王楷：《天生人成：荀子工夫论的旨趣》，中国社会科学出版社2018年版。

王天海：《荀子校释》，上海古籍出版社2005年版。

王廷洽：《荀子答客问》，上海人民出版社1997年版。

王先谦：《荀子集解》，中华书局2012年版。

韦政通：《荀子与古代哲学》，台湾商务印书馆1992年版。

翁惠美：《荀子论人研究》，台北正中书局1998年版。

吴树勤：《礼学视野中的荀子人学：以“知通统类”为核心》，齐鲁书社2007年版。

吴顺令：《庄子道化的人生哲学》，台湾学生书局2005年版。

吴文璋：《荀子乐论在其思想史上之重要性》，花木兰文化出版社2011年版。

吴肇嘉：《庄子应世思想研究》，台湾学生书局2011年版。

吴肇嘉主编：《儒学研究论丛第五辑》，台北市立教育大学人文艺术学院儒学中心2012年版。

武之璋：《中庸研究论著集》，文史哲出版社2011年版。

萧公权：《中国政治思想史》，商务印书馆2017年版。

熊公哲：《荀卿学案》，商务印书馆1931年版。

熊公哲注译：《荀子今注今译》，重庆出版社2009年版。

徐复观：《中国人性论史》，台湾中央书局1963年版。

徐复观：《中国思想史论集续篇》，上海书店出版社2004年版。

徐平章：《荀子与两汉儒学》，台北文津出版社 1988 年版。

杨国荣：《善的历程：儒家价值体系研究》，上海人民出版社 2006 年版。

杨倞：《荀子》，上海古籍出版社 1989 年版。

杨秀宫：《孔孟荀礼法思想的演变与发展》，文史哲出版社 2000 年版。

杨筠如：《荀子研究》，商务印书馆 1931 年版。

杨泽波：《孟子性善论研究》，中国社会科学出版社 1995 年版。

叶海烟：《传统伦理的现代挑战》，文津出版社 2008 年版。

叶玉麟：《白话译解〈荀子〉》，广益书局 1947 年版。

约翰·罗尔斯：《正义论》，何怀宏、何包钢、廖申白译，中国社会科学出版社 1988 年版。

约翰·罗尔斯：《作为公平的正义》，姚大志译，上海三联书店 2002 年版。

詹世友：《道德教化与经济技术时代》，江西人民出版社 2002 年版。

张岱年：《中国伦理思想研究》，江苏教育出版社 2005 年版。

张载：《张载集》，章锡琛点校，中华书局 1978 年版。

张载：《张子正蒙》，王夫之注，上海古籍出版社 2000 年版。

章诗同：《荀子简注》，上海人民出版社 1974 年版。

赵卫民：《老子的道：谷神与玄牝》，里仁书局 2012 年版。

赵泽厚：《大学研究》，台湾中华书局 1972 年版。

郑玄、刘宝楠注：《论语正义》，上海书店出版社 1986 年版。

钟泰：《荀子订补》，商务印书馆 1936 年版。

钟振宇：《道家与海德格》，文津出版社 2010 年版。

周炽成：《荀韩人性论与社会历史哲学》，中山大学出版社 2009 年版。

周德良：《荀子思想理论与实践》，台湾学生书局 2011 年版。

周桂钿主编：《中国传统政治哲学》，河北人民出版社 2007 年版。

周绍贤：《荀子要义》，台湾中华书局 1977 年版。

朱贻庭主编：《与孔子对话》，上海辞书出版社 2010 年版。

朱贻庭主编：《中国传统伦理思想史》，华东师范大学出版社 2003 年版。

佐藤将之：《参于天地之治：荀子礼治政治思想的起源与构造》，台大出版中心 2016 年版。

佐藤将之：《荀学与荀子思想研究：评析・前景・构想》，台北万卷楼图书 2015 年版。

佐藤将之：《荀子礼治思想的渊源与战国诸子之研

究》，台大出版中心2013年版。

论文类

安靖如：《儒家的“德性—礼—政治”模式——进步儒学视角下的政治哲学》，《烟台大学学报》（哲学社会科学版）2014年第1期，第1—8页。

白奚：《从郭店儒家简看荀子礼法互补治国理论的思想渊源》，《中原文化研究》2017年第3期，第24—27页。

曾振宇：《从出土文献再论荀子“天”论哲学性质》，《齐鲁学刊》2008年第4期，第5—10页。

陈大齐：《孟荀二人所见人的特长与其中心主张》，《孔孟学报》1971年第21期，第31—42页。

陈大齐：《荀子名学发凡初稿》，《文史哲学报》1951年第2期，第1—66页。

陈大齐：《荀子所说的义》，《孔孟学报》1971年第21期，第43—59页。

陈光连、杨琴：《荀子差序管理伦理思想探微》，《领导科学》2019年第6期，第108—111页。

陈继红：《人伦之“分”与人的存在方式——先秦儒家人性理论新解》，《江海学刊》2009年第1期，第219—224页。

陈来：《论“道德的政治”——儒家政治哲学的特

质》，《天津社会科学》2010年第1期，第23—27页。

陈来：《儒家的政治思想与美德政治观》，《中国哲学史》2020年第1期，第16—25页。

储昭华、幸玉芳：《说“群”——庄子与荀子政治哲学基点与趋向差异一窥》，《邯郸学院学报》2016年第4期，第21—27页。

储昭华、张晓明：《落实还是消解？——荀子“君主—礼义”关系思想之政治哲学考量》，《邯郸学院学报》2014年第3期，第51—57页。

崔宜明：《论荀子的“礼义”与“分”》，《华东师范大学学报》（哲学社会科学版）2012年第5期，第10—16，152页。

邓小虎：《〈荀子〉中“道”的内容的探讨》，《邯郸学院学报》2013年第1期，第74—78页。

东方朔：《荀子〈天论〉篇新释》，《哲学动态》2017年第5期，第36—43页。

东方朔：《荀子的“所止”概念——兼论儒家“价值优先”立场之证成》，《河南社会科学》2011年第1期，第65—71页。

东方朔：《荀子公正观论略》，《东岳论丛》2007第3期，第24—35页。

东方朔：《荀子伦理学的理论特色——从“国家理由”的视角说起》，《文史哲》2020年第5期，第144—155页。

东方朔：《荀子论“争”——从政治哲学的视角看》，

《中国哲学史》2016年第2期，第71—77页。

东方朔：《秩序与方法——荀子对政治与道德之关系的理解》，《复旦学报》（社会科学版）2017年第1期，第14—25页。

樊浩：《现代教育的文化矛盾》，《北京师范大学学报》（社会科学版）2005年第4期，第22—28页。

冯兵：《荀子政治伦理思想的现代价值转换》，《湖北大学学报》（哲学社会科学版）2012年第5期，第31—35页。

冯耀明：《荀子的正名思想》，《哲学与文化》1989年第4期，第33—42页。

郭齐勇：《再论儒家的政治哲学及其正义论》，《孔子研究》2010年第6期，第15页。

韩星、何大海：《荀子礼教思想与社会教化》，《东岳论丛》2017年第3期，第36—43页。

何淑静：《论荀子的心在道德实践上的意义》，《中国文化月刊》1985年第63期，第91—111页。

洪燕梅：《荀子群论略探》，《孔孟月刊》1990年第4期，第11—24页。

洪巳轩：《荀子无为而治的治道思想》，《孔孟月刊》2002年第9期，第2—17页。

胡治洪：《孟子引〈书〉与德性政治》，《学海》2014年第5期，第86—96页。

黄玉顺：《荀子的社会正义理论》，《社会科学研究》

2012年第3期，第135—141页。

菅本大二：《荻生徂徕〈读荀子〉与“礼”——自荀子之“礼”至徂徕之“道”》，《陕西师范大学学报》（哲学社会科学版）2017年第3期，第133—140页。

菅本大二：《荀子对法家思想的接纳：由“礼”的结构来考察》，佐藤将之、张哲挺、卢彦男译，《国立政治大学哲学学报》2003年第11期，第111—136页。

柯金木：《〈荀子〉书中孔子形象析论》，《孔孟学报》1998年第76期，第123—168页。

柯雄文（A.S.Cua）：《荀子论德之统一性》，许汉译，《哲学与文化》1985年第12期，第26—33页。

李泽厚：《孔子再评价》，《中国社会科学》1980年第2期，第77—96页。

李哲贤：《荀子礼论之特质探究》，《哲学与文化》1994年第12期，第1101—1110页。

梁涛：《荀子人性论的历时性发展——论〈富国〉〈荣辱〉的情性-知性说》，《哲学研究》2016年第11期，第46—53，128—129页。

廖名春：《论荀子的君民关系说》，《湖南大学学报》（社会科学版）1996年第4期，第49—52页。

陆建华：《荀子哲学结构论》，《孔孟月刊》2000年第11期，第9—13页。

路德斌：《荀子人性论之形上学义蕴——荀、孟人性论关系之我见》，《中国哲学史》2003年第4期，第34—

42页。

路强：《荀子的礼法之治——解析荀子政治伦理思想中“儒”与“法”互补与融合》，《晋阳学刊》2012年第6期，第74—78页。

罗国杰：《荀况政治伦理思想新探——“德治”和“法治”的相辅相成》，《湘潭大学学报》（哲学社会科学版）2005年第4期，第16—21页。

潘小慧：《礼义、礼情、礼文——荀子礼论哲学的特点》，《哲学与文化》2008年第10期，第45—63页。

潘小慧：《荀学视域中的“天下”和“国（家）”》，《中国人民大学学报》2017年第3期，第16—21页。

潘小慧：《荀子道德知识论的建构及其当代意义》，《哲学与文化》2007年第12期，第41—54页。

潘小慧：《荀子的解蔽心——荀学作为道德实践论的人之哲学理解》，《哲学与文化》1998年第6期，第516—536页。

潘小慧：《荀子以“君—群”为架构的政治哲学思考》，《哲学与文化》2013年第9期，第23—37页。

潘小慧：《荀子哲学中的知识与道德》，《哲学与文化》2007年第12期，第1—3页。

潘小慧：《荀子中的智德思想》，《哲学与文化》2003年第8期，第95—113页。

邱世宏：《从荀子论心处平反》，《成大宗教与文化学报》2007年第9期，第1—9页。

史大海、韩淑英：《荀子论美德政治与君子权力》，《邯郸学院学报》2016年第2期，第58—66页。

宋惠昌：《论荀子“隆礼重法”的政治哲学》，《邯郸学院学报》2016年第4期，第64—69页。

唐君毅：《荀子言心与道之关系辨义》，《香港中文大学中国文化研究所学报》1971年第4期，第1—21页。

唐君毅：《荀子正名与先秦名学三宗》，《新亚学报》1962年第2期，第1—22页。

万光军：《辨析〈孟子〉中的两种仁义》，《孔孟学报》2017年第95期，第69—89页。

王法强：《仁义与礼义：早期儒家核心价值比较》，《孔孟学报》2014年第92期，第181—198页。

王祥龄：《荀子的超越性思维》，《孔孟学报》2008年第86期，第53—97页。

王志宏、杨晓微：《论荀子伦理政治哲学的起点》，《江苏大学学报》（社会科学版）2015年第6期，第15—23页。

魏元珪：《论荀子解蔽精神及对诸子之批判》，《中国文化月刊》1987年第90期，第61—79页。

温克勤：《略谈孔子“论政”——兼论先秦儒家政治、伦理相贯通的伦理政治思想》，《伦理学研究》2006年第3期，第43—50页。

吴进安：《荀子管理哲学研究》，《临沂大学学报》2015年第4期，第19—24页.

吴文璋：《荀子哲学与权威主义》，《孔孟月刊》1992年第3期，第3—32页。

伍振动：《荀子的身、礼一体观》，《中国文哲研究所集刊》2001年第19期，第317—343页。

徐克谦：《荀子的“先王”“后王”说与辩证道统观》，《南京师范大学文学院学报》2010年第3期，第79—83页。

颜炳罡：《正义何以保证？——从孔子、墨子、孟子、荀子谈起》，《孔子研究》2011年第1期，第10—16页。

杨朝明、胡培培：《从德性政治到威权政治（上）——谈董仲舒在儒学转型中的作用》，《衡水学院学报》2010年第2期，第18—21页。

杨朝明、胡培培：《从德性政治到威权政治（下）——谈董仲舒在儒学转型中的作用》，《衡水学院学报》2010年第3期，第20—23，97页。

杨国荣：《荀子的规范与秩序思想》，《上海师范大学学报》（哲学社会科学版）2013年第6期，第5—13页。

杨国荣：《政治实践与人的德性——儒学视阈中的为政和成人》，《道德与文明》2017年第2期，第5—12页。

杨素珍：《荀子礼论与其政治思想的关系》，《孔孟月刊》1995年第2期，第16—22页。

杨秀宫：《中国哲学里的一个后现代图像——以儒家“结构”与“解构”意蕴为轴心的说明》，《哲学与文化》2007年第2期，第39—57页。

虞圣强：《荀子“性恶”论新解》，《复旦学报》（社会科学版）1996年第4期，第80—83，68页。

张奇伟、吴宝红：《“性恶”之人何以为善——基于荀子孝观念的考察》，《中国哲学史》2019年第6期，第18—23页。

张奇伟：《荀子政治人格释析》，《管子学刊》2002年第3期，第31—39页。

张匀翔：《本于立人道之荀子“不求知天”与“知天”观之智德内涵》，《哲学与文化》2007年第12期，第69—86页。

赵法生：《荀子的政制设计与学派归属》，《哲学研究》2016年第5期，第68—77，129页。

郑文泉：《荀子“法后王”对后世历史论述“圣王观”的影响》，《孔孟月刊》1996年第10期，第34—45页。

周炽成：《荀子乃性朴论者，非性恶论者》，《邯郸学院学报》2012年第4期，第24—31页。

周绍贤：《论荀子法后王》，《哲学与文化》1986年第2期，第94—98页。

周天令：《“荀子是儒学的歧出”之商榷》，《孔孟月刊》2004年第10期，第31—38页

朱锋华：《荀子政治伦理思想解读》，《学术界》2006年第4期，第241—246页。

佐藤将之：《〈荀子〉“礼治论”的思想特质暨历史定位》，《邯郸学院学报》2012年第4期，第57—68页。

英文类

Aaron Stalnaker: Overcoming Our Evil:Human Nature and Spiritual Exercises in Xunzi and Augustine, Washington, D. C: Georgetown University Press,2006.

Antonio S. Cua:Human Nature,Ritual,and History Studies in Xunzi and Chinese Philosophy,Washington,DC.: The Catholic Unitersity of America Press,2005.

Benjamin Schwartz:The World of Thought in Ancient China, Cambridge:Belknap Press of Harvard University Press,1985.

Tang,Siu-Fu:Self-Realization through Confucian learning: a contemporary reconstruction of Xunzi′ ethics, New York: State University of New York Press,2016.

后　记

大学毕业后，为了生计，我到深圳打工，当过秘书、仓库保管员、叉车司机，还曾经卖过烟酒，做过三轮车夫，当过保安。从1995年到2003年，我在社会上颠沛流离闯荡了八年，那段时间，我时常感觉已经偏离了人生奋斗的方向，就如在大海中航行的一叶扁舟，随时有被快速发展的时代吞噬的危险。特别是2000年以后的两年间，母亲、大嫂、二嫂相继过世，每当清明时节伫立在野外的荒郊墓地，我都会感叹生命之无奈、无常，但在2002年夏末的一个傍晚，面对窗外的狂风暴雨，萧萧落叶，我才猛然警醒，感觉我要拼一拼，继续走求学之路。

2003年的金秋时节，我来到云南大学东陆园，此时丹桂飘香，但我的心情并不如校园之美丽。由于对荀子思想知之甚少，在一天天的焦虑和困顿中，我病倒了。面对焦虑，我无可逃避；面对困顿，我选择抗争。在昆明，我曾经在民办小学、中学、云南省电大代课，当时，而由于高原反应，胸痛、骨痛也时时袭来，但最令我心痛的是，时常感觉美好的时光在边工边读的生活中一丝丝地流逝，其实，我心里明白，困顿并不能算什么，病痛亦不是什么凭借，当我静坐在优雅美丽的海棠园，看到小松鼠在身边跑来跑去，我顿时感觉到生命的律动。在那一刻，我感觉还要拼一拼，于是，我立志考博，那时，我还不知道研究荀子意味着什么，但我知道，人生就如云南大学的95级台阶，需要拾级而上，一步一个脚印地走下去。离考博还有一年时间，我买了一本厚厚的考博词典，日出而作，不舍昼夜，虽有病痛，但我仍觉岁月静好，为了心中的理想，我已经无所畏惧。

2006年到了东南大学，曾经有几个月为查询资料，我在南京大学港台阅览室一站就是一天，四处奔波于南京多所高校的图书馆；曾经在东大人文课堂，九龙湖畔，我一遍又一遍地回味、思考黑格尔的《精神现象学》；曾经，随着孩子的到来，生活的压力是如此之大，读博文章的考核，也让我不堪重负，我又一次陷入失望和迷茫之中。但在2007年我发表第一篇C刊，当天晚上我绕着操场跑了5圈，重新燃起的希望扫去了多日的阴霾，我能拼一拼的念头犹在耳边回荡，2007—2008年，我共发表论文9篇，其中C刊6篇，2008年年底我顺利博士毕业。

可以说，从2010年到2012年在复旦大学做博士后两年时间，是我最艰难的时期。对于从事人文基础理论研究的我来说，两年的时间太短暂。那时，我在金陵科技学院任职。我们的教学任务重，于是我每天像挤海绵里的水一样一点一点地挤出时间进行科研。最难的还是我租住在金陵科技学院幕府校区附近不到10平方米的房子里，小到连张书桌都放不下，我不得不把大量资料搬到当时已经移交到人文学院的办公室进行写作。那时，漫卷诗书喜欲狂，当时桌上地上摆放的到处都是资料；日复一日，月复一月，困了、累了就在桌子上趴一会，漫漫长夜，天气严寒，胃痛时时发作，也忍着挨着；每天拖着疲惫的身躯而来，顶着黎明的星辰而去，犹记得每天晚上11点左右，同事离开的一句问候："光连，我走了"，成为冬日里孤冷长夜飘来的一个温暖的音符。而当我病得比较严重，吃药不起作用的时候，我甚至怀疑自己还能坚持下去吗？我是否得了不治之症？我也曾经想过退却，也有人劝我放弃，但这些想法只是一瞬间。我虽已被病痛折磨得形神枯槁，但我深知使命不能丢，精神不能垮，当时在脑海里经常闪现的念头就是"我还活着，还能拼一拼"。2012年1月，我终于完成了二十多万字的手稿《荀子"分"义研究》，2018年1月，专著《荀子"分"义研究》被法国汉学家魏明德写成书评发表于美国的学术刊物《道》上。

而本书是我荀学研究的第四部专著，也是荀子"四书一译"研究计划的一部分，从2019年的阳春三月写到2021年的春暖花开，经历了夏之热烈，秋之成熟，冬之肃穆，在岁月轮回中构思荀子思想中"可与不可""从与不从""得与不得"等人生矛盾课题，在岁月流逝中生命与礼道实现了偶遇和遥契。从2004年开始，我希望用二十年左右的时间，以核心概念研究为中心，逐渐构建荀子道德哲学、政治哲学、精神哲学的哲学体系，但我自认天生愚钝，常常对某一概念思考良久而不得其解，但纯纯然历经苍苍之天亦不以外物所扰而心持不懈，心有所定。本书得以完成，感谢导师东方朔教授10年来在学术上给予的关心、启迪，感谢朋友香港大学邓小虎教授在我访学港大期间给予的慷慨支持、帮助，感谢老父90高龄还能思维敏捷，鼓励我不断向上。

人生漫漫，吾当制天命而用之，淡泊明志，吾将上下而求索。